À cœur vaillant

KEIRA ANDREWS

Titre original : *Test of Valor*
Édité et publié par Keira Andrews
Traduit par Alexia Vaz
Illustration de couverture de Dar Albert
Mise en forme par BB eBooks

ISBN : 978-1-988260-98-3

Remerciements

Je remercie grandement Anara, Mary, Leta Blake, et DJ Jamison pour leur amitié et leur aide avec ce livre. Une dédicace spéciale à Karen (et à son fils Sean) pour leur aide précieuse qui m'a permis d'être certaine que les dialogues des personnages australiens paraissaient naturels.

Chapitre 1

QUAND ON LUI demandait si cela valait la peine d'abandonner sa carrière dans les services secrets pour s'enfuir avec le fils du président, Shane Kendrick répondait : *carrément*.

Mais ce matin, dans leur petite tente plantée sur la plage, un nœud se serra dans son ventre et son cœur tambourina. Rafa n'était pas chaud, à côté de lui, et ne marmonnait pas dans son sommeil. Shane empoigna la couverture vide.

Les images de son rêve horrible étaient trop proches de la surface – les pieds de Shane restaient désespérément coincés et Rafa lui était arraché. Quand il se réveilla seul, la panique l'étouffa et de la bile lui remonta dans la gorge. Nu, il rampa hors de la tante et se leva, prêt à courir. Prêt à se battre.

Il soupira, soulagé, en repérant instantanément Rafa à quelques mètres de là, près du littoral. Ce lundi matin de mi-juin, ils étaient sur une plage isolée au nord de Byron Bay et, heureusement, ils avaient cet endroit pour eux seuls.

Le cœur de Shane battait toujours trop vite et la sueur trempait son front tandis qu'il regardait Rafa patauger dans les vagues au loin, l'eau mousseuse s'enroulant autour de ses chevilles. Avec sa peau bronzée sous un pull à capuche violet et un short de bain pendant sur ses hanches fines, il ressemblait à un habitant du coin. Il était vraiment *beau*, avec ses boucles ébouriffées et décoiffées autour de sa tête.

La marée remontait dans un gargouillis grondant et régulier. Le soleil se levait déjà dans un ciel bleu tacheté de nuages. Non loin, une mouette criait et battait des ailes, se chamaillant avec un autre oiseau à cause d'une friandise qui avait été rapportée sur le sable doré.

Shane inspira profondément l'air frais, voulant apaiser la tension qui s'attardait dans ses membres et le tambourinement de son cœur. Les rêves – d'accord, les cauchemars – étaient similaires, mais jamais totalement les mêmes. Cette fois-ci, ce n'était pas de la boue sur le parking d'une aire de repos qui se transformait en sable mouvant et qui l'embourbait alors que Rafa était emporté par des hommes masqués et criait pour qu'on l'aide.

Là, les sables mouvants se trouvaient sur une plage parfaite et ensoleillée comme celle-ci. Ils l'avaient aspiré et piégé sur place. Dans ce rêve, il avait essayé encore et encore de faire bouger ses pieds, tandis que ses membres étaient inutiles et qu'il percevait le goût de son sang dans sa bouche. Des coups de feu avaient résonné dans ses oreilles pendant qu'il luttait et il avait misérablement échoué alors que des silhouettes sans nom emportaient Rafa hors de sa portée.

Tandis qu'il regardait son homme, Shane inspira l'air frais de la mer – avec le sel, les algues et la douceur d'un soleil vivifiant. *Tu es réveillé. Il va bien. Laisse tomber.*

Il ferma les yeux et compta jusqu'à cinq. Lorsqu'il les rouvrit, le temps où son cauchemar le dérangeait fut officiellement terminé. Ils avaient passé une semaine de vacances si paisible qu'il ne pouvait gâcher leur dernière journée avant qu'ils retournent à Sydney. Au moins, Rafa avait déjà quitté la tente quand le cauchemar s'était manifesté. Shane ne voulait pas qu'il s'inquiète pour rien.

Les rêves avaient commencé récemment, sans prévenir, et sans aucune bonne raison. Shane ne voyait pas pourquoi ils ne disparaîtraient pas aussi rapidement. Il était donc inutile d'en faire toute une histoire.

Bon, d'accord. Peut-être qu'ils n'avaient pas réellement commencé spontanément. Le premier était arrivé la nuit après que Shane avait été informé qu'il devrait témoigner lors d'une audition spéciale à Washington DC. Son ancien partenaire – ancien *ami*, comme lui rappelait son estomac noué – avait plaidé coupable de trahison et avait été condamné à perpétuité sans possibilité de libération. Alan avait eu de la chance d'échapper à la peine de mort. Il avait sans doute été épargné uniquement parce que Rafa avait plaidé l'indulgence.

Le cœur de Shane gonfla quand il le regarda donner des coups de pied dans l'eau. Après ce qu'Alan avait fait, la plupart des gens le détesteraient, mais pas Rafa. Plongeant les orteils dans le sable chaud, près des massifs et des arbres qui poussaient au bord de la plage, Shane l'observa et tenta de ne pas penser à cette fichue audition.

Il était raisonnable que les services secrets aient besoin de comprendre comment une telle brèche de sécurité avait pu s'ouvrir juste sous leur nez. Comment l'un de leurs agents avait été retourné par des terroristes. Bien que Shane ne le comprenne pas lui-même.

Il essaya à nouveau de chasser toute pensée sur la trahison d'Alan et comme elle avait failli coûter la vie de Rafa. Le souvenir du moment où il avait trouvé Rafa coincé dans cette boîte…

Arrête !

Les cauchemars étaient déjà assez faibles et inutiles, il n'avait pas en plus besoin de gâcher ses journées en se torturant avec des « et si » et des « j'aurais dû ». Au moins, les services secrets avaient accepté que Shane témoigne par lien satellite. Il devait arrêter d'y penser jusqu'au moment de son témoignage, puis il pourrait laisser tout cela derrière lui. Et Rafa ne serait jamais au courant de ces cauchemars ridicules. Shane ne l'avait pas encore perturbé avec l'un d'eux et il fallait que cela continue ainsi.

Il étendit les bras au-dessus de sa tête, le vent chatouillant sa chair nue. Les Australiens trouvaient peut-être cet hiver frisquet, pour lui, il était parfait. Une brise fraîche compensait la chaleur du soleil.

Il passa une main sur sa barbe de trois jours. Ne pas se raser tous les jours, ce n'était pas grand-chose, pourtant cela le rendait tout de même heureux. Il avait toujours la tête rasée, comme il se dégarnissait de plus en plus au fil des mois. Une fois qu'il lancerait son business d'expertise-conseil en sécurité, il recommencerait à porter des costumes, mais pour l'instant, il profitait du fait d'être nu et barbu.

Après s'être soulagé près d'un arbuste et s'être brossé les dents avec un pichet d'eau, il scruta une nouvelle fois Rafa à l'autre bout de la plage. Celui-ci s'arrêtait de temps à autre pour s'accroupir et ramasser des coquillages abandonnés par la marée. Sa collection se trouvait dans un bocal en verre, sur le rebord de la fenêtre, dans la salle de bain du bungalow qu'ils louaient. Bientôt, il aurait besoin d'un autre bocal et Shane imagina le rebord totalement rempli au fil des mois. Il sourit.

Plissant les yeux en voyant un mouvement bref au loin, il leva une main afin de protéger ses yeux et remarqua un homme avec un chien. Il calcula leur distance avec Rafa, qui scrutait toujours intensément quelque chose dans le sable. Il commença ensuite à trottiner dans sa direction avant de se rappeler qu'il était nu.

Arrête. Respire. Il est en sécurité.

Ce n'était qu'un homme en train de promener son chien, pas un paparazzi ni un terroriste. Pourtant, il évalua encore une fois la distance entre eux. Shane pouvait arriver aux côtés de Rafa en une vingtaine de secondes, en courant à fond et en prenant en compte le ralentissement causé par le sable.

Beaucoup de choses peuvent se produire en vingt secondes.

Bien que les nuages soient cotonneux et blancs, et non pas lourds et gris, l'espace de quelques battements de cœur, une pluie fantôme trempa sa peau et le grondement stable des vagues se mua en tonnerre. Des coups de feu firent écho dans son esprit alors qu'il s'effondrait dans la boue, plongé dans l'obscurité. Il avait totalement échoué et Rafa avait été enlevé. Son souffle se coupa et il glissa un doigt sur la cicatrice ornant sa tempe gauche, au-dessus de son oreille.

Il s'attendit presque à ressentir le suintement chaud du sang, car la balle ne l'avait qu'effleuré, heureusement, au lieu de transpercer son crâne. Il se souvint ensuite de la terreur qu'il avait ressentie en se rendant compte que Rafa avait disparu et son estomac se retourna alors même qu'il se disait que le jeune homme était juste là, sain et sauf, entier et lui souriant pendant qu'il pataugeait dans les vagues.

Shane secoua la tête et se retourna résolument avant d'enfiler son short de bain. Il était censé se remettre de son cauchemar et non pas s'attarder dessus. De plus, son petit ami allait peut-être s'agacer s'il courait dans sa direction comme une mère poule.

Il avait fallu des semaines avant que Shane s'habitue à l'avoir hors de portée de main et il n'aimait toujours pas. Mais Rafa était un adulte et il devait donc se ressaisir.

Il s'assit sur une souche qu'ils avaient attirée vers leur feu de camp, hier soir, et envisagea d'allumer le feu pour préparer du café. Néanmoins, pour le moment, il se contenta de s'asseoir et d'inspirer, d'expirer et de regarder Rafa jeter un caillou dans l'eau en essayant toujours de parfaire sa technique de ricochet.

L'homme et le labrador noir finirent par repartir par le chemin par lequel ils étaient arrivés et la tension qui demeurait dans les épaules de Shane se dissipa. Les paparazzis ne les avaient plus dérangés depuis un moment, maintenant.

Quand *US Weekly* avait dévoilé l'histoire d'une romance entre le fils gay de l'ex-président et l'agent des services secrets plus âgé qui l'avait sauvé de kidnappeurs maléfiques, il y avait eu un certain battage médiatique. Mais ils avaient fait profil bas et avaient vécu sur les économies de Shane.

Désormais, ils faisaient partie des archives et la plupart des Australiens ne les reconnaissaient pas, se fichaient de savoir qui ils étaient ou étaient trop gentils pour dire quoi que ce soit. Shane avait discrètement préparé le terrain pour son entreprise de conseil en sécurité et Rafa devait commencer les cours au Cordon Bleu le mois prochain.

Quand les parents de Rafa arriveraient bien trop tôt pour leur première visite, la presse s'agiterait probablement à nouveau, mais avec un peu de chance, ça ne durerait pas longtemps. Shane gigota, mal à l'aise à l'idée de parler de la pluie et du beau temps avec les Castillo. *Argh*. Il se demanda s'il connaîtrait l'un des agents de leur sécurité rapprochée et à quel point tout cela serait incroyablement gênant.

Avant qu'il puisse parcourir la litanie de scénarii potentiellement horribles, il s'obligea à se reconcentrer sur le présent. Ils n'étaient que tous les deux, à des kilomètres de tout, la marée était en train de monter et avec un peu de chance, elle créerait des vagues.

Il sortit son portable de son sac marin, dans la tente, et prit quelques photos de la silhouette de Rafa qui contrastait sur le sable. Ils avaient à peine du réseau sur la plage, mais il ouvrit Whatsapp et put envoyer une photo à Darnell avec pour description : *La vue ce matin. J'espère que la nuit est belle à Washington DC.*

Darnell lui envoyait généralement des embouteillages et des poubelles débordant, en retour, ainsi qu'au moins un selfie sur lequel il fronçait les sourcils. Il faisait aussi semblant de se plaindre parce que son ami remuait le couteau dans la plaie. Riant dans sa barbe par anticipation, Shane rangea son portable dans sa poche et regarda Rafa avancer vers lui. Il sourit quand son homme lui fit un signe de la main et accéléra la cadence.

Rafa mit la main dans la poche de son short quand il arriva au niveau de leur petit campement.

— J'en ai trouvé des beaux. Regarde comme il est violet, celui-là.

Il sortit prudemment les coquillages et les tendit dans sa paume en se penchant pour déposer un léger baiser sur les lèvres de Shane.

— Ils sont beaux.

Shane glissa un doigt sur les douces courbes de ces trésors délicats.

— Tu es sûr que rien ne vit là-dedans ?

Rafa soupira avec bonhomie.

— Je n'ai pas pris de coquillages fermés, c'est promis. Je n'ai eu besoin que d'une fois pour apprendre cette leçon puante.

Il les glissa dans un sac de congélation et les rangea.

— Prêt pour le petit déjeuner ? Je pensais à du bacon. Parce que… eh bien, c'est du bacon.

Le portable de Shane vibra et il le sortit de sa poche avant d'afficher Whatsapp. Il vit le visage renfrogné de Darnell sur l'écran, avec sa cravate détendue et le commissariat beige et marron derrière lui. Ses courts cheveux afros commençaient à être un peu plus longs et il avait des cernes sous les yeux. En tant que plus jeune inspecteur afro-américain de la brigade, il disait souvent qu'il devait travailler deux fois plus et être trois fois plus intelligent que ses collègues.

J'ai résolu un triple homicide. Ravi de voir que tu travailles dur, là-bas, salopard. J'espère que toi et ton petit gars, vous allez bien. On reste en contact. Deux messages en une semaine, tu es sur une lancée. Je t'enverrai un vessage tout à l'heure.

Lors de son trajet vers le boulot, Darnell enregistrait parfois un message vocal sur Whatsapp – ce qu'il appelait un vessage. Il parlait de tout ce qui lui passait par la tête et Shane aimait écouter son ami divaguer.

— Shane ?

Il leva les yeux.

— Désolé, qu'est-ce que tu disais ? J'ai reçu un message de Darnell, dit-il en montrant l'écran à Rafa.

Ce dernier fronça ses sourcils sombres.

— Je ne suis pas un *petit gars*.

— Quoi ?

Shane relut le message.

— Oh. Il ne sous-entend rien.

— Ouais. C'est cool, répondit Rafa en mettant les mains dans ses poches. Euh, salue-le de ma part. Et je te parlais de bacon.

Shane tapa rapidement une réponse pour l'informer qu'ils allaient bien, en effet, et qu'il ne devait pas travailler trop dur. Il se leva ensuite et attira Rafa contre lui. Celui-ci était crispé, dans ses bras, et Shane lui glissa une main sur la joue.

— Darnell ne sous-entendait vraiment rien.

Secouant la tête, Rafa soupira et fondit au contact de son amant.

— Je sais. Je suis un peu trop sensible, à ce sujet. Désolé.

— Ne sois pas désolé.

Il l'embrassa doucement avant de murmurer :

— Peut-être qu'on peut manger le bacon en guise de dessert.

— J'ai acheté des fruits de la passion pour le dessert.

Rafa passa les bras autour du cou de Shane, les yeux écarquillés par une innocence feinte.

— À moins que tu sois en train de parler de quelque chose de totalement différent. Dans ce cas, je ne te suis pas.

— Je suis en train de parler de te baiser. Désolé si ce n'était pas clair.

Shane passa les mains sur les fesses de Rafa et se blottit contre son cou.

— Oh, c'est ce que ça veut dire. Eh bien. Je suppose que je vais te laisser faire.

Il mordit le lobe d'oreille de Shane.

— Comment me veux-tu ? chuchota-t-il.

— Hum. Il y a tant d'options.

Shane se pencha en arrière et glissa un doigt sur les taches de rousseur qui ressortaient joliment sur les joues de Rafa ainsi que sur son nez.

Rafa prit le doigt de son homme dans sa bouche et le mordilla malicieusement.

— Et si je te chevauchais ?

Le sexe de Shane gonfla à cette perspective et il ondula les hanches contre celles de Rafa.

— Allez, hue !

Il jeta un coup d'œil à la plage toujours déserte.

— On devrait probablement retourner dans la tente.

— Nan. Il n'y a pas assez de place, là-dedans. Je ne veux pas me cacher.

Rafa baissa son short avec un sourire impétueux et l'enleva.

— Il n'y a personne, renchérit-il.

Après avoir retiré son pull, il fut nu et ses doigts le démangeaient.

Shane savait que c'était déraisonnable, mais il ne pouvait résister à l'enthousiasme fougueux de Rafa. En tant que fils du président, il était resté dans le placard et avait dissimulé sa véritable personnalité pendant si longtemps. Shane ne pouvait plus rien lui refuser, à présent.

Il se débarrassa de son short et s'allongea sur une serviette, tandis que Rafa, nu, le chevauchait et déversait impatiemment du lubrifiant sur ses doigts pour se préparer. Le jeune homme se mordit la lèvre, concentré, et Shane glissa les mains sur ses cuisses contractées.

— C'est ça. Prépare-toi pour moi. Tu es tellement beau.

Rafa rougit et Shane sut que ce n'était pas parce qu'il était beau et qu'il avait ses doigts plongés en lui, sur une plage où n'importe qui pourrait les surprendre. Non, même après cinq mois de relation, Rafa était gêné quand Shane lui disait à quel point il était beau, à quel point il était parfait.

Alors Shane ne cessait de le répéter et le dirait encore et encore et encore tant qu'il aurait du souffle.

— Tu es magnifique, chéri.

— C'est toi, qui l'es, murmura Rafa, comme c'était sa réponse habituelle.

— Tu es prêt pour ma queue ?

Un sourire s'étira sur le visage du jeune homme.

— Toujours.

S'empalant, il gémit et ce bruit eut un effet immédiat sur les testicules de Shane alors que la chaleur entourait son membre.

Au fil des mois, Shane s'était demandé si leurs ébats commenceraient à devenir barbants. Il avait toujours pensé que c'était le cas, après un moment, dans une relation monogame. Toutefois, tandis qu'il observait Rafa s'enfoncer sur son membre et le serrer fermement, envoyant des étincelles jusque dans ses orteils, il ne pouvait imaginer que ce serait le cas. Pas avec Rafa.

Il s'appuya sur une main afin de se relever, de lécher les tétons duveteux de Rafa et de taquiner les poils sur le torse de son amant qui plongeait jusqu'en bas. Rafa se balança d'avant en arrière, avec de petits mouvements de hanches alors qu'il respirait plus péniblement. Il adorait être pris et, mon Dieu, Shane adorait le prendre.

De son autre main, ce dernier entoura son sexe qui emplissait Rafa et passa un doigt sur l'orifice sensible et étiré du jeune homme. Il avait toujours apprécié se retrouver dans un cul serré. Mais avec Rafa, il ne s'agissait pas simplement de pousser dans un corps – Shane imaginait qu'il pouvait atteindre son cœur.

Riant à cause de sa propre pensée ridiculement niaise, il s'allongea sur la serviette et plia les jambes avant de donner des coups de reins. Rafa baissa les yeux vers lui et sourit d'un air hébété.

— Quoi ? demanda-t-il.

Shane secoua la tête.

— Je suis juste heureux.

Il caressa paresseusement le sexe de Rafa, jetant un coup d'œil à gauche et à droite pour s'assurer qu'ils étaient toujours seuls sur la plage. Il repoussa le prépuce et glissa un doigt sur le gland suintant pour rassembler tout le liquide préséminal. Il leva ensuite une main vers la bouche de Rafa et glissa un pouce entre ses lèvres. Rafa le lécha avec sa langue avide.

— Tu aimes ça, hein ? s'enquit Shane. Ma petite traînée.

Il vit le plaisir traverser Rafa quand il hocha la tête et lui suçota plus ardemment le pouce. La première fois que Rafa lui avait demandé de l'appeler ainsi, il avait rougi furieusement et baissé les yeux.

Shane se demanda jusqu'où le jeune homme souhaitait aller sur le chemin de la soumission, mais ils avaient largement le temps d'explorer ça. Il libéra son pouce et pinça les tétons de Rafa, l'un après l'autre, ce qui le fit crier.

Il avait adoré voir Rafa éclore en sortant de l'ombre de la Maison-Blanche et il avait franchement adoré être aux premières loges quand il avait découvert le sexe. Shane n'avait jamais connu d'aussi bons ébats, et alors que Rafa le chevauchait de plus en plus vite, posant ses paumes sur le torse de son petit ami, ses boucles se balançant, il se dit qu'il était l'homme le plus chanceux de cette planète.

Mais pour combien de temps ? Et si, un jour, il veut plus que moi ? Quelqu'un de son âge ? Je vieillis et il est encore si jeune…

Shane tenta de chasser ces pensées et de se concentrer sur les halètements et les gémissements de Rafa tandis qu'il donnait des coups de hanche, si contracté, chaud et essoufflé. Le jeune homme était lourd sur lui, tel un poids délicieux qui luisait de sueur et était glorieusement vivant. Son sexe palpita dans la poigne de Shane.

Il commence les cours le mois prochain. Il prendra l'autoroute tous les jours. Il pourrait y avoir un accident. Il peut se passer n'importe quoi en un clin d'œil. Et nom de Dieu, comment vais-je affronter ses parents ? Et s'il finit par céder face à leur désapprobation ? C'est facile de dire qu'il se moque de ce qu'ils pensent, mais c'est faux.

Shane entendit Darnell soupirer et dire dans son imagination : *ce qui doit arriver arrivera.*

Rafa fronça les sourcils en baissant les yeux vers lui et ralentit ses mouvements.

— Qu'est-ce qui t'inquiète ?

— Rien, chéri. Continue. Je vais jouir.

Il caressa la verge de Rafa avec une détermination renouvelée.

Néanmoins, celui-ci resta planté là et se figea, le membre de Shane entièrement plongé en lui, et il repoussa doucement la main posée sur son sexe. Il glissa deux doigts entre les sourcils de Shane, lissant ce froncement.

— Qu'est-ce qui t'inquiète ? répéta-t-il.

— L'avenir. Je sais, je sais.

Rafa se pencha et l'embrassa, léchant sa bouche. Son souffle taquinait les lèvres de Shane alors qu'il chuchotait :

— Peu importe ce qu'il se passe, tout ira bien. Parce qu'on sera ensemble. Ce sera même mieux que bien. Ce sera merveilleux.

Shane hocha la tête.

— Le verre à moitié plein.

— Je vais faire de toi un optimiste, je le jure.

Serrant les hanches de Rafa, Shane plongea les talons dans le sable et donna un coup de reins, ce qui les fit haleter tous les deux. S'envoyer en l'air sans préservatif était encore une révélation, et la prise glissante des parois de Rafa était comme le plus doux des feux. Le soleil brillait vivement au-dessus d'eux et le corps de Shane se réchauffa, malgré le sable griffant sa peau lisse bien qu'il soit sur une serviette.

— Tu vas jouir pour moi ? demanda Rafa, essoufflé.

— Oh que oui.

Shane le serra contre lui et s'affaira, frottant sa prostate gonflée à chaque mouvement.

Rafa rejeta la tête en arrière, criant et marmonnant.

— Oh, oh, oh…

Son membre rebondissait, mais Shane ne le touchait plus, se concentrant sur son cul et appuyant son gland sous différents angles. Il tendit les jambes et offrit à Rafa plus de place pour manœuvrer.

— Oui. C'est ça. Étale ta semence en moi.

Le membre de Rafa se raidit et suinta, tandis qu'il prenait une teinte rouge foncé. Reposant les mains sur les cuisses de Shane, il se cambra, contracta ses fesses, et ce spectacle, ainsi que la sensation d'enserrement coupa le souffle de Shane. Sa peau bronzée était douce à son contact. Le jeune homme gémit, ses boucles décoiffées retombant sur ses oreilles. Son cri fit écho sur la plage tandis qu'il jouissait, recouvrant le torse et le cou de Shane de sperme chaud.

Après avoir donné quelques coups de reins, celui-ci se laissa aller et se vida dans son amant avec des grognements rauques jusqu'à ce qu'ils halètent tous les deux.

— Je t'aime, Raf, murmura-t-il.

Leur orgasme les avait épuisés et les laissait vibrer sous l'effet de la satisfaction.

Rafa s'allongea et Shane passa les bras autour de lui. Ils étaient poisseux et en sueur. La brise fraîche dansait sur leur peau. Son sexe ramollit et il se retira, caressant tendrement l'orifice étiré et mouillé de Rafa.

— J'aime la sensation de ton sperme en moi, marmonna Rafa en embrassant le cou de Shane. Parfois, je crois que je vais me réveiller et que je vais me retrouver là-bas, dans ma chambre, avec des draps mouillés.

Shane savait que « là-bas » signifiait la Maison-Blanche.

— Tu ne pourrais pas en être plus éloigné. Je te le promets. Cette semence dans ton cul est vraiment réelle.

Rafa rit doucement.

— Tu en es sûr ? Avant, je faisais des rêves *très* réalistes.

Enfonçant doucement un doigt, Shane joua avec ce bazar mouillé.

— Je confirme.

Il s'empara de la bouche de Rafa dans un long et lent baiser. Ils se séparèrent quand l'estomac de Shane gronda.

— Que disais-tu à propos du petit déjeuner ? s'enquit-il.

Riant, Rafa lui mordit l'épaule.

— Je disais que tu allais cuisiner pour moi, pour changer.

— Hum. Ce n'est pas ainsi que je me souviens de cette conversation.

Rafa leva la tête et exagéra son froncement de sourcils.

— Peut-être que c'est un problème de vieux. Je devrais m'en inquiéter ?

— Oh, tu veux la jouer comme ça ?

Il repoussa Rafa et ils luttèrent dans le sable, roulant encore et encore et se salissant grandement. Ils coururent jusqu'aux vagues, leur rire faisant écho avec les cris des mouettes.

Chapitre 2

MAINTENANT QUE LES *jaunes d'œuf sont à température ambiante, ajoutez le sucre et fouettez jusqu'à obtenir une épaisse mousse blanchâtre.*

Souriant, parce qu'il avait le sens de l'humour d'un enfant de douze ans, Rafa interrompit la vidéo YouTube sur son iPad qu'il avait appuyé contre le rebord de la fenêtre. Le ronronnement du mixeur envahit la petite cuisine et il jeta un coup d'œil par la fenêtre, au-dessus de l'évier, pour regarder leur petit carré de jardin.

Un oiseau gris picorait des miettes sur la table ronde du patio, dans un rayon de lumière qui filtrait depuis la fenêtre. Rafa avait ouvert les voilages et les coins vacillaient sous la brise de ce début de soirée. Il était à peine dix-huit heures, mais il faisait déjà noir.

Même si la plage était à quelques pâtés de maisons, l'odeur du sable et du sel envahissait l'atmosphère. Les épaules du jeune homme étaient douloureuses et il fit rouler son cou en battant les œufs. L'alerte vague avait sonné plus tôt, sur son téléphone, et il avait donc enfilé sa combinaison et emporté sa planche jusqu'à l'eau pour prendre quelques bons rouleaux.

Il était encore dément de penser qu'il était réellement en Australie. Qu'il surfait comme il en avait toujours rêvé. Il n'était pas si mauvais, bien qu'il ait beaucoup à apprendre. Shane lui avait enseigné les bases et s'était montré très patient. Alors que Rafa arrêtait le mixeur et retirait les fouets, il se rendit compte qu'il souriait.

Il était en *Australie*. Il *surfait*. Avec *Shane*.

Il lava les fouets dans l'évier et les sécha avec un torchon bleu océan qu'il avait acheté sur la côte de Surfers Paradise. Il adorait qu'ici, dans le Queensland, il existe une ville qui s'appelait *Surfers Paradise*. Jusqu'ici, l'Australie avait été encore mieux qu'il ne l'aurait jamais imaginé.

Fredonnant dans sa barbe, il fouetta le miel et le lait chaud. La cuisine de leur petite maison n'était pas immense et faisait environ la même superficie que la cuisine privée de la Maison-Blanche. Il n'y avait pas de place pour une table et le placard blanc devait être repeint.

Un lino beige usé recouvrait le sol, mais il était lisse sous ses pieds. Il y avait un double évier et même si le four chauffait la pièce, c'était assez bien. C'était à *lui*. Enfin, tant qu'ils loueraient la maison, au moins.

Ce n'était qu'un bungalow de plain-pied avec une chambre, mais c'était suffisant. Ils l'avaient meublé avec une table carrée de l'époque victorienne qui avait été retapée, un canapé en cuir et un lit king-size. Les sols, mis à part dans la cuisine et la salle de bain, étaient en parquet clair et les murs étaient peints d'un jaune crème. Rafa faisait parfois le tour de la maison en souriant, s'émerveillant que ce soit désormais sa vie.

Il s'apprêtait à reprendre la vidéo quand Skype sonna. Il observa l'image de sa mère sur l'écran – avec ses cheveux noirs parfaitement coiffés dans un long carré, ses lèvres d'un rouge profond et ses dents blanches scintillant presque autant que les perles autour de son cou. La tension remonta dans sa colonne vertébrale et il tapota ses cheveux décoiffés. C'était inutile, il pianota donc sur l'écran.

— Salut, Maman.

— Bonjour, chéri. Comment vas-tu ?

— Bien. Très bien ! Je fais un peu de pâtisserie. Il faut que je continue de m'entraîner avant que les cours commencent.

— Ah. C'est adorable. Que prépares-tu ?

— Une génoise. Je vais préparer de la crème au beurre à la vanille et servir le tout avec des suprêmes de mandarine sur le dessus. C'est la saison, ici.

— Ça m'a l'air délicieux. T'ai-je dit que ton père et moi avions dîné en ville avec Christian et Hadley, au Bergadine, l'autre soir ? C'était exquis. Le chef est connu pour ses desserts. Il a été formé à l'institut culinaire d'ici.

— Hmm hmm. Ça a l'air génial.

L'un des avantages de cette relation avec Shane était que la mère de Rafa était désormais *très* intéressée par ses inspirations culinaires – particulièrement par l'idée qu'il revienne se former aux États-Unis, ou qu'il aille partout où Shane n'était pas.

— On m'a dit que c'était un programme excellent. Si les circonstances changent, je suis sûre que nous pourrions t'inscrire immédiatement. Ou, bien sûr, tu pourrais aller à Paris. Le Cordon Bleu originel serait une expérience merveilleuse. Ashleigh a adoré Paris, non ?

Il résista à l'envie de lever les yeux au ciel. Les « circonstances » étaient le code pour Shane.

— Ouais.

— Et Ashleigh organise un bal à New York. Hadley a dit qu'elles avaient déjeuné au Public Kitchen. C'est un endroit très tendance. Je suis sûre que tu adorerais la nourriture, dans ce restaurant.

Respire. Souris.

— J'en suis certain, mais je suis heureux ici, Maman. Tout est génial. Bref, qu'est-ce que tu fais ? Attends, quelle heure est-il ? Ce n'est pas le milieu de la nuit ?

Il plissa les yeux en voyant un espace inconnu derrière elle, où se trouvait un genre de tableau encadré au mur. Un portrait ?

— Il est à peine plus de quatre heures du matin. Je participe au *Today Show*. Je vais parler de la nutrition adéquate dans les écoles.

Elle lissa ses cheveux parfaits d'une main.

— J'attends en coulisses.

— Oh, cool.

— Et comment ça se passe à Curl ? demanda Camila.

— À Curl *Curl*. Beaucoup de noms aborigènes sont répétés, tu te souviens ? Et tout va merveilleusement bien.

— Excellent. Je voulais simplement voir avec toi quelques détails pour notre itinéraire de la semaine prochaine. Nous allons dîner avec la Première ministre et sa famille.

Rafa grogna.

— *Je* dois être présent ? Pourquoi ?

Il recommença à fouetter le lait et le miel. *Shane est invité aussi* ? Ils pourraient peut-être s'engager plus tard sur ce terrain.

— Parce que tu es invité dans son pays et qu'elle a trois adolescents. Matthew et toi, vous pourriez les occuper.

— Attends, Matty vient ?

Il arrêta de fouetter.

— Depuis quand ?

Le sourire de Camila se crispa.

— Depuis qu'il s'est rompu la coiffe des rotateurs, il y a quelques jours. Il doit se reposer et ses entraîneurs sont d'accord pour dire qu'une escapade le guérira mieux que s'il se morfondait dans son appartement.

— Oh. Ça craint qu'il soit blessé, mais je suis ravi de le voir.

Rafa était tout de même vexé que son frère ne lui ait pas dit lui-même.

— Chéri, il ne l'a dit à personne d'autre, expliqua Camila, comme si elle lisait dans ses pensées. Christian et ta sœur ne le savent pas. Matthew est vraiment en colère. Ça pourrait marquer la fin de sa carrière de nageur et il ne veut pas affronter cette éventualité. Il est renfermé sur lui-même, pour le moment. Mais je sais qu'il a hâte de te voir.

L'offense céda la place à un tourbillon de culpabilité poisseuse. Rafa avait dissimulé sa personnalité pendant si longtemps qu'il ne devrait pas en vouloir à son frère si celui-ci avait besoin de temps pour démêler ses problèmes.

— J'ai vraiment hâte de le voir, moi aussi. Ce sera génial. Même si nous devons parler de la pluie et du beau temps avec la Première ministre et ses enfants.

— Oui, ce sera génial, et oui, vous le devez.

Gloussant, Rafa se rendit compte un peu trop tard que la porte d'entrée s'était ouverte et que le parquet craquait sous des pas. Shane entra dans la cuisine, des sacs de courses dans les mains, et Rafa ouvrit la bouche pour l'informer qu'il était en Skype, mais son homme l'embrassait déjà, ses lèvres sèches et sa barbe rêche.

— Salut, chéri.

Shane posa les sacs par terre avant de caresser les fesses de Rafa.

— Qu'est-ce que tu cuisines ?

— Bonjour, agent Kendrick.

Prenant une brusque inspiration, Shane tituba en arrière et manqua de trébucher sur les courses. Il s'éclaircit la gorge et se redressa, tirant sur son T-shirt. Ils portaient tous les deux des jeans et des T-shirts, la plupart du temps.

— Bonjour, madame Castillo, dit-il de sa voix la plus rauque digne des services secrets. Et je vous en prie, appelez-moi Shane, maintenant.

Rafa l'avait déjà rappelé à sa mère un milliard de fois. Sur l'écran, elle sourit nerveusement et omit ostensiblement de dire qu'il devrait également l'appeler par son prénom.

Rafa s'éclaircit la voix.

— Je préparais seulement un gâteau et je discutais avec Maman. Maman, je devrais m'y remettre, sinon je vais devoir fouetter encore une fois mes jaunes. On se voit la semaine prochaine. J'ai hâte.

Comme il avait hâte !

Presque.

Un infime morceau de glace se fissura et il vit une chaleur sincère dans les yeux de sa mère.

— Moi aussi, chéri. Nous avons hâte de te voir. Tu nous as tellement manqués. Pâtisse bien !

Rafa appuya sur le bouton rouge et s'affala contre le plan de travail.

— J'ignore pourquoi elle doit rendre tout si...

Il agita la main et du lait voleta depuis son fouet. Il posa le cul-de-poule sur le plan de travail et attrapa un torchon pour essuyer les placards qui avaient été salis.

Shane ricana en attrapant une bière dans le frigo qu'il décapsula.

— Parce que ça lui provoque un plaisir tordu ?

Il but une gorgée avant de grimacer.

— Désolé. Écoute, si tu étais mon enfant, je ne voudrais pas non plus que tu te mettes à la colle avec moi.

— *Que je me mette à la colle* ? demanda-t-il en riant. C'est ce qu'on fait ?

— Oui.

Shane l'attira contre lui et le gratifia d'un long et lent baiser *obscène* qui précipita le sang de Rafa dans son pénis.

— On vit dans un merveilleux péché. Je ne changerais ça pour rien au monde.

Le sourire de Rafa se figea et avant qu'il puisse s'en empêcher, il dit :

— Genre, jamais ?

— Quoi ? répondit Shane en fronçant les sourcils.

Attrapant le cul-de-poule et le fouet en métal, Rafa fit mousser une nouvelle fois le lait froid et le miel.

— Hein ? Rien. Oublie.

C'était vraiment stupide. Shane et lui n'étaient ensemble que depuis, quoi ? À peine six mois. S'ils comptaient se marier, ce ne serait pas avant une éternité. Probablement des années. Il ne devrait pas interpréter le commentaire désinvolte de son petit ami.

Shane le dévisageait toujours en fronçant les sourcils et Rafa se pencha avant de le gratifier d'un baiser.

— Ma mère m'a juste mis sur les nerfs. Au fait, Matty vient avec eux. Alors ce sera peut-être un tout petit peu moins gênant ? Oh, et nous devons aller dîner chez la Première ministre. Enfin, tu n'es pas obligé de venir si tu n'en as pas envie.

Shane lui sourit narquoisement.

— Je crois que ce serait mieux pour tout le monde si j'esquivais cette fête-là.

— Oui. J'imagine.

Néanmoins, Shane était son partenaire, alors pourquoi ne viendrait-il pas ? Si Chris et Hadley lui rendaient visite, personne ne s'attendrait à ce qu'Hadley reste à la maison. Il fouetta plus ardemment, l'ustensile cliquetant contre les bords du cul-de-poule.

Shane commença à déballer les courses.

— Je suis sûr que tu passeras un bon moment. Ça va dans le frigo ou dans le placard ?

Il leva un pot de Vegemite.

— Euh. Dans le placard, je crois ? On pourrait chercher sur Google. J'imagine que les Australiens auront des opinions très arrêtées sur le sujet.

— J'imagine que oui.

Il ouvrit le pot et le renifla.

— Je crois qu'on ne va pas aimer.

— Je le crois aussi, mais je veux au moins essayer pour connaître le goût. Apparemment, tu es censé le manger sur une tartine avec du beurre.

— Pour moi, c'est du gâchis de bon beurre.

Rafa s'esclaffa.

— C'est vrai.

Il enfourna enfin le gâteau alors que Shane lui parlait de ses

contrats potentiels de conseil en sécurité, puis il prépara rapidement le glaçage et le laissa reposer le temps que le gâteau
refroidisse. Il donna l'un des fouets du batteur électrique à Shane
et garda l'autre.

Son homme lécha lentement le métal en grognant.

— Ça, c'est une utilisation excellente de beurre.

Enroulant sa langue autour de son propre fouet, Rafa marmonna :

— Hmm-hmm.

— Viens ici.

Shane le regarda de ses yeux bleus avides.

Vibrant discrètement de désir, Rafa réduisit la distance entre
eux. Shane saisit ses lèvres et lécha une tache de glaçage au coin de
la bouche de son petit ami. Leurs langues étaient couvertes de
sucre et le beurre crémeux s'attarda dans leur baiser.

— Ça donne une toute nouvelle dimension à l'*umami*.

Ce soi-disant cinquième goût décrivait l'arrière-goût et la
« sensation » dans la bouche. À cet instant, il ne put rien imaginer
de meilleur.

Gloussant, Shane lécha ce qu'il restait de la crème à la vanille
sur son fouet et embrassa Rafa quand elle était encore sur sa
langue. Le glaçage était sucré, léger et pourtant épais et riche à la
fois.

— Hum. Tu fais des choses incroyables dans la cuisine. Et
avec ta langue.

— C'est le seul inconvénient si on achète un KitchenAid, un
jour. On ne pourra pas avoir un fouet chacun comme avec le
mixeur.

— Je peux prendre une cuillère, dit Shane avant de lécher une
nouvelle fois les lèvres de Rafa. Quelle couleur voudrais-tu ? On
peut en acheter un demain.

Bien sûr, « on » se référait plutôt à Shane, comme Rafa ne
gagnait toujours pas d'argent. Il avait prévu de se trouver un travail

dans un restaurant, mais le battage médiatique, une fois que sa relation avec Shane avait été dévoilée, avait été plus intense qu'il ne l'aurait imaginé. Il aurait dû faire avec et tenter tout de même de trouver un travail, mais Shane avait insisté sur le fait que l'argent n'était pas un problème. Rafa était tout de même mal à l'aise.

Il secoua la tête.

— Non, c'est bon. Je veux en acheter un quand j'aurai un travail. Ou j'imagine que je pourrais prendre l'argent de mon fonds fiduciaire comme je l'ai fait avec mes frais universitaires et ma voiture, mais… Quand les cours commenceront, je saurai quand je pourrai travailler et je te rembourserai pour…

— Pour *rien*.

— Pour ma moitié du loyer, pour la nourriture, pour l'essence, pour…

Rafa agita la main.

— Pour tout. Je veux contribuer.

Shane lui prit les mains.

— Chéri, tu *contribues* bien assez en étant simplement là. Ne stresse pas à l'idée de te trouver un travail. Prends d'abord tes marques à l'école. Aucune précipitation. Nous sommes partenaires. L'idée n'est pas de tenir les scores. Je me fous totalement de l'argent.

Rafa soupira et une partie de la tension s'apaisa. Il savait que Shane était sincère, mais il savait aussi que l'argent finirait par s'épuiser.

— D'accord.

Son minuteur sonna et il alla voir si les couches de gâteau étaient cuites.

Partenaires.

Rafa fit rouler ce mot dans son esprit, souriant discrètement alors qu'il ressortait le cure-dent du centre de l'un des gâteaux. Il était légèrement couvert de pâte gluante. Le jeune homme ferma donc la porte du four et remit le minuteur en marche. Il payerait tout de même sa part quand il le pourrait, afin que leur compte joint ne soit pas renfloué uniquement par Shane.

Il pourrait demander à ses parents un peu plus d'argent de son fonds fiduciaire – auquel il n'aurait pas librement accès avant ses vingt-cinq ans, soit dans trois ans. Toutefois, l'argent de ce fonds était source de culpabilité et de stress. Il se disait que Shane avait raison. Ils étaient partenaires de toutes les autres façons. De toutes les façons qui comptaient réellement.

Shane s'affaira, plia des vêtements dans le salon, où le panier de linge semblait toujours finir une fois que tout était sec. Leur machine à laver avait une fonction sèche-linge, mais il prenait un temps ridicule et Rafa comprenait donc pourquoi le linge voletait toujours dans les jardins australiens.

Il fit cuire des pâtes fraîches et réchauffa du bœuf khao soy qu'il avait préparé. Le curry épicé à la thaïlandaise était crémeux. Quand les gâteaux furent mis à refroidir, il jeta un coup d'œil à l'horloge et dit :

— Tu peux allumer ?

Quelques instants plus tard, le murmure de la télévision résonna dans la maison. Quelques publicités défilèrent tandis que Rafa égouttait les pâtes et coupait des quartiers de citron vert. Le volume augmenta ensuite quand une voix masculine familière déclara : *Précédemment, dans* Master Chef *Australie.*

Rafa écouta le résumé et dressa leur dîner dans des assiettes, récupérant de tendres morceaux de bœuf et versant de la sauce sur les nouilles chaudes, avant de saupoudrer le tout de pâte frite sur le dessus et de placer un quartier de citron sur le côté. Il se hâta dans le salon et passa une assiette ainsi que des couverts à Shane.

— Tu veux une autre bière ?

— Ce serait parfait, merci. Hum, ça sent divinement bon.

— C'est la même chose qu'hier.

S'asseyant sur le canapé et relevant les pieds sur la table basse en bois, Shane sourit en pressant le citron vert sur son dîner.

— C'était déjà délicieux hier. Je pourrais en manger tous les jours.

Rafa revint avec deux bières et s'installa à côté de lui, s'enfonçant dans le canapé en cuir foncé. Les candidats étaient interrogés sur la nervosité qu'ils ressentaient pour le challenge du jour. Il sourit par anticipation. Les émissions de télé-réalité australienne passaient cinq soirs par semaine, ce qui était complètement fou – et addictif.

Le portable de Shane vibra et il le sortit de sa poche.

— Il faut que je réponde, désolé. C'est à propos de ce contrat de sécurité avec l'entreprise chinoise.

— Tu veux que je mette sur pause ?

— Non, ça ne prendra qu'une minute et ils font un million de résumés, de toute manière.

Shane alla dans la chambre et ferma la porte. Les publicités arrivèrent bientôt et Rafa coupa le son de la télévision en mâchant ses nouilles crémeuses et épicées. Il écouta le murmure réconfortant de la voix de Shane et se leva pour remettre droit le cadre au-dessus de la télé en le poussant très légèrement sur la droite.

Ils avaient acheté ce tableau représentant deux surfeurs dans une galerie de Bondi. Shane avait insisté sur le fait qu'il souhaitait une véritable œuvre d'art, pour la première fois, et non pas quelque chose qui proviendrait d'IKEA ou d'un autre magasin de bric-à-brac. Rafa recula et s'assura qu'il était bien droit.

La peinture à l'huile formait des tourbillons dans des teintes de bleu, vert, turquoise et or blanc, représentant deux surfeurs chevauchant leur planche sur l'océan, attendant une vague, et se profilant au soleil. On les voyait depuis le dessous, les rayons du soleil pénétrant l'eau claire et les pieds des hommes pendant dans le vide. Il n'y avait rien de contrasté, le tout était fluide et doux, comme dans un rêve.

Cette image apaisait Rafa et il sourit dans sa barbe. Les publicités infinies défilaient encore et il attrapa un chiffon dans le tiroir sous la télé afin d'épousseter les cadres photo posés sur la table basse.

Il y avait un cliché de sa famille prise lors d'un événement. Ils avaient tous le dos droit et de larges sourires présidentiels. Ses boucles étaient lissées et son chino repassé. Rafa cligna des yeux devant cette ancienne image de lui, se rappelant à quel point il avait été triste et effrayé.

Il devait vraiment prendre de nouvelles photos de famille informelles. Il devrait insister pour en prendre quelques-unes quand ses parents et Matthew lui rendraient visite. Dommage qu'Adriana et Chris ne puissent venir, mais ils avaient un travail qu'ils ne pouvaient abandonner pendant trois semaines.

Il y avait une photo de Rafa et Ashleigh, lors de leur remise de diplôme à l'UVA, avec leur robe de cérémonie et leur chapeau. Leurs bras étaient entrelacés, les cheveux dorés de la jeune femme voletaient et ses joues étaient creusées de fossettes comme elle souriait. Un picotement le traversa. Merde, il devrait vraiment l'appeler sur Skype et prendre de ses nouvelles.

Elle se pliait en quatre en tant qu'assistante administrative pour une patronne cauchemardesque du type Miranda Priestly. Apparemment, il était indispensable de vivre sa propre expérience digne du *Diable s'habille en Prada* pour réussir dans le monde de la mode.

Il passa le chiffon sur le cadre argenté où se trouvait la photo d'une autre remise de diplôme. Shane avait beaucoup plus de cheveux et moins de rides autour des yeux, quand il souriait. Les Kendrick rayonnaient tant que Rafa sentait quasiment l'éclat chaud de leur amour et de leur fierté.

La mère de Shane était petite et assez mal fagotée. Son père avait une calvitie et du ventre. Ils paraissaient parfaitement normaux, de la meilleure des manières. Il savait que Shane s'en voulait toujours pour leur mort dans un incendie, alors qu'il n'était pas chez eux, comme il était déjà adulte et vivait sa propre vie à l'autre bout du pays, à l'époque.

Rafa souffrait de l'idée qu'il ne les rencontrerait jamais. L'auraient-ils apprécié ? Ou auraient-ils pensé qu'il était trop jeune. Inutilement, il épousseta encore et encore le cadre. C'était l'unique photo qu'il restait à Shane de ses parents, lorsque l'incendie eut détruit la maison de son enfance. Il frissonna. Aussi frustrants que soient ses parents, l'idée de les perdre était insupportable.

De retour sur le canapé, il remit le son de la télé et se reconcentra sur son dîner avant d'être captivé par la compétition. Peu de temps après, Shane s'affala à ses côtés.

— Bon, qu'est-ce qu'ils doivent faire, là ?

— Tu vois toutes ces boîtes lumineuses sur la longue table ? Chacune contient une tranche de nourriture hyper fine, et tour à tour, ils vont identifier de quelle nourriture il s'agit. Tous les aliments faciles ont déjà été trouvés : kiwi, tomate, citron vert. Les trois premiers qui se trompent devront cuisiner pendant l'épreuve éliminatoire.

Shane hocha la tête et mangea une bouchée de bœuf et de nouilles pendant qu'ils regardaient l'émission. Il serra la cuisse de Rafa.

— C'est délicieux, comme d'habitude. Merci.

Rafa haussa les épaules et une chaleur emplit sa poitrine.

— Ce n'est rien.

Alors que la compétition se jouait dans un mouchoir de poche, Rafa attrapa le petit carnet qu'il gardait sur la table basse et nota quelques aliments dont il n'avait jamais entendu parler, comme le ramboutan.

— Tu as déjà utilisé de l'ail noir ? demanda Shane. Je crois que je n'en ai jamais mangé.

— On le retrouve généralement dans la cuisine asiatique. J'en achèterai au marché, si je le peux. J'ai quelques idées pour une nouvelle recette.

Comme il apprendrait les bases de la cuisine française au Cordon Bleu, il révisait les autres types de cuisines pour le moment.

Il mit l'émission en pause avant l'épreuve éliminatoire et alla rapidement glacer le gâteau avant de préparer quelques suprêmes de mandarines pendant que Shane faisait la vaisselle. Ils n'avaient pas de lave-vaisselle, mais Rafa s'était habitué à cela, dans la cuisine privée de la Maison-Blanche. Manifestement, ça ne dérangeait pas Shane non plus, comme il fredonnait légèrement.

Rafa lissa une dernière fois le tour du gâteau avant de lécher l'excédent de glaçage sur le couteau. Shane s'éclaircit bruyamment la gorge et haussa un sourcil.

— Tu ne vas pas partager ?

Souriant, Rafa glissa une main sur la nuque de Shane et l'attira pour un long baiser sucré.

Chapitre 3

— VOUS POUVEZ répéter ? demanda Shane alors que son ventre se nouait.

L'homme reprit la parole d'une voix claire et confiante.

— Le plan a changé, nous exigeons votre présence à l'audience pour votre témoignage. Nous savons bien que nous vous prévenons à la dernière minute, mais le jury estime que c'est nécessaire.

Shane s'assit lourdement sur la chaise longue dans le jardin, du sable restant entre ses orteils et sa combinaison collant à son corps. Un oiseau siffla et le soleil apparut derrière les nuages.

— Vous comprenez que je vis en Australie, à présent ? Que j'ai des obligations professionnelles ?

Que j'ai une vie, contrairement à l'époque où j'étais dans les services secrets ?

Le ton de l'homme demeura froidement professionnel et imperturbable.

— Nous nous excusons pour le dérangement.

— Ouais.

Les services secrets n'avaient même pas demandé à Nguyen, à Harris ou à quelqu'un que Shane connaissait de l'appeler.

— Vous comprenez à quel point cette enquête est nécessaire ? Après vos nombreuses années de service…

— Ça suffit. Je vais venir.

Il n'avait certainement pas besoin d'un discours patriotique concernant son devoir.

— Quel vol dois-je prendre ? Je suppose que les services secrets ont déjà tout arrangé.

— Oui. Nous vous transmettrons tout ce dont vous avez besoin. Le vol part de Sydney mardi matin.

Ils se saluèrent laconiquement et Shane regarda son écran de téléphone. Les icônes des applications longeaient les contours d'une image de Rafa, en train de rire avec sa planche de surf, ses boucles mouillées retombant autour de ses yeux et des vagues scintillant derrière lui. L'écran s'éteignit après une minute.

Mardi matin. Donc juste avant que les Castillo arrivent à Sydney. Il se leva et fit les cent pas sur la bande de pelouse au-delà du patio ombragé. Les brins d'herbe étaient frais entre ses orteils. Il tenta de lutter, mais le soulagement le submergea quand il pensa qu'il n'aurait pas à gérer les parents de Rafa.

Bien sûr, il les verrait tout de même. Ils venaient pour plusieurs semaines et son témoignage lors de l'audition ne prendrait pas plus de quelques jours. Cela ne ferait que retarder l'inévitable et mettrait probablement Rafa sur les nerfs.

— Merde, marmonna-t-il.

Rafa allait devoir affronter ses parents seul, pour commencer.

Désormais, un frisson de culpabilité serpentait en lui. Il ne devrait pas se sentir soulagé le moins de monde de laisser Rafa seul et vulnérable face à la pression que ses parents allaient indubitablement exercer. Ils voulaient qu'il revienne aux États-Unis. Évidemment qu'ils le souhaitaient. Shane ne leur en voulait même pas pour ça. La plupart des parents voulaient que leurs enfants restent près d'eux.

Bon sang, il ne pouvait même pas leur reprocher de ne pas approuver la relation entre Rafa et lui. La différence d'âge, la manière dont ils s'étaient rencontrés... Shane n'aimerait pas non plus, s'il était à leur place. Pourtant, son côté protecteur envers son petit ami s'éleva et il s'agrippa à son portable en faisant les cent pas plus rapidement.

Rafa était *heureux* en Australie. Avec Shane. Ce qu'ils avaient ensemble était *agréable*. Il était impossible que Shane abandonne tout ça sans se battre. Rafa non plus. Il devait avoir confiance en cela.

Mais si…

— Arrête.

Il prit une profonde inspiration et hocha la tête. Ils résisteraient à toute tempête provoquée par les Castillo. Le départ de Shane pour son témoignage était un désagrément, mais il rentrerait avant même que Rafa s'en rende compte. Tout irait bien.

Et quant au fait que Rafa va se retrouver tout seul dans la maison ?

Shane s'obligea à nouveau à respirer. Il aurait aimé que le jardin soit plus grand pour qu'il puisse l'arpenter plus longtemps. Il était ridicule d'angoisser à l'idée que Rafa dorme seul dans la maison. C'était un adulte. Son père n'était plus président. Rafa n'avait plus besoin de protection.

Pourtant le souvenir de la terreur dévastatrice qu'il avait ressentie quand le jeune homme avait été kidnappé l'empoignait. Même s'il était en plein jour, l'espace d'un instant, il fut de retour sous la pluie, dans la boue, dans le noir, et il fut pris d'un désespoir total.

— Merde !

Un oiseau cria et battit des ailes en entendant l'exclamation de Shane. Il devait reprendre le contrôle. Les cauchemars étaient déjà assez horribles. Il devait laisser Rafa vivre sa vie et ne pas tourner autour de lui. Celui-ci finirait par lui en vouloir et ça n'était pas sain.

Mais tout peut arriver à n'importe quel moment. Il y a un million de variables. Et s'il a besoin de moi et que je ne suis pas là ? Et s'il est blessé parce que je ne suis pas là ?

— Je ne peux pas toujours être présent, dit-il à voix haute.

C'est la vie.

Il aurait aimé avoir l'air plus convaincant.

Tapotant son téléphone, Shane vérifia l'heure qu'il était. Il avait encore quelques heures avant son dîner d'affaires en ville avec de nouveaux clients, mais rester planté là à s'inquiéter de ce qui pourrait arriver n'aurait aucun effet. Rafa serait sain et sauf et leur relation était solide. Les Castillo n'y changeraient rien, même s'ils passaient du temps seul avec Rafa.

Shane ricana, riant dans sa barbe alors qu'il retirait sa combinaison et entrait pour prendre une douche et se débarrasser de ses peurs ridicules. Pensait-il qu'il allait rester collé à son petit ami chaque instant que celui-ci passait avec sa famille ? Bien sûr que non. Rafa adorait ses parents, mais il ne voulait plus qu'ils le contrôlent. Et il verrouillerait les portes. Il s'en sortirait donc parfaitement bien pendant l'absence de Shane.

Après avoir pris une douche chaude et s'être rasé, Shane s'essuya et enfila un costume. Il retourna dans la salle de bain. Le carrelage était toujours humide et la condensation restait visible aux bords du miroir au-dessus du lavabo.

Il mit ses écouteurs et lança le podcast qu'il avait commencé plus tôt à propos des relations sino-australiennes afin d'avoir des connaissances de base pour son nouveau projet. Il valait toujours mieux connaître le climat politique. Il aspergea ses joues fraîchement rasées d'après-rasage et se brossa les dents.

Relevant le menton, il lissa sa cravate bordeaux et examina son col dans le miroir alors que la femme du podcast détaillait un accord commercial. Rafa apparut derrière lui, dans le reflet. Il portait un jean et la chemise qu'il avait enfilée après être allé surfer pour se rendre au supermarché. Le cœur de Shane loupa un battement. Il appuya sur « pause », sur son iPod démodé, et retira un écouteur en regardant par-dessus son épaule.

— Salut.

— Salut, répondit Rafa en se mordant la lèvre.

Pff, Shane devait lui annoncer la mauvaise nouvelle. Ou ce n'était peut-être pas aussi grave. C'était peut-être une bonne chose que Rafa passe quelques jours, seul, avec ses parents. Qu'ils passent quelques bons moments ensemble pour rattraper le temps perdu ? Dans tous les cas, il devait lui parler du changement de plan. Il se retourna.

— Alors…

Avant qu'il puisse trouver la bonne approche, Rafa recula et parcourut le corps de son homme de haut en bas. Il se lécha les lèvres, ce qui envoya une étincelle dans la colonne vertébrale de Shane.

— Je ne t'ai pas vu dans un costume depuis la Maison-Blanche.

— J'imagine que non, répondit-il en glissant une main sur sa veste couleur charbon. Je vais mieux m'habiller, maintenant que je rencontre des clients.

— Hmm. Tu t'es rasé, aussi. L'agent Kendrick était toujours parfaitement rasé.

Rafa avança – non, il *rôda* – vers lui. Il tendit la main et toucha l'oreillette qui se trouvait toujours dans l'oreille de Shane, et celui-ci se rendit compte qu'elle était similaire à celle qu'il portait à l'époque des services secrets.

Il sourit narquoisement.

— Devrais-je mettre mes lunettes de soleil ?

Les genoux de Rafa heurtèrent le sol et il tira sur la ceinture de Shane, le poussant contre le lavabo. Sa voix devint un grave grognement.

— Baisez-moi la bouche, agent Kendrick.

Il baissa le pantalon et le boxer de Shane avant de libérer son membre qui s'éveilla.

Merde, il devait lui annoncer la nouvelle, mais alors que son petit ami le suçait au point de le faire bander, avec de petits gémissements avides et des bruits de déglutition, Shane plongea plus profondément dans sa bouche. Le reste de son monde disparut et il n'y eut alors plus que la délicieuse succion.

— Bon sang, bébé, marmonna-t-il.

Rafa gémit autour de son sexe, les lèvres étirées. Shane s'agrippa à sa tête et glissa les doigts dans les boucles tandis qu'il prenait le contrôle avec de petits coups de reins et faisait attention à ne pas aller trop profondément. Rafa leva les yeux vers lui avec une telle adoration que son cœur se serra. Avec son costume, Shane pouvait presque imaginer qu'ils étaient de retour à la Maison-Blanche. Un frisson interdit le traversa.

— Tu aimes sucer ma queue, Vaillant ?

Rafa grogna. De la salive déborda des commissures de ses lèvres et sa gorge se resserra merveilleusement tandis qu'il avalait autour du membre de Shane et s'agrippait à ses cuisses, où le pantalon de costume était froissé autour de ses genoux.

— Pas de main, lui ordonna Shane.

Rafa obéit.

— Sors ta queue. Tu bandes pour moi ?

Tandis que Shane continuait de lui prendre la bouche, soutenant le crâne du jeune homme, celui-ci tâtonna avec son jean et tendit la main dans son boxer afin de sortir sa longueur. Shane l'aperçut, ce gland rouge et brillant qui dépassait sous son prépuce. Rafa respira difficilement par le nez, de petits bruits mouillés et des baisers résonnant dans l'air.

— Branle-toi.

Il s'exécuta, sa main glissant tandis que sa bouche restait grande ouverte et prenait tout ce que Shane lui donnait.

— Ohhh, ohhhh, grogna-t-il.

— C'est ça.

Shane écarta les jambes, le plaisir montant à chaque coup de bassin dans la bouche mouillée et chaude de Rafa.

— Attention à ne pas jouir sur mon costume.

L'espace d'un instant, Shane crut que Rafa s'étouffait. Il réalisa ensuite, lorsque son cœur loupa un battement, qu'il riait. Il rit aussi et son petit ami le dévisagea avec des yeux lumineux et une confiance inébranlable.

Une possessivité primitive vibra en Shane. Il était surexcité à l'idée d'être le seul qui avait eu la chance de toucher Rafa. Sa poitrine se comprima sous l'effet de l'affection et il eut le vertige alors que sa respiration se coupait.

Ses testicules se crispèrent et il se balança dans de plus grands mouvements, l'orgasme prenant le dessus. Il grogna en se déversant dans la gorge de Rafa. Ce dernier eut les larmes aux yeux en avalant par à-coups. Shane se retira et éclaboussa son visage avec les dernières gouttes. Le blanc contrastait avec ses taches de rousseur et sa peau bronzée. Un long filet de salive et de sperme pendait entre eux, reliant son membre et les lèvres gonflées et luisantes de Rafa.

— Merde, tu es si beau, chuchota Shane.

Rafa ferma les yeux et jouit en haletant pendant qu'il se masturbait rapidement et geignait doucement.

— Oh, oh, oh…

Il se pencha en avant, la tête contre la hanche nue de Shane. Il passa les bras autour de ses cuisses et son homme lui caressa ses doux cheveux.

Après une minute, Rafa se rassit sur ses talons et baissa les yeux, son torse se soulevant encore péniblement.

— Je crois que j'ai loupé ta manche d'à peine deux centimètres.

Ils s'esclaffèrent et Shane l'aida à se relever.

— Ça aurait valu la peine de payer le nettoyage à sec.

Rafa le gratifia d'un baiser musqué et Shane lécha tendrement sa bouche. Le souvenir qu'il devait lui parler du changement de plan faisait mollement écho, mais ils se mirent bientôt à rire à cause du pantalon froissé de Shane. Il dut changer de costume et partir en ville pour s'assurer d'arriver à son rendez-vous en avance.

Il était inutile de mettre Rafa en colère maintenant, avant d'être obligé de tourner les talons pour partir. Ça pouvait attendre.

ÇA BRÛLE.

Les flammes rugissent des fenêtres du premier étage, ses parents crient à l'intérieur, coincés. Il n'y a pas que Maman et Papa. Rafa aussi l'appelle, de sa voix rauque et brisée.

— Shane !

Les pieds coincés dans la boue, la pluie brouille tout sans atténuer le feu. La chaleur brûle son visage et ses mains alors qu'il se débat dans la gadoue. Tous ceux qu'il aime agonisent. Il se relève difficilement, ses jambes inutiles s'effondrant sous lui. Maman, Papa et Rafa crient et...

Le cœur sur le point d'exploser, Shane se réveilla en haletant. Il était blotti, nu, sur le flanc. Son corps était raide et douloureux et sa gorge était sèche. Les rideaux occultants faisaient leur boulot, il était donc dans l'obscurité. Avait-il crié à voix haute ?

— Ça va ? marmonna Rafa.

Ses doigts frais s'enroulèrent autour de l'épaule de Shane.

Il ne doit pas me voir comme ça !

La panique rugissant en lui, Shane tituba et s'élança vers la salle de bain avant de fermer le verrou derrière lui. Ses genoux étaient comme de la gelée et il s'appuya contre la porte. Le tissu-éponge duveteux de leurs peignoirs pendus paraissait trop rêche contre sa peau fiévreuse. Il n'alluma pas la lumière. La fenêtre en verre dépoli derrière les toilettes laissait entrer un éclat argenté. Les pots de coquillages de Rafa étaient comme des ombres sur le rebord de la fenêtre.

— Shane ?

Rafa frappa à la porte, ce qui l'ébranla, même s'il avait à peine effleuré le battant.

— Qu'est-ce qui ne va pas ?

La poignée de porte cliqueta.

— Oh. Qu'est-ce que…

Après quelques instants, Rafa l'appela à nouveau.

— Shane ?

— Je crois que j'ai mangé quelque chose de mauvais, répondit-il d'une voix rocailleuse. Ne t'inquiète pas, bébé. Va te recoucher.

Il s'éloigna de la porte et se rapprocha des toilettes, s'appuyant des deux mains sur le lavabo. Son cœur tambourinait comme s'il avait la gueule de bois. Il avait une lourde impression de déshydratation, même s'il n'avait bu que deux verres de vin pendant le dîner.

— Les portions étaient si petites dans ce restaurant chic où je suis allé que j'ai mangé de la street-food en retournant à ma voiture. Les hot-dogs, c'est toujours risqué. Clairement.

— Merde. Euh, littéralement.

Shane réussit à rire nerveusement, son pouls ralentissant enfin alors qu'il chassait les images de son cauchemar. Rafa était juste devant sa porte. Il était entier. Il était en sécurité.

Respire.

Le chagrin le traversa tout de même, et les voix de ses parents dans son rêve, ainsi que la vue de leur maison en flammes, étaient encore une plaie fraîche et à vif.

— On a du Pepto ou un autre médicament ? demanda Rafa derrière la porte. Je veux t'aider. Je peux faire un saut à la pharmacie de garde. Il n'y aura personne sur la route.

— Non, non. Ça va.

Shane abaissa le battant des toilettes et s'assit péniblement.

— Je dois juste tout évacuer. Fais-moi confiance, tu n'as pas envie de sentir ça.

— Je peux gérer une petite merde. Ou une grosse. Peu importe.

— Ça va. Retourne te coucher. Je crois qu'il y a du Pepto. Je vais attendre quelques minutes et voir si autre chose sort.

Après quelques instants, Rafa répondit à contrecœur.

— D'accord.

Fermant les yeux, Shane resta assis jusqu'à ce que son cœur batte normalement et que le voile de sueur sur sa peau ait séché. Il glissa ses orteils sur le bord d'un carreau de carrelage, comptant les secondes en inspirant, expirant et retenant son souffle pendant la même durée.

Il méprisait sa faiblesse.

La culpabilité pesait lourdement sur lui, comme une couverture rêche. C'était un bobard idiot d'affirmer qu'il avait la diarrhée, mais il détestait tout de même mentir. Dans tous les cas, il n'avait pas besoin d'inquiéter Rafa avec les cauchemars. Ils étaient temporaires. Après son témoignage, ils s'arrêteraient. Ils pourraient remettre toutes ces conneries de côté. Rafa était passé à autre chose, fort comme il était. Shane n'allait certainement pas l'entraîner à nouveau là-dedans.

Merde. Shane ne lui avait pas encore parlé de son retour aux États-Unis. Quand il était rentré chez lui après le long dîner d'affaires, qui s'était terminé avec des poignées de main et la promesse de contrats envoyés par coursier pour être signés, Rafa était endormi dans le lit. La petite télé sur la commode était allumée sur un match international de cricket. Rafa avait gigoté quand son petit ami s'était glissé derrière lui, mais il avait été inutile de le réveiller pour lui annoncer de mauvaises nouvelles.

Enfin, à vrai dire, était-ce si mauvais ? C'était sans doute pour le mieux. Il se frotta le visage. Non, il savait que Rafa serait en colère, et c'était la raison pour laquelle il retardait l'échéance.

— Putain, grommela-t-il.

Ce serait la première chose qu'il lui dirait le lendemain matin.

Après suffisamment de temps, il tira la chasse d'eau et se lava les mains avant de se remettre au lit. Il avait à peine touché le matelas quand Rafa prit la parole.

— Pas besoin d'être discret. Je suis réveillé.

— Rendors-toi. Il est tard. Ou tôt. Les deux.

Il se blottit sur son flanc, face aux fenêtres dissimulées.

— Tu te sens mieux ?

Rafa ne semblait pas du tout endormi. Il posa une paume sur le dos de Shane.

— Tu es si tendu. Tu as fait un cauchemar ?

— Non. J'ai juste eu la diarrhée.

Tandis que Rafa se rapprochait et massait les épaules nouées de Shane, celui-ci ne put s'empêcher de se détendre contre lui, même si le jeune homme aurait dû dormir et non pas prendre soin de lui.

— Hmm. C'est bon. Merci.

Rafa fredonna doucement en s'enfonçant doucement dans les muscles de Shane. Quelques minutes plus tard, il chuchota :

— Tu sais que tu peux me le dire si quelque chose te dérange.

Le cœur de Shane loupa un battement.

— Tout va très bien.

— Alors, pourquoi tu viens tout juste de te crisper ?

Rafa le massa doucement, ses pouces appuyant merveilleusement à la base du crâne de Shane.

— Tu viens tout juste de toucher un point noué. Honnêtement, chéri. Je vais très bien.

Rafa se blottit contre lui, prenant Shane en cuillère et l'embrassant tendrement dans la nuque.

— Tu as besoin de quelque chose ? Tu veux de l'eau ?

C'est moi qui suis censé prendre soin de toi. Shane secoua la tête, tentant de ne pas se contracter alors que la culpabilité le tiraillait, tel un hameçon dans son estomac.

— Il faut que tu dormes.

Il remua et se retourna, encourageant Rafa à en faire de même jusqu'à ce que Shane le prenne en cuillère.

— Merci de m'avoir aidé.

— Je n'ai pas fait grand-chose.

— Bien sûr que si. Je crois que mon ventre va mieux.

Il embrassa la tête de Rafa. Les boucles lui chatouillèrent le nez et la chaleur du corps de son petit ami dans ses bras était familière. Elle lui permettait de garder les pieds sur terre.

— Bonne nuit.

— Bonne nuit. Tu me promets que tu me réveilleras si tu as besoin de quoi que ce soit ?

— Promis.

Les minutes s'égrenèrent, Rafa en sécurité et au chaud entre ses bras. Shane voulait juste se rendormir. Pourtant, le souffle de culpabilité ne cessa de grandir jusqu'à ce qu'il dise :

— Tu es toujours réveillé ?

Rafa s'allongea sur le dos et l'observa. Dans la faible lumière ambiante provenant de la fenêtre de salle de bain, Shane distinguait seulement son visage.

— Oui. De quoi as-tu besoin ?

Le jeune homme caressa le bras de Shane pour l'apaiser.

— J'ai reçu un coup de téléphone, aujourd'hui. Je dois retourner aux États-Unis pour l'enquête, dans quelques jours. Je pars mardi.

Ce fut au tour de Rafa de se crisper et il cligna des yeux en le regardant dans l'ombre.

— *Quoi* ? Pourquoi ? Ils ont dit que tu pouvais témoigner d'ici.

— Ils ont changé d'avis.

— Mais mes parents et Matty arrivent, dit-il avant d'élever la voix. Je veux… tu ne seras pas là ?

Shane tenta d'adopter un ton léger.

— Je suis sûr que ça ne les dérangera pas du tout.

— Mais je veux qu'ils nous voient ensemble. Je veux leur montrer qu'ils se trompent !

Il laissa retomber ses bras le long de son corps.

— Ça craint vraiment. J'avais tout prévu dans ma tête. Attends, pourquoi ne me l'as-tu pas dit dès que tu l'as appris ?

— Je suis désolé. Je n'avais pas l'impression que c'était le bon moment.

— Pourquoi ?

Après un moment, Rafa ajouta :

— Oh. D'accord, peut-être que juste après le sexe, ce n'était pas le meilleur des timings. Mais quand même.

— J'allais te l'annoncer dès notre réveil.

Ça, au moins, c'était la vérité.

— Mais j'aurais dû te le dire immédiatement. Écoute, je reviens dès que possible. Ça prendra quelques jours, tout au plus. Matthew et tes parents seront là plusieurs semaines, je ne vais pas manquer grand-chose.

— Mais… Tu es sûr que tu reviendras avant que nous prenions ce train haut de gamme vers Perth ?

— Sans aucun doute.

Rafa soupira.

— Tu ne travailles plus pour les services secrets. Ils peuvent t'obliger à y aller ? Ce n'est pas un procès, c'est une enquête ou je ne sais quoi.

— Je suis sûr qu'ils trouveraient des raisons légales. Mais dans tous les cas, je ne veux pas que la situation s'envenime. Après ce qu'il s'est passé avec Al, et comme je suis tombé amoureux de toi, ils ne me doivent aucune faveur.

— Ce qu'Alan a fait n'était pas ta faute.

— Il était mon partenaire. J'aurais dû savoir.

Rafa soupira lourdement.

— Il l'a caché. Tu ne pouvais pas lire dans ses pensées. Tu es trop dur avec toi.

Un souvenir apparut – la vue de Rafa, coincé dans cette boîte, battu et terrifié, les yeux écarquillés et déchaînés. Shane frissonna et attira une nouvelle fois son homme contre lui, avant de se blottir dans son cou. Il prit une profonde inspiration et la faible odeur de la mer, du sable et de *Rafa* envahit ses sens.

— Tu devrais peut-être dormir à l'hôtel avec ta famille au lieu de rester ici, pendant mon absence.

— Quoi ?

Rafa se leva brusquement et Shane releva la tête pour voir un renfrognement marquer son visage.

— C'est plus sûr.

Rafa haussa les sourcils.

— Et notre maison ne l'est pas ? Personne ne m'en veut. Je suis en sécurité, ici. Tu te rends compte que des milliards de personnes vivent toutes seules, n'est-ce pas ?

— Je sais. Mais tu ne l'as jamais fait.

— Oh, répondit-il en fronçant les sourcils. J'imagine que non. J'ai quitté la Maison-Blanche et j'ai commencé à vivre avec toi.

Il caressa le torse de Shane et y taquina les poils.

— Ce sera bénéfique pour moi de passer quelques nuits tout seul. Je ne suis pas un enfant, et maintenant que j'ai quitté la folie de la Maison-Blanche, je veux être normal. Et c'est normal pour les gens d'être seuls, parfois.

— Ouais.

Il avait absolument raison. Shane tenta donc d'ignorer le tiraillement persistant de l'inquiétude dans son estomac.

Un petit sourire étira les lèvres de Rafa.

— Tu vas quand même me manquer, si c'est ce qui t'angoisse.

Il l'attira un peu plus près de lui et Shane posa la joue sur le torse de Rafa, les poils épars le chatouillant. Il se sentait en sécurité et si bien, quand il était enlacé. Pourtant, la culpabilité le tiraillait encore à l'idée que le jeune homme soit en train de prendre soin de lui.

Rafa le serra contre lui et glissa les doigts sur la barbe de trois jours de son petit ami.

— Détends-toi. Tout ira bien pour nous. Tout va bien.

La respiration de Rafa finit par s'apaiser et Shane écouta le tambourinement régulier de son cœur. Il cligna des yeux dans l'obscurité et la menace des cauchemars le maintint éveillé.

Chapitre 4

— WAOUH.

Sur l'écran de l'iPad de Rafa, ouvert sur Skype, la mâchoire d'Ashleigh se décrocha.

— Je suis entré dans une machine à voyager dans le temps ? Tu es de retour à la Maison-Blanche ?

— Quoi ?

Rafa gigota sur la chaise du patio et résista à l'envie de se toucher les cheveux. Il joua plutôt avec la fermeture éclair de son gilet à capuche.

— On dirait que toi aussi, tu t'es fait couper les cheveux. J'adore ! Tu t'es fait une teinture ? C'est encore blond, mais…

Il plissa les yeux en direction de l'écran.

Souriant, elle tourna la tête de gauche à droite, montrant le carré élégant qui se balançait sous son menton.

— Merci, et ouais, j'ai fait des nuances de bordeaux. C'est vraiment tendance, en ce moment, et je dois rester à la pointe, bien sûr. C'est une belle réinterprétation de ton ancienne coupe.

Elle plissa les yeux.

— Tu portes un chino ? Lève-toi.

— Non ! En fait, je suis en sous-vêtements.

Elle haussa les sourcils.

— Dans ce cas, *lève-toi carrément.*

Son rire atténua légèrement le bloc de glace qui s'était formé dans la poitrine de Rafa depuis qu'il avait dit au revoir à Shane la veille. Il jeta un coup d'œil autour de lui, aux maisons voisines plongées dans l'obscurité. Le ciel prenait une légère teinte grise à l'horizon.

— En fait, je devrais rentrer. Je ne veux pas que quelqu'un m'entende et il gèle, ici.

Quand il avait été incapable de se rendormir, il avait eu terriblement envie de prendre l'air.

— Ça ne fait pas des mois que les paparazzis ont arrêté de t'épier dans les buissons ?

— Si, mais il vaut mieux prévenir que guérir. Attends.

Il attrapa son iPad et se hâta de rentrer, fermant prudemment à clé la porte coulissante derrière lui, avant de mettre la pièce de bois à sa place sur le tracé métallique. Shane avait lui-même scié ce morceau de bois et le qualifiait de sécurité « à l'ancienne ».

Retirant ses tongs, le jeune homme frissonna et traversa le salon. Il attrapa une couverture sur le dossier du canapé avant de s'installer.

— Tu devrais encore être au lit, de toute façon, non ?

Elle haussa l'un de ses sourcils sculptés. Un collier, avec une chaîne en argent délicate, était posé contre ses omoplates et son chemisier décolleté était noir. Sur le mur, derrière son bureau, se trouvait un immense magazine de mode encadré.

— Oui, mais…

Il soupira.

— En fait, c'est bizarre d'être seul, ici. C'est littéralement la première fois de toute ma vie que je suis totalement seul dans une maison. J'ai entendu un bruit et j'ai été obligé de me lever pour savoir ce que c'était.

— Et ?

— Je ne sais toujours pas, donc je suis sûr que ce n'était rien.

Il jeta un coup d'œil à la salle à manger déserte.

— Rien n'avait bougé, toutes les portes et les fenêtres sont verrouillées. Ce n'est pas comme si les kidnappeurs allaient à nouveau s'en prendre à moi. C'est idiot d'être paranoïaque. Enfin, je suis un *mec*.

Ashleigh sourit d'un air compatissant.

— Fais-moi confiance. En tant que femme, j'ai déjà fait la danse du « c'était quoi, ce bruit ? » de nombreuses fois. Et tu as le droit d'être un peu nerveux. En fait, les hommes ont le droit de connaître une variété d'émotions sans être qualifiés de « féminins ». Je dis ça comme ça.

— Tu as raison, comme d'habitude.

Elle se redressa et le haut de sa tête disparut.

— Excuse-moi ? Comme d'habitude ? Non, non, tu veux dire « comme toujours ». D'accord, sauf le vingt janvier dernier. Approximativement à trois heures vingt. Autrement, j'ai toujours raison.

— Je reconnais mon erreur.

Il gloussa. Ashleigh trouvait toujours le moyen de le réconforter.

— Tu as vu de belles expositions sur la Renaissance, dernièrement ?

Elle sourit à cause de l'utilisation de leur ancien code, celui qu'ils employaient quand ils étaient encore dans le placard.

— Malheureusement, j'étais trop occupée à travailler douze heures par jour pour trouver une femme avec qui parler de Botticelli. Au moins, tu chevauches une Harley quotidiennement, maintenant.

Il sourit.

— Oui. C'est assez génial.

Ashleigh jeta un coup d'œil à gauche, puis à droite.

— Si je n'étais pas au boulot, je te demanderais des détails. Il n'y a personne autour de moi, là, mais quand même. Hélas.

— N'est-ce pas risqué de faire un Skype au travail ? Je ne m'attendais pas à ce que tu répondes. Je suppose que Miranda n'est pas au bureau.

La patronne d'Ashleigh s'appelait Chyler-quelque-chose, en vérité, mais ils ne faisaient jamais référence à elle en utilisant son vrai nom.

— Évidemment.

Elle sirota une soupe jaunâtre dans une cuillère.

— Miranda voit d'un mauvais œil toute sorte de pauses déjeuner. Sans parler de la consommation de nourriture. Heureusement pour nous, ses sous-fifres, elle est à Los Angeles, pour le moment.

Levant les yeux au ciel, elle ajouta :

— Ce matin, elle m'a appelée depuis la banquette arrière de sa limousine avec chauffeur pour me demander une réservation de dernière minute pour le déjeuner dans l'endroit le plus tendance de Beverly Hills. J'imagine qu'elle se sentait d'humeur songeuse et qu'elle était du genre : *ces gens, à Beverly Hills, ils ne sont pas comme vous et moi, Ashleigh. Ça, c'est la* véritable *richesse*. Elle aime simplement croire qu'elle fait partie des petites gens. Comme si Miranda et moi étions au même niveau, d'une manière ou d'une autre. Franchement, elle vient juste d'acheter un *cheval*.

— Waouh. Ça coûte combien, un cheval ?

— Eh bien, puisque j'ai vu la facture de la vente, je peux te dire que celui-ci valait cent vingt-cinq mille. Disons juste que si tu le compares à mon salaire, ce cheval a *significativement* plus de valeur que moi. Je ne crois pas que Gloire de Finian devra survivre en mangeant des nouilles chinoises, non plus.

Une inquiétude teintée de culpabilité tiraillait Rafa.

— Tu es sûr que je ne peux pas te prêter de l'argent ?

Ashleigh se pinça les lèvres.

— Certaine. Chéri, ta famille et toi, vous avez déjà tant fait pour moi. Chris et Hadley m'emmènent dîner toutes les deux semaines et je n'aurais même pas ce boulot sans elle. Et je n'aurais pas eu ce stage à *Vogue* que ton père m'a obtenu l'année dernière, à Paris. Je m'en sors bien. Mes colocataires sont cool. Je vais finir par gagner un salaire qui me permettra de vivre. En plus, c'est mon choix, de dépenser mon argent pour mes cheveux et autres trucs de ce genre.

— Oui, mais dans ton boulot, tu es obligée. Mon fonds fiduciaire…

— T'appartient. En plus, tu n'angoisses pas parce que tu ne « payes pas ta part » ?

Elle leva les doigts pour mimer des guillemets et son vernis rouge brilla, avant que ses ongles disparaissent hors du cadre.

— Même si Shane s'en moque ? renchérit-elle.

Il gigota.

— Oui. C'est juste que… Je n'ai jamais eu à m'inquiéter pour l'argent. Je sais que j'ai de la chance. Mais je ne veux pas être un gamin qui n'arrive pas à subvenir à ses besoins. Je veux être un homme. Être son égal, tu vois ?

— Je comprends. Mais tu le seras ! Tu seras un chef fabuleux avec une carrière fabuleuse.

— Je l'espère.

Il haussa les épaules.

— On verra.

Ashleigh avala une gorgée de soupe.

— Ne laisse pas ta famille ébranler ta conviction. Même si ce n'est pas leur intention, nous savons tous les deux le numéro que peuvent nous jouer les parents.

Une nouvelle vague de culpabilité le submergea. Au moins, ses parents l'avaient soutenu quand il avait fait son coming-out.

— Tu as eu des nouvelles des tiens ?

Elle haussa les épaules et ses lèvres se pincèrent dans un sourire qui ne dévoilait pas ses dents.

— C'est comme ça. J'ai toujours su, quand j'ai fait mon coming-out, qu'ils allaient flipper. Ça ne cadre pas avec leurs petits plans chrétiens bien ordonnés d'avoir une fille lesbienne. Ils espèrent que c'est une phase et que je vais reprendre mes esprits.

Ils t'en veulent, bien sûr. Comme si c'était contagieux.

Elle haussa à nouveau les épaules, et Rafa mourut d'envie de l'étreindre.

— Bref. Revenons-en à toi. Écoute, je sais que ça va être… éprouvant de revoir ta famille. Mais détends-toi. Respire. Sois toi-même.

— Je sais. Je le ferai.

Ses joues rougirent tout de même et il ne put s'empêcher de toucher ses cheveux, qu'il avait coupés de quelques centimètres et dont les pointes rebiquaient.

— Mais mes cheveux devenaient trop longs. À mes yeux.

Ça, au moins, ce n'était pas un mensonge.

— D'accord.

Elle but une autre gorgée de soupe et le regarda patiemment.

Il soupira.

— Écoute, je sais que c'est stupide, mais je ne veux pas qu'on se dispute à cause de mes cheveux.

— Ce n'est pas plus un problème pour toi que pour eux ? Les ont-ils critiqués ces derniers mois ?

— Non, mais nous avons déjà suffisamment de contentieux à régler.

Un sourire ironique étira les lèvres rouges de la jeune femme.

— Comme ton *n'amoureux* qui était agent des services secrets ?

Elle abandonna son ton taquin avant de poursuivre.

— En parlant de ça, j'ai reçu ton message dans lequel tu me disais qu'il était obligé de retourner à Washington DC. Ça craint, chéri.

— Oui.

Il tenta de sourire en guise de réponse, mais dans la petite fenêtre au coin de l'écran, il put voir qu'il s'agissait plus d'une grimace.

— Le timing craint. Mais il reviendra aussi vite qu'il le pourra. Il y va simplement pour témoigner. Il dormira chez son ami

Darnell, puis il reprendra l'avion.

— Cool. Darnell, c'est le flic, c'est ça ?

— Oui. Il a l'air sympa. Très amusant.

Il paraissait aussi très… adulte, mais Rafa ne le dit pas à voix haute. Lui aussi, il était censé être adulte.

Le regard d'Ashleigh devint distant et elle hocha la tête avant de répondre à quelqu'un.

— Oui, cette enveloppe, s'il vous plaît. Une livraison pour demain. Merci.

Elle se retourna vers Rafa.

— Il vaudrait mieux que je me remette au travail. Le bureau est tranquille, pour l'instant, comme la plupart des employés sont à Los Angeles, mais Miranda a quand même des espions.

— Merci d'avoir décroché quand j'ai appelé. J'avais simplement besoin d'un discours d'encouragement.

Il jeta un coup d'œil à l'horloge.

— Mon taxi arrive bientôt, de toute façon. Leur vol atterrit juste après six heures.

— Je croyais que tu avais une voiture ?

— Oui, mais ils auront une limousine blindée. Ils ont encore une sécurité rapprochée et tout ça. Ils n'ont pas autant d'agents qu'avant, mais quand ils voyagent, ils ont quand même une équipe renforcée avec une sécurité rapprochée avec eux et une autre derrière. Au fil du temps, ils auront probablement de moins en moins d'agents, mais pour l'instant, ils reçoivent encore des menaces.

Il ricana.

— En plus, j'imagine bien ma mère se tasser dans ma petite Toyota à hayon d'occasion avec Papa, Matty et un agent.

Ashleigh rit.

— Ça, c'est une sacrée vision. Peut-être qu'un agent pourrait s'asseoir sur ses genoux. Elle pourrait aimer.

— Sur ce…

Ils se soufflèrent des baisers et l'appel prit fin. Blotti sous la couverture soyeuse, Rafa aurait aimé pouvoir rester là et ne pas affronter cette journée. Toutefois, se cacher ne résoudrait rien. Il se leva donc à contrecœur.

Il déambula dans la cuisine et ouvrit le frigo, mais son estomac était trop acide pour qu'il mange. Dans sa chambre, il ouvrit l'armoire et jeta un coup d'œil de son côté. Il avait surtout des jeans et des shorts. Son immense collection de T-shirts était rangée dans les tiroirs de sa commode. Mais un chino était pendu là, bien repassé, et il l'attendait.

Redressant les épaules, il choisit le jean, mais échangea son T-shirt ainsi que son pull à capuche pour une chemise verte qu'il ne rentra pas dans son pantalon. Il regarda l'heure qu'il était et retourna dans la cuisine. Il avait encore vingt minutes.

Être complètement seul, pendant la nuit, était étrange. Curieusement, c'était différent que pendant la journée. Avant que Shane parte pour l'aéroport, la veille, il avait répété à Rafa pour la centième fois de verrouiller toutes les portes, toutes les fenêtres, et d'appeler la version australienne du 911 que Rafa avait enregistré sur son portable au cas où il paniquerait et oublierait. Shane avait même envisagé d'installer un système de sécurité, mais ils louaient simplement la maison.

Rafa sourit, glissant les mains sur l'un des costumes de Shane pendus dans le placard. Il avait convaincu Shane qu'il n'y avait aucune raison d'être paranoïaque, mais il devait bien admettre que lorsqu'il était complètement seul et ne s'occupait pas, il commençait à divaguer et à entretenir des scénarii potentiels. Dans son esprit, cela allait du retour des kidnappeurs à un cambriolage quelconque.

Le souvenir de son réveil dans le noir complet de cette boîte en métal minuscule fit accélérer son pouls et lui coupa le souffle. Sa psychologue lui avait donné des exercices de respiration profonde, et il les exécuta, inspirant et expirant régulièrement. La plupart du temps, il allait bien. Mais pendant la nuit et au petit matin, quand le monde était silencieux et figé, c'était plus difficile.

Se sentant idiot, mais incapable de résister, il plongea son visage dans le tissu sombre du costume que Shane avait porté pour son dîner d'affaires l'autre jour. L'eau de Cologne de son petit ami – une douceur boisée – s'y attardait légèrement ainsi qu'un soupçon de l'odeur de son corps, avec le musc qui lui était propre.

Rafa prit une profonde inspiration. Tout allait bien. Ce serait merveilleux de revoir ses parents et son frère. Il n'avait pas besoin de flipper. Mais alors qu'il fermait la porte du placard, son estomac se noua. C'était la première fois qu'il se retrouverait face à face avec sa mère et son père depuis qu'il les avait appelés pour leur apprendre la vérité sur sa relation avec Shane. Allaient-ils vraiment l'accepter ?

Il s'apprêtait à le découvrir.

— RAFA ! Où est Shane ?

— Euh…

En entrant dans le terminal, il dévisagea la jeune femme qui se précipita vers lui, un caméraman dans son sillage. Merde, était-il si rouillé avec les médias qu'il n'arrivait même pas à faire sortir un « sans commentaire » de sa bouche ?

Heureusement, une femme d'âge mûr, avec un pantalon de costume élégant et des cheveux bruns en chignon, apparut visiblement de nulle part et bloqua le chemin de la journaliste.

— Monsieur Castillo ne parlera pas aux médias. Je vous remercie.

Alors que la journaliste américaine criait davantage de questions, Rafa fut heureux de laisser l'agent des services secrets l'éloigner d'ici, tandis qu'un homme en costume et avec une oreillette les suivait. Des lunettes de soleil familières coincées dans la poche sur sa poitrine.

Rafa portait un anorak, comme il faisait encore un peu frais, lorsqu'il avait quitté la maison, mais désormais, la sueur coulait dans sa nuque. Il ouvrit la fermeture éclair de sa veste et la glissa sur ses bras, conscient que des dizaines de paires d'yeux étaient rivées sur lui et se réunissaient dans le terminal réservé aux avions privés, malgré la sécurité qui essayait de les chasser.

Passant une main sur ses cheveux, afin de s'assurer que la brillantine maintenait tout en place, Rafa s'éclaircit la voix.

— Merci.

La femme lui lança un sourire professionnel.

— Pas de quoi. Je suis l'agent Hernandez et voici l'agent O'Leary. Pourquoi n'iriez-vous pas attendre dans la voiture pendant que vos parents font leur séance photo ? Le vol est arrivé avec un peu d'avance et votre frère y est déjà.

— Oh, génial.

La limousine blindée était garée dans un hangar autrement vide. L'agent qui se tenait près du véhicule hocha la tête et ouvrit la portière. Rafa entra et s'assit face à Matthew, qui releva le menton de sa poitrine et cligna des yeux, vaseux, ses cheveux bruns tombant devant ses yeux.

— Salut, frérot, dit-il.

L'habitacle entre eux et le chauffeur était fermé et le rugissement distant des moteurs du jet privé était encore plus étouffé dans la limousine.

— Salut, Matty.

Après quelques instants gênants, ils se rapprochèrent et s'enlacèrent brièvement, le bras gauche de Matthew collé à son corps grâce à une écharpe qui passait également autour de son ventre. Le noir de cette écharpe contrastait vivement avec son pull à capuche blanc. Rafa se percha au bord de son siège et demanda :

— Ça fait mal ?

Il rougit.

— Question bête.

Le petit sourire de Matthew ne se refléta pas dans ses yeux.

— Ce n'est rien. Oui, ça fait super mal. Le médecin a dit que l'opération s'était bien passée, mais j'imagine qu'on verra. Je dois porter ce truc stupide pendant encore un mois. Même quand je dors.

Il s'étira le cou d'un côté à l'autre en grognant.

— Je ne devrais pas me plaindre, puisqu'on avait un avion privé, mais merde, le vol était long.

Dans sa poche, le portable de Rafa vibra et il lut impatiemment le message de Shane.

— En parlant de ça, Shane est à Los Angeles, en ce moment. Il attend son vol pour Washington DC. J'ai l'impression qu'il est parti depuis si longtemps.

— Il te manque déjà ? s'enquit Matthew avec un sourire narquois.

Rafa cligna des yeux à cause de ce ton cruel.

— Oui, j'imagine. C'est nul, je sais.

— Non, ne m'écoute pas.

Il frotta ses yeux rougis.

— Je suis grognon et épuisé. En plus, Natalie m'a largué, donc…

— Merde, désolé.

Rafa tenta désespérément de se souvenir de qui était Natalie. Une autre nageuse, peut-être ? Matthew avait visiblement eu beaucoup de petites amies qui s'étaient rapidement succédé.

— Ne le sois pas. Elle a adoré sortir avec un nageur star. Maintenant que je suis peut-être foutu, elle m'a zappé.

Il récupéra son portable dans le sac en cuir à côté de lui.

— Bon sang, ils mettent une éternité. Il faut que je dorme.

— Comment vont-ils ?

Matthew fit défiler l'écran de son portable.

— Comme d'habitude, j'imagine. Tu sais. C'est Maman et Papa.

Il interrompit le mouvement de son doigt sur son écran et éclata brièvement de rire.

— Ade dit que nous devrions obliger Maman à tenir un koala et qu'on devrait le payer en eucalyptus pour qu'il pisse sur son chemisier en soie.

Rafa rit, imaginant le sourire malicieux de sa sœur et ressentant un pincement au cœur.

— Est-ce qu'ils sont, genre... Je ne sais pas. Est-ce qu'ils ont dit quelque chose sur moi ?

Il ricana.

— Tu plaisantes ? Tu es leur sujet de conversation préféré. Même Chris ne reçoit pas autant d'attention ces derniers temps. Enfin, ne te méprends pas, ils l'encensent encore régulièrement. Mais ça arrive toutes les dix minutes, plutôt que toutes les cinq minutes, maintenant.

— Ah.

Rafa tendit la main vers l'une des bouteilles d'eau fraîche coincées dans les portières et en avala la moitié.

— Alors, que disent-ils sur moi ?

Haussant son épaule valide avant de grimacer, Matthew lui répondit.

— Exactement ce que tu imagines. Shane t'a pris au berceau et profite de toi. Ils veulent que tu rentres à la maison pour que tu redeviennes leur bon petit garçon.

Il haussa un sourcil.

— Je vois que tu as coupé tes cheveux.

— Ils devenaient trop longs !

Rafa grimaça intérieurement à cause de son ton défensif.

— D'accord. Écoute, mec. Tu dois juste tenir tes positions. Ne flippe pas. Ils te mettront la pression pour que tu reviennes à la maison, mais ils ne te jetteront pas à l'arrière de...

Il blêmit, les cernes noirs sous ses yeux ressortant encore plus.

— Désolé. C'était une blague merdique.

— Ce n'est rien. Vraiment.

Rafa tenta de sourire pour le rassurer.

— Ça alors, c'est bon de te voir. Tu m'as manqué. Tu me manques depuis longtemps, maintenant. C'est ma faute.

— Tu as vécu ta propre vie en dehors de la Maison-Blanche. Ce n'est pas grave. C'est du passé, maintenant, de toute façon.

Matthew le gratifia d'un sourire chaleureux.

— Tu as toujours été trop gentil, Raf.

Des voix s'approchèrent dans un murmure et ils échangèrent un regard. Rafa soupira.

— Quand faut y aller.

La portière de la limousine s'ouvrit et ils se décalèrent pour faire de la place à leurs parents, Ramon s'installant à côté de Rafa et en face de Camila. Son père l'attira dans une étreinte enthousiaste.

— Rafalito !

— Salut, Papa.

Il était agréable d'être étreint dans les bras musclés de son père. Merde, ils lui avaient vraiment manqué. Il glissa pour atteindre sa mère et l'étreindre. Elle sentait un parfum délicat de vanille. Elle embrassa sa joue fraîchement rasée avant d'effacer la tache de rouge à lèvres sur la peau de son fils avec son pouce.

Il s'enfonça sur son siège alors que la limousine quittait l'aéroport.

— Comment s'est passé le voyage ? demanda Rafa.

Camila soupira.

— C'était long. Ça va nous faire du bien de retirer ces vêtements crasseux.

— Tu viens *juste* d'enfiler ça, remarqua Matthew.

Son pantalon en lin brun était parfaitement repassé, son chemisier blanc était impeccable et sa veste bleu marine « décontractée » coûtait probablement quelques milliers de dollars. Des diamants brillaient à ses oreilles et, bien sûr, un collier de perles entourait son long cou. Pas une seule mèche de ses cheveux lissés, qui avaient poussé jusqu'à ses épaules, ne dépassait.

Elle épousseta une peluche invisible sur son genou.

— Oui, eh bien, l'air dans l'avion était si étouffant que ça me donne l'impression d'être sale.

Ramon gloussa.

— Tu es plus belle que jamais.

Le gris sur ses tempes remontait désormais dans ses cheveux courts et Rafa était certain qu'il voyait quelques rides supplémentaires sur son visage. Cela ne faisait que quelques mois, mais son père paraissait curieusement plus âgé.

Ramon quitta sa veste légère. Il ne portait pas de cravate, mais sa chemise soyeuse était parfaitement coincée dans son pantalon. Il croisa les jambes et posa l'une de ses chevilles sur son genou.

— C'est merveilleux de te revoir, Rafalito, dit-il en serrant le bras de son cadet. Tu nous as tous beaucoup manqué.

— Vous aussi, vous m'avez manqué. Vous avez vu Adriana en passant par Los Angeles ?

— Oui, répondit Ramon. Elle va...

Camila et lui échangèrent un regard avant qu'il conclue.

— Très bien.

Matthew leva les yeux au ciel.

— Elle fait trop la fête et vit sa meilleure vie. Mais bientôt, toutes ces gueules de bois ne paraîtront plus aussi mignonnes et elle sera obligée de grandir.

Leurs parents fusillèrent Matthew du regard, mais ne le contredirent pas.

— Et bien sûr, Christian va merveilleusement bien, à New York. Hadley et lui sont heureux, ensemble. Ils parlent enfin d'avoir des enfants.

— Nous aimerions avoir des petits-enfants avant de devenir trop vieux pour profiter d'eux, ajouta Ramon.

— Vous n'entrez que dans la cinquantaine, dit Matthew. Détendez-vous.

— Eh bien, je ne pense pas que ta sœur soit faite pour être

mère – du moins, pour l'instant – et tu es loin de te mettre en ménage. Et, évidemment, Rafa n'aura pas d'enfant. Il était donc grand temps que Christian s'y mette.

Évidemment. Rafa se crispa et tenta de garder un ton léger.

— Qui dit que je n'aurai pas d'enfants ?

— Oh.

Camila lui sourit gentiment.

— Eh bien, oui, j'imagine que c'est possible.

— Tu n'en as jamais parlé, c'est tout, expliqua Ramon. Alors on s'est dit que comme tu étais… Maintenant que tu es…

— Beaucoup de jeunes de vingt-deux ans parlent d'avoir des enfants ? s'enquit Rafa. Et les gays peuvent avoir des enfants. Beaucoup en ont.

Sa déclaration fit s'élever un brouhaha de confirmation et d'apaisement, que le jeune homme accepta. Il était inutile de se mettre en colère pour ça. Il fit rouler ses épaules. *Concentre-toi sur le positif.* Son portable vibra à nouveau et il le sortit pour lire le message de Shane.

Salut. Ils sont là ? Transmets-leur mon amitié et essaie de ne pas devenir fou à cause d'eux. Je devrais probablement dormir, en arrivant à Washington DC, mais mon corps ne sait pas du tout quelle heure il est. Je t'aime. Je serai de retour avant même que tu t'en rendes compte.

Rafa aurait normalement répondu par une plaisanterie à propos du corps de Shane, mais il sentait le regard de ses parents sur lui. Il tapa rapidement un « dors bien, je t'aime aussi ». Il rangea son téléphone dans sa poche et dit :

— Shane vous passe le bonjour.

— Hum, lança Camila avec un sourire pincé. C'est gentil.

Ramon s'éclaircit la voix.

— Je suis ravi qu'il soit bien arrivé.

— Oui, il avait vraiment envie d'être présent, mais vous savez à quel point cette audition est importante. Il sera bientôt de retour.

— Chéri, comment va Ashleigh ? s'enquit Camila comme s'ils

n'avaient pas parlé d'elle depuis une éternité, ce qui n'était pas le cas. Tu sais que nous l'avons toujours adorée.

Il faillit répondre : *elle est toujours lesbienne et je suis toujours gay, au cas où vous croiriez que c'est une phase.* Toutefois, il se reprit.

— Très bien. Nous avons parlé sur Skype, ce matin. Sa patronne est horrible et la paye mal, et ses parents ne l'acceptent pas et lui parlent à peine, mais autrement, elle va bien.

— Nous sommes désolés d'apprendre ça sur les Hastings, répondit Ramon. Tu sais que nous t'acceptons comme tu es, ajouta-t-il après un instant.

— Je sais.

Honnêtement, Rafa était encore un peu surpris qu'ils aient autant essayé de le comprendre et de le soutenir, même s'ils n'avaient pas toujours réussi. Après tant d'années à redouter leur réaction, une part de lui attendait encore que l'inéluctable se produise. Il tenta de trouver quelque chose à dire et jeta un coup d'œil par la vitre alors que la limousine parcourait la ville dans le trafic ralenti par l'heure de pointe.

— Regardez, il y a la Tour de Sydney.

Il montra la grande et fine structure, avec son sommet rond et plus épais.

— La vue est vraiment géniale de là-haut. Le restaurant était bondé. J'imagine qu'ils ont décidé d'en faire un buffet, à un moment, mais ça n'a pas été créé pour ça, donc l'aile centrale dans laquelle se trouve la nourriture était bourrée de monde. Mais la vue est géniale depuis les fenêtres. Le restaurant tourne sur lui-même et on avait une table près des vitres, donc c'était superbe.

Arrête de radoter, bon sang.

— Ça m'a l'air intéressant, répondit Camila. Tu as mis des tenues formelles dans ta valise ?

— Dans ma valise ? demanda Rafa en clignant des yeux. Pourquoi je prendrais une valise ? On ne part pas pour Perth avant la semaine prochaine.

— Mais tu restes évidemment avec nous dans la Suite présidentielle de l'hôtel. Tu auras ta propre chambre.

Elle rit.

— Il est insensé que tu restes dans cette petite… maison, tout seul.

Grinçant des dents, Rafa souffla lentement et garda un ton calme.

— C'est mon chez-moi, Maman. Je reste là-bas.

— Ne veux-tu pas passer du bon temps avec ton frère ?

Matthew secoua la tête.

— Non. Ne m'implique pas là-dedans. Je suis sûr que Raf et moi allons passer beaucoup de « bon temps » ces prochaines semaines.

— Nous détestons t'imaginer seul, là-bas, ajouta Ramon.

— Vous ne détestez pas encore plus l'imaginer là-bas quand il est avec Shane ? grommela Matthew en ignorant les regards noirs de ses parents.

Camila sourit en reprenant un visage plus calme.

— Rafa, nous voulons simplement passer autant de temps que possible avec toi.

— Moi aussi, je veux passer du temps avec vous. Et je le ferai, je vous le promets. Mes cours ne commencent pas avant la mi-juillet. Nous avons les trois semaines qui viennent.

Il devait juste y survivre.

Chapitre 5

— MERCI DE vous joindre à nous, aujourd'hui, monsieur Kendrick.

Comme si j'avais le choix. Shane sourit pourtant gracieusement au jury.

— Pas de quoi.

Il portait un costume noir et tentait de ne pas trop gigoter dans la chaise solide qui se trouvait à quelques mètres d'une longue table à laquelle étaient assis sept enquêteurs. Il ne connaissait aucun d'eux. Les deux femmes et les cinq hommes étaient de tout âge, toute ethnicité. Un vieil homme noir, du nom de Donaldson, était assis au milieu et menait l'audition. La salle du conseil, sans aucune fenêtre, dans le quartier général des services secrets, était lambrissée.

Donaldson commença à réciter les faits, comme si Shane pouvait les oublier.

— Sur l'aire de repos, demanda-t-il ensuite, vous êtes entré seul dans les toilettes ?

— Oui.

— Avez-vous souvent passé du temps seul à seul avec Vaillant ?

— Je ne dirais pas *souvent*. Occasionnellement. Quand l'agent Pearce n'était pas en service parce que son fils était à l'hôpital.

— Que s'est-il passé entre Vaillant et vous à l'intérieur des toilettes ? s'enquit un autre homme.

— Nous avons parlé.

Ce n'était pas un mensonge, ils avaient effectivement parlé. Shane se concentra pour respirer calmement et régulièrement. Bien sûr, ils poseraient des questions qui allaient au-delà du kidnapping et de ce qu'il s'était passé avec Alan. C'était la première fois qu'il se confrontait à quelqu'un des services secrets depuis que Rafa et lui avaient dévoilé leur relation. Ils n'avaient accordé aucune interview, mais ils ne se cachaient pas.

— Aucun événement de nature sexuelle ne s'est produit entre vous ?

— Non.

Shane emporterait dans sa tombe le moment où Rafa s'était masturbé par défi dans ce cabinet, furieux contre sa famille et fatigué de toujours faire ce qu'il fallait. De plus, ils n'avaient pas techniquement eu de relation *physique*, bien que Rafa ait déversé ses fantasmes et que Shane se soit désespérément battu contre l'envie de surgir dans le cabinet et de le baiser dans l'instant.

— Vous vous êtes ensuite fait tirer dessus au moment où vous êtes sorti ?

Il résista à l'envie de toucher la cicatrice au-dessus de son oreille.

— Oui.

De nouveaux faits furent cités – la blessure par balle d'Alan, Shane poursuivant Rafa dans la Suburban. Une femme âgée dans le jury s'éclaircit la voix.

— Vos mains ont-elles été testées pour les résidus de poudre ?

Son cœur loupa un battement.

— Non. Pourquoi l'aurait-on fait ? J'ai tiré avec plusieurs armes quand je me suis retrouvé confronté aux kidnappeurs.

Mais où voulaient-ils en venir, bon sang ?

Elle le scruta un long moment, avant de laisser simplement échapper un « hmm ».

— Avez-vous encouragé Vaillant à fuir le Château, ce jour-là ? demanda un homme.

Le pouls de Shane accéléra.

— Bien sûr que non. J'ai essayé de l'empêcher de partir. Nous l'avons tous les deux fait.

— Pourquoi Pearce aurait-il essayé de l'arrêter ? C'était une occasion en or.

— Je n'en sais rien. Il faisait toujours son travail. J'aurais remarqué quelque chose d'étrange, s'il ne l'avait pas fait.

La vieille dame répéta son « hmm » et ce son irrita Shane. Il joua avec le badge plastifié accroché à son col.

— Vous avez transféré une très grosse somme d'argent à Julianna Pearce, au début de l'année. Près d'un million de dollars, souligna un homme.

— Est-ce une question ou avez-vous eu accès à mes relevés bancaires ? cracha Shane.

Merde. Garde le contrôle.

— Oui, je l'ai fait, ajouta-t-il calmement.

— Où avez-vous obtenu cet argent ?

— Il s'agissait du dédommagement de l'assurance, après l'incendie qui a tué mes parents.

— Avez-vous parlé à Alan Pearce depuis qu'il a été incarcéré ?

— Non.

— Pourquoi ? Vous étiez de bons amis, non ? s'enquit Donaldson.

— Nous l'étions, avant qu'il me trahisse, qu'il trahisse la personne que nous protégions et notre pays. J'ai dit tout ce que j'avais à dire quand je lui ai arraché son aveu.

— Hum, répéta la vieille dame. Il est difficile de croire que monsieur Pearce a agi ainsi. Sans que personne le sache, même vous, son partenaire.

Shane inspira et expira, inspira et expira.

— Oui. Il m'a bien eu.

Elle mit ses lunettes de lecture et parcourut un document tandis que le silence se prolongeait. Shane résista à l'envie de le combler.

— Il aurait été beaucoup plus facile pour Pearce d'y arriver avec votre aide.

Shane fut submergé par une rage brûlante.

— Je n'avais rien à voir avec ça, cracha-t-il. Je me suis fait tirer dessus quand ils ont emmené R… Vaillant.

— Tout comme Pearce, remarqua l'un des hommes.

Shane eut envie de se lever d'un bond et de faire les cent pas, mais demeura parfaitement immobile sur sa chaise, ses pieds fermement plantés dans le sol. Il obligea ses doigts à se détendre.

— Je n'avais absolument rien à voir avec le plan d'Alan Pearce. Je n'aurais jamais fait de mal à la personne que je protégeais.

— Parce que vous couchiez avec lui ? demanda la plus jeune femme.

— *Non*. Parce que mon travail était de le protéger. Et parce que ce qu'Alan a fait était mal. C'était criminel. Je n'avais rien à voir là-dedans.

— Pourtant, vous avez quand même donné de l'argent à sa femme.

— Pour le traitement de son fils, Dylan. Julianna a perdu sa fille et son mari, bien qu'il soit encore vivant. Il est condamné à perpétuité. Nous savons tous qu'il ne ressortira jamais. Dylan est tout ce qu'il lui reste et ce n'est qu'un gamin. Ce qu'il s'est passé n'était pas sa faute ni celle de sa mère. Je tiens à eux. Je ne m'en excuserai pas.

Après quelques secondes de silence, Donaldson acquiesça.

— Très bien. Et il s'avère que vous tenez aussi à Vaillant.

— Oui.

La sueur coula dans sa nuque et il eut envie de détendre sa cravate. Il ne devrait pas ressentir un iota de culpabilité parce qu'il aimait Rafa. Ce jeune homme était la plus belle chose qui lui était jamais arrivée. Pourtant, les regards fixes des enquêteurs étaient comme des tisons ardents sur sa peau. Car, à vrai dire, il avait franchi les limites et s'était comporté de manière peu professionnelle quand Rafa était encore sous sa garde. Il ne pouvait le nier. Il n'avait aucune excuse.

Il ravala tout de même son excuse et demeura silencieux. *Réponds directement à leurs questions. Ne dis rien de plus.*

— Avez-vous déjà entamé une relation personnelle avec une personne que vous protégiez, par le passé ? s'enquit Donaldson.

— Non !

Shane savait qu'il n'avait pas le droit d'être vexé, pourtant, il bouillonnait et sa voix devenait rauque sous l'effet de la colère.

— Jamais.

— Voudriez-vous un peu d'eau ? demanda un homme.

Il hocha la tête en direction d'une table, le long du mur, sur laquelle étaient disposés des carafes d'eau et de café, un plateau de fruits et des mini-muffins.

— Non.

Shane s'éclaircit la gorge.

— Je vous remercie.

— Quand votre relation inappropriée avec Vaillant a-t-elle commencé ?

— Le soir du kidnapping. Quand je l'ai retrouvé.

C'était suffisamment vrai.

— J'ai demandé un transfert, parce que je savais que ça ne pouvait pas continuer.

— Que s'est-il passé entre vous, cette nuit-là ? demanda la femme plus âgée.

— Ça ne vous regarde pas.

Shane crispa sa mâchoire avant de soupirer lentement.

— Je reconnais que j'ai enfreint le protocole et que ça n'aurait jamais dû arriver.

— Mais vous ne le regrettez pas, constata Donaldson.

Shane ne répondit pas. Que pouvait-il dire ? Non, il ne regretterait jamais d'être tombé amoureux de Rafa. Jamais.

Donaldson soupira lourdement.

— Le rapport que nous ont donné vos supérieurs sur l'entièreté de votre carrière est exemplaire. L'agent Nguyen a exprimé une grande surprise quand elle a appris votre relation avec Vaillant. Personne ne la soupçonnait.

Il se pencha en avant et le scruta intensément.

— Personne ne soupçonnait Alan Pearce de quoi que ce soit, non plus. Vous avez admis avoir enfreint le protocole et avoir ainsi brisé notre confiance en vous en tant qu'agent. Comment pouvons-nous être certains que vous ne mentez pas à propos de votre implication dans le plan de Pearce, également ?

Le cœur tambourinant, Shane ne put que répondre honnêtement.

— Parce que j'aime Rafael Castillo. Je mourrais pour lui. Je tuerais pour lui. À vrai dire, je l'ai fait. Je ne lui ferais jamais de mal, et pas seulement parce que mon travail était de le protéger. Je comprends pourquoi vous doutez. Je comprends pourquoi c'est difficile de me croire sur parole. Mais j'ai été un très bon agent pendant dix-sept ans. J'ai voué ma vie aux services secrets. Puis je suis tombé amoureux. Je ne lui ferai jamais de mal.

Après quelques instants, Donaldson s'enfonça sur sa chaise.

— Très bien. Ce sera tout. Bon retour en Australie.

Shane hocha la tête et se leva avant de se tourner pour rejoindre la porte derrière lui. Lorsqu'il l'atteignit, la femme plus âgée reprit la parole.

— J'espère que ça valait la peine de foutre votre vie en l'air pour une amourette qui ne peut durer.

La colère ne bouillonna pas en lui. Il ressentit plutôt de la joie en réalisant à quel point sa vie avait été vide en dehors de son travail, avant Rafa. Il lui lança un coup d'œil par-dessus son épaule.

— Ça en vaut la peine chaque minute.

En dehors de la salle du conseil, il ferma la porte et inspira. Là. C'était fini. Il avait répondu à leurs questions, accompli son devoir et désormais…

— Kenny ?

Personne ne l'avait appelé ainsi depuis Alan. L'estomac de Shane tomba dans ses talons alors qu'il se tournait et découvrait Julianna en train de s'approcher d'un pas hésitant dans le couloir désert. Elle avait toujours été une femme menue, mais désormais, elle paraissait minuscule et fragile, au point où il aurait pu la briser sur son genou comme du petit bois. Ses cheveux noirs étaient balayés en arrière dans une queue de cheval desserrée et ses yeux étaient gonflés.

— Jules. C'est bon de te voir.

À vrai dire, son cœur se serra. L'écho de la douleur provoquée par Alan se fit plus fort et vibra en lui comme un gong. Il écarta les bras pour l'étreindre fermement. Il constata que les os dans les épaules de la femme ressortaient bien trop quand ils s'enlacèrent brièvement.

Elle s'écarta.

— J'ai entendu dire que tu revenais pour l'audition, après tout. Je me suis dit que ce serait mon unique occasion de te voir en personne. Comment ça se passe, en Australie ?

— Très bien. J'adore vivre là-bas. J'ai repris le surf et je vais ouvrir une entreprise de conseil en sécurité. La météo est imbattable. Il faisait dix-sept degrés, l'autre jour, et les Australiens portaient des écharpes et des gants. Moi, je suis allé à la plage.

Il radotait, mais tenta de sourire.

Juliana hocha la tête.

— Et comment va Rafael ?

— Il va très bien. Il commence bientôt l'école de cuisine. Il a toujours voulu être chef.

Elle sourit légèrement.

— Je m'en souviens. Je suis ravie qu'il fasse ce qu'il veut. Je suis ravie qu'il soit avec toi. Tu es heureux ?

— Je le suis vraiment.

La culpabilité le tirailla vivement. Il n'avait jamais été si heureux alors que la vie de Julianna n'avait jamais été aussi anéantie. Il aurait dû rester en contact avec elle.

— Comment vas-tu ? Comment va Dylan ?

Passant les bras autour de sa taille fine, elle secoua la tête.

— Le traitement expérimental n'a pas marché. On est revenus de Suède le mois dernier. Je ne voulais pas… Je veux qu'il meure à la maison. Entouré de gens qui l'aiment.

Merde. Ça n'était pas juste. Ça ne l'était véritablement pas.

— Je suis sincèrement désolé.

— Tout cet argent que tu m'as donné… Je suis désolée.

Les larmes embuèrent ses yeux.

— Je ne pourrai jamais te remercier suffisamment. Il a eu huit ans, la semaine dernière, et il a pu manger son gâteau arc-en-ciel préféré, avec cette glace dégoûtante goût chewing-gum. Ce n'est pas rien. Et au moins, je saurai que j'ai fait tout ce qui était possible. Je n'aurai plus à me poser la question. Je ne crois pas que je pourrais le supporter. Je ne pourrai jamais te remercier suffisamment de nous avoir aidés. Tant de nos amis ont arrêté de m'appeler après l'arrestation. Ça a été…

Son visage usé et fatigué se froissa.

Shane n'avait pas les mots. Il l'attira dans une étreinte et, cette fois-ci, elle s'effondra contre lui, les mains pliées contre ses côtes alors qu'il la tenait. Sa gorge était serrée, ses yeux le brûlaient, mais il ravala ses larmes. Elles n'aideraient pas Jules.

— Je suis désolé, murmura-t-il.

Il ne pouvait rien faire pour sauver Dylan ou pour ramener Jessica. Il détestait ça. Il ne pouvait remonter dans le temps et empêcher Alan de commettre une erreur si bête et malavisée. Au moins, Julianna aurait encore eu son mari si l'on pouvait changer le cours du temps.

La souffrance, la culpabilité et la fureur se mêlèrent dans son estomac. Comment les choses avaient-elles pu autant dégénérer ? Avait-il été trop distrait par Rafa ? Autrement, se serait-il rendu compte que quelque chose clochait chez Al ?

Shane savait qu'il ne connaîtrait jamais la réponse, mais il se poserait probablement la question pour le reste de sa vie.

— Kendrick.

La voix de Sandra Nguyen résonna quand elle s'approcha, ses chaussures à petits talons résonnant sur le sol poli. Elle portait un tailleur et ses cheveux noirs étaient tirés dans le chignon habituel.

Julianna se raidit et s'écarta de Shane. Elle s'essuya les yeux avant de se tourner vers Nguyen. Ils hochèrent tous la tête d'un air gêné et cette dernière demanda :

— Comment va Dylan ?

Secouant la tête, Jules recula.

— Je dois aller le retrouver. Je voulais simplement... Au revoir, Shane.

— Je passerai te voir demain. Mon vol n'est que dans la soirée.

— Tu n'es pas obligé.

De nouvelles larmes coulèrent sur les joues rougies de la femme.

— Je te verrai demain.

Il la gratifia d'un petit sourire et elle hocha la tête avant de s'enfuir. Shane se retourna vers son ancienne patronne.

— Agent Nguyen. Comment allez-vous ?

Elle le regarda froidement.

— Bien. Et vous ?

— J'espère que cette audition marquera la fin de toute suspicion quant au fait que j'avais un quelconque rapport avec le kidnapping.

Elle fronça les sourcils.

— Ça devrait être le cas. Pour ce que j'en sais, on a accepté l'idée que Pearce avait agi seul. Ils vous titillaient probablement une dernière fois pour être certains que rien d'inattendu ne surgirait. Et pour vous humilier à cause de l'embarras que vous avez causé aux services secrets.

— J'imagine que je ne peux pas leur en vouloir.

— C'était un véritable emmerdement, Kendrick. J'ai failli perdre mon poste de responsable à cause de vos conneries. Avec Pearce, c'était déjà assez horrible, et ensuite nous avons découvert votre relation avec Vaillant dans les tabloïdes. On m'a passé un sacré savon, comme vous pouvez l'imaginer.

Shane grimaça.

— J'imagine. Pour être honnête, je suis surpris qu'ils ne vous aient pas transférée.

— Moi aussi. Et ils vous auraient viré dans l'instant si vous n'aviez pas déjà démissionné.

— Et Harris ?

Le chef de la protection rapprochée de Rafa était le supérieur direct de Shane.

— Il a été transféré. Dans le bureau délocalisé de l'Idaho, même s'il demandait la Californie depuis une éternité pour être proche de sa famille.

— L'Idaho. Aïe.

— Il a eu de la chance que ce ne soit pas l'Alaska.

Elle haussa les épaules.

— Que peut-on y faire ?

— Démissionner, comme je l'ai fait ?

Cela la fit sourire légèrement.

— J'imagine. Comment va Vaillant ?

— Rafa va très bien. Il est heureux. *Nous sommes* heureux.

Elle hocha la tête.

— Croyez-le ou non, je suis ravie de l'entendre. Il a toujours été un bon gamin et vous étiez un bon agent. Jusqu'à ce que vous ne le soyez plus. Mais j'espère que ça fonctionnera entre vous.

— Merci. Je crois.

— Eh bien, je voulais juste… Je ne sais pas, en réalité. Boucler la boucle.

Elle tendit la main et Shane la saisit avant qu'elle ajoute :

— Transmettez mes amitiés à Vaillant.

Elle traversa le couloir tandis que Shane partait vers l'ascenseur. Dans l'entrée, il sentit des regards curieux sur lui, il entendit des murmures suintant de jugements et vibrant dans l'air. Au contrôle de sécurité près de l'entrée, il détacha le badge visiteur et le rendit aux gardiens avec un signe de tête.

Il ne regarda pas en arrière quand il s'éloigna du quartier général des services secrets pour la dernière fois.

LA MOUSTIQUAIRE MENANT au jardin de Darnell s'ouvrit dans un long crissement rauque de métal. Shane la referma derrière lui tandis que son ami se retournait pour s'asseoir sur une chaise et poser ses pieds sur une ottomane rembourrée, en short, sous le patio. Il faisait face au coucher de soleil, une bande orange au loin, au-dessus des toits de cette banlieue.

Laissant apparaître ses dents blanches, Darnell se leva et attira Shane dans une étreinte.

— Salut, mec. C'est si bon de te voir.

Shane l'étreignit en retour et fut enveloppé par le grand corps musclé de Darnell. Shane n'était pas un petit homme, mais avec son mètre quatre-vingt-quinze musclé, son ami était immense. Il ne portait pas de T-shirt et la pression de sa peau bronzée lui était familière et réconfortante. Shane lui tapota le dos avant qu'ils s'écartent.

Soupirant d'un air las, Shane s'affala sur la chaise à côté de celle de Darnell. Il avait retiré son costume pour mettre un short et un T-shirt, et il étira ses jambes afin de frotter ses pieds nus sur l'herbe.

Sans un mot, Darnell ouvrit la glacière entre eux et sortit une bière bien froide. Il la mit dans un manchon en mousse orné du logo des Orioles de Baltimore et la lui passa.

Ils burent et regardèrent le soleil disparaître à l'horizon pendant quelques minutes, tandis que les nuages parsemaient le ciel dégagé qui reflétait maintenant une teinte rouge. Des cigales faisaient ronronner leur chant d'été, l'air était humide et figé, en cette soirée. La petite pelouse avait été récemment tondue, l'odeur d'herbe fraîchement coupée s'attardait, tout comme celle des buissons de fleurs grandissant, alignés contre la clôture en bois au fond du jardin. Quelqu'un non loin avait une piscine. Des rires enfantins, des cris et des éclaboussures faisaient écho.

— Je suis désolé de t'avoir manqué, hier soir, dit enfin Shane. Et ce matin, j'ai dormi comme un loir.

Il avait été trop épuisé pour faire des cauchemars, merci, mon Dieu.

Darnell gloussa.

— C'est clair. Mais je suis rentré tard et je suis parti tôt. J'ai passé la tête dans la chambre d'amis, ce matin, mais tu étais encore en train de pioncer. Le décalage horaire, ça craint.

— Ouais.

Il se frotta le visage.

— J'ai essayé de dormir dans l'avion, mais tu sais comment c'est. Il y avait un bébé, derrière moi, qui semblait brailler toutes les dix minutes. Je me sentais mal pour la pauvre mère. Elle n'arrivait pas non plus à dormir, c'est certain. Oh, et merci d'avoir mis mon réveil.

Le radioréveil sur la table de nuit avait hurlé à neuf heures du matin. Shane avait eu largement le temps de se doucher et de reprendre ses esprits avant d'être obligé d'aller en ville à midi.

— Pas de problème. Ces salauds auraient pu te laisser un jour pour décompresser avant que tu doives y aller.

— Ils l'ont proposé, mais je dois rentrer aussi vite que possible.

Darnell sirota sa bière.

— Comment ça s'est passé ?

— Plus ou moins comme je l'imaginais. C'était gênant. Légè-rement hostile. Je le comprends, j'ai embarrassé les services secrets. J'ai enfreint les règles. Peu importe le nombre d'années que Raf et moi passons ensemble, je serai toujours l'agent des services secrets qui s'est enfui avec le fils du président.

— N'oublie pas que tu l'as aussi pris au berceau.

Il lui sourit narquoisement.

— Merci de me le rappeler.

— Quand tu veux.

Darnell le gratifia d'un clin d'œil et tendit la main pour lui serrer brièvement l'épaule.

— Quand même.

Il s'obligea à prononcer ces mots et déglutit péniblement.

— Ça fait mal d'avoir perdu leur respect.

Il avait essayé de faire en sorte que ça ne le ronge pas, dans le trajet en taxi jusqu'à la maison de Darnell, mais son cerveau n'avait cessé de lui rejouer la réunion, en se concentrant sur les expressions les plus moqueuses et les questions désapprobatrices.

— Bien sûr. Ça a été ton identité pendant la majeure partie de ta vie d'adulte. Tu étais un agent des services secrets. Tu étais respecté, même craint. Si je perdais mon badge, qui serais-je ? Honnêtement, je n'en sais rien.

Il demeura silencieux quelques instants, avant de demander :

— Alors, et toi ? Le boulot te manque ? Qui es-tu, Shane Kendrick ?

L'intéressé but et y songea. Il était l'amant de Rafa. Son petit ami, son partenaire – peu importait le nom qu'on leur donnait. Bientôt, il serait consultant en sécurité et exigerait le prix fort, à cause de ses années d'expérience. Il avait recommencé à surfer pour la première fois depuis bien trop longtemps.

— Je suis… Je vais *bien*. Toutes ces années passées à déménager où les services m'envoyaient, sans jamais m'enraciner, sans vivre en dehors de mon travail… Il était temps d'abandonner tout ça. Avec Rafa ou non.

Il sourit discrètement.

— Sincèrement, ça ne me manque pas. J'ai acheté un tableau pour mes murs. *Nos* murs. Il était temps.

Darnell acquiesça.

— Je crois que oui. Vraiment. Comment je te l'ai déjà dit, ce garçon t'a bouleversé et réveillé. Tu veux toujours te réveiller à ses côtés tous les matins ?

— Absolument.

— Alors les services secrets peuvent aller se faire voir.

Shane rit.

— Oui. Merci d'avoir mis les choses en perspective.

— Le docteur Darnell a toujours une séance disponible pour toi, mon ami.

Shane cessa de sourire.

— Julianna Pearce était là, aujourd'hui. Elle est venue me voir.

— C'était comment ?

— Violent. Son fils est en train de mourir. Le traitement suédois n'a pas fonctionné.

Darnell soupira exagérément.

— Bon sang. C'est horrible.

— Ouais. Et dire que je ressasse mes pauvres petits sentiments blessés parce que les services secrets ont été méchants avec moi.

— Hé, tes sentiments sont tout de même justifiés. Il y aura toujours quelqu'un, dans ce monde, qui vit quelque chose de pire. Tu as quand même le droit de te sentir mal.

— As-tu toujours été si profond ?

— Oui, à vrai dire. Je suis ravi que tu le remarques enfin.

— Je déteste ne rien pouvoir faire. Je vais les voir, demain, avant de partir. Je ne sais pas quoi dire.

— Après tout ce qui a dégénéré avec Alan, leur rendre visite, c'est faire probablement plus que la plupart des gens. Tu te montres. Ça n'est pas rien. Du moins, à mes yeux.

— Ouais.

Shane tenta d'ignorer ça, mais il ne pouvait se sortir le visage fébrile et hanté de Jules de son esprit.

Les souvenirs d'Alan l'assaillirent également – son sourire aisé de jeunot, à l'époque, ses épaules qui s'étaient ensuite affaissées et les cernes noirs sous ses yeux quand l'état de Dylan s'était empiré. Dans la boue, son sang suintait trop rapidement à cause de la balle qui avait troué sa poitrine et qui était censée le tuer.

— Je me demande comment c'est. La prison.

— Tu pourrais lui rendre visite et lui poser la question.

Il frissonna.

— Je fais déjà suffisamment de cauchemars.

— Hum. À propos du kidnapping ?

Oh, il n'aurait rien dû dire.

— J'imagine. Ce n'est rien.

— Tu en as déjà parlé à quelqu'un ?

— Tu veux dire à un psy ?

Il ricana.

— C'est inutile.

— D'accord. Et à Rafa ?

— Non, je ne veux pas l'inquiéter. Il stresse suffisamment. C'est bête, de toute manière.

— D'être traumatisé par un événement traumatisant ? Ça me semble raisonnable.

Shane leva les yeux au ciel et but une gorgée de sa bière. Il déglutit.

— Je ne suis pas *traumatisé*.

Darnell croisa à nouveau ses jambes sur l'ottomane.

— Et Rafa ?

— Eh bien, ça a été difficile pour lui, évidemment. Il a été kidnappé. Il était terrifié. Mais il a suivi une thérapie et il s'en sort merveilleusement bien.

La fierté gonfla dans un bourgeonnement brûlant d'affection.

— Il est résilient.

— C'est génial, répondit Darnell avant de se taire quelques instants. Mais ça n'a pas été difficile, pour toi aussi ?

L'impatience grandit et Shane respira pour la faire passer.

— Je faisais mon travail. C'est différent.

— Et ces cauchemars…

— Ne sont rien. Laisse-moi tranquille, d'accord ? Tout le monde fait parfois des cauchemars.

— Bien sûr. Nous sommes tous humains. Même les flics et les agents des services secrets. Alors, si les cauchemars ne s'arrêtent pas, peut-être que…

— Ils s'arrêteront. Tu fais une montagne de pas grand-chose.

— D'accord. Désolé, mec.

— Ce n'est rien. Bon. Assez de morosité. J'ai répondu à leurs questions et j'en ai officiellement fini avec les services secrets. Ils ne vont pas à nouveau me faire tomber dans leurs problèmes.

— Je vais trinquer à ça.

Darnell but une gorgée de sa bière.

— Alors, pourquoi reprends-tu l'avion pour l'Australie si rapidement ? Qu'est-ce qui presse ? C'est moi ?

Il leva un bras et renifla exagérément son aisselle.

— Tu sens les roses au printemps, comme toujours. Non, c'est à cause de Rafa, qui est coincé là-bas avec ses parents.

Il ne mentionna pas ses peurs quant au fait qu'il reste seul dans la maison. Rafa n'était *pas* un enfant et Shane ne voulait pas donner l'impression que le jeune homme était immature et avait besoin d'affection. Parce que ce n'était pas le cas. Shane se montrait excessivement protecteur.

— Ah, oui, la visite de sa famille. Le frère nageur et canon est venu avec eux, non ? J'ai vu une photo de lui en train de descendre de l'avion avec un bras en écharpe.

— Il s'est rompu la coiffe des rotateurs.

Darnell grimaça.

— Ça va calmer ses aspirations olympiques. Enfin, il lui reste deux ans avant les prochains Jeux. Je suis certain qu'il jouera le rôle de tampon entre Rafa et leurs parents. En plus, je suis sûr que Rafa s'est retrouvé seul avec ses parents à de nombreuses reprises. Par exemple, pendant les vingt et un ans de sa vie avant qu'il te rencontre.

— Ah-ah, se moqua Shane en buvant une gorgée de bière. J'ai compris. C'est juste que…

Il commença à tirer sur l'étiquette mouillée et la condensation lui humidifia les doigts.

— C'est la première fois qu'il les voit depuis qu'on est ensemble. Qu'on s'est officiellement mis ensemble, je veux dire.

— D'accord, la séance du docteur Darnell se poursuit. Selon toi, qu'arrivera-t-il et que crains-tu ?

— J'ai peur qu'ils lui en fassent baver. Qu'ils essaient de le convaincre de me quitter. Et non, je ne pense pas qu'il le fera. Mais ils essaieront et je ne serai pas là pour empêcher ça.

— Pour le protéger.

— Je le protégerai toujours. Toujours.

— Je comprends. Mais tu ne peux pas toujours être présent. Il doit affronter ses propres combats.

Shane vida sa bouteille et gigota nerveusement sur sa chaise.

— Je sais. Mais je n'aime pas ça. Je ne veux pas qu'il soit blessé, furieux ou stressé.

— C'est ce qu'on appelle *l'amour*, mon ami, chuchota Darnell. Tu en pinces vraiment pour lui.

— Va te faire voir.

Il n'y avait pourtant aucune animosité dans les mots de Shane et son ami fut obligé de rire.

— C'est toujours une relation exclusive ?

— Oui. Désolé de te décevoir.

Darnell rit.

— D'accord, d'accord, ne prends pas trop confiance en toi. Je ne te posais pas la question parce que je veux un autre morceau de ton cul qui est bien beau, j'en conviens. Je me demandais juste comment ça se passait pour toi. La monogamie.

— C'est génial.

Il croisa ses chevilles et frotta ses talons sur l'herbe. L'un des voisins de Darnell faisait un barbecue, si on en croyait l'odeur de travers de porc sucrée et acidulée. Son estomac gronda.

— Je sais qu'on en est encore au début, mais je n'ai aucune envie d'être avec quelqu'un d'autre. On peut…

Il hésita. En partageait-il trop ?

Darnell attendit, ouvrit une autre bière et la lui passa. Shane échangea sa bouteille vide et but une longue gorgée froide.

— Raf était vierge, déclara-t-il ensuite. Et je me suis fait tester avant. On s'envoie donc en l'air sans protection, et mec, c'est bon. C'est *vraiment* bon.

Un éclat de désir le tirailla quand il songea à Rafa, comme il était torride et parfait quand Shane était en lui.

—Ah. Ouais, j'imagine. Je n'ai pas fait ça depuis l'adolescence. Je n'ai jamais fait suffisamment confiance à quelqu'un, au fil des ans, dit-il avant d'éclater d'un rire rauque. Je parie que ton côté homme des cavernes prend vraiment son pied à l'idée d'être son seul et unique.

Shane fut obligé de sourire.

— Je ne peux pas le nier.

Lui rendant son sourire, Darnell lui offrit son poing pour qu'il le cogne et se prit une autre bière.

— Tu as faim ? On peut commander. Je suis désolé, le boulot était dément, autrement j'aurais acheté des steaks.

— Pas de problème. Et oui. Une pizza ? Ce qu'il y a de plus rapide et de plus facile.

— Comme moi.

Il sortit son portable et tapota l'écran en demandant à Shane sa garniture préférée avant de commander. Alors que la journée s'évanouissait dans la nuit, de petites lumières autour du jardin commencèrent à scintiller. Les enfants jouaient encore dans la piscine, quelque part dans le voisinage, et leurs cris faisaient faiblement écho.

Se rasseyant avec une cheville posée sur le genou opposé, Darnell dit :

— J'ai toujours été trop occupé par mon travail pour penser à quelque chose de sérieux.

— Et maintenant ? demanda Shane après quelques instants de silence.

Darnell soupira lourdement.

— Maintenant, je n'en suis pas si sûr.

— Une raison en particulier ? Une personne en particulier, peut-être ?

Quand Darnell gigota et soupira à nouveau, Shane renchérit.

— Balance. Qui c'est ?

— Il s'appelle Henry Chan. Il est procureur. Il a quarante-quatre ans et vit ici, dans la banlieue du Maryland. À vingt minutes de voiture, environ. On a travaillé sur un dossier difficile. Un enfant négligé. Le gamin est mort. Mais je crois que la mère est aussi une victime. C'est triste et tordu. J'en ai vu beaucoup, des cas comme ça au fil des ans, mais quelque chose, dans ce cas précis, m'a profondément atteint.

— J'en suis désolé. Et Henry… t'aide ?

— Oui. On a fini par s'embrasser dans son bureau, l'autre jour.

Il secoua la tête.

— Merde, ça me donne des papillons dans le ventre quand j'y pense. Et on n'a fait que ça, on s'est juste embrassés. On a parlé. On s'est enlacés. Maintenant, il veut qu'on aille dîner.

— Et toi, qu'est-ce que tu veux ?

— Ouais, un dîner serait sympa. Enfin, je vais vite en besogne en pensant à une relation sérieuse ou à la monogamie, expliqua-t-il avant de boire une gorgée de bière. Mais je n'ai pas franchement pensé à ces choses depuis une éternité. Il me pousse à le vouloir.

Il y avait bien trop de pollution lumineuse pour voir le ciel nocturne, mais une étoile brillante avait émergé, sans doute un satellite. Shane la fixa du regard en réfléchissant.

— On dirait que tu tombes sous son charme et que ça t'effraie totalement.

— C'est ça le truc. Ça ne m'effraie pas. Ça me semble étrangement normal, répondit Darnell avant de rire. Bon sang, écoute-moi. Nous n'avons même pas encore eu de rencard officiel.

— Parfois, tu le sais, c'est tout. Même si tu dois poser les questions importantes. Une en particulier.

— D'accord, dit sérieusement Darnell. Laquelle ?

— Est-ce qu'il est fan des Orioles ? Parce que je ne pense pas que tu pourrais être heureux avec quelqu'un qui n'a pas le sang orange et noir, comme toi.

Darnell sourit.

— Il a un poster classique de Ripken encadré dans son bureau. Avec un autographe.

Shane tendit sa bouteille et ils trinquèrent, attendant leur pizza dans un silence confortable.

Chapitre 6

FERMANT LA PORTE des toilettes derrière lui, Rafa grogna dans sa barbe. Curieusement, il avait réussi à oublier à quel point il était douloureux de sourire, d'acquiescer et d'être le fils parfait du président. La Première ministre australienne était très accueillante, sa famille était très gentille – et Rafa avait hâte de sortir de là.

Ils étaient arrivés au milieu de l'après-midi pour boire des cocktails et manger des crevettes grillées dans le jardin. Ramon trouvait cela hilarant, pour une raison quelconque. Il n'avait cessé de dire : « Remettez des crevettes sur le barbeuc' ! » avec un accent australien horrible jusqu'à ce que sa famille le fusille du regard quand leurs hôtes ne les regardaient pas.

Rafa venait tout juste de s'échapper aux toilettes, mais pas avant de faire rire ses hôtes à cause de son choix de mot. Il oubliait encore d'appeler ça des « WC », aussi directement que les Australiens, et il avait plaisanté en affirmant qu'il n'allait pas prendre de douche ni de bain.

Ha-ha-ha – sourires, sourires.

C'était épuisant. Il jeta un coup d'œil dans le miroir au-dessus du lavabo en porcelaine blanche. Il n'avait pas porté sa chemise bleu pâle depuis une éternité ni son pantalon gris. Au moins, sa mère ne l'avait pas forcé à porter une cravate. Il l'avait fait pendant tant d'années parce qu'il y avait été obligé. Il aurait aimé pouvoir s'échapper jusqu'à chez lui pour y retrouver Shane.

Bientôt.

Il sortit son portable et tapota l'écran, essayant de passer un rapide coup de fil sur Whatsapp. Shane lui avait envoyé par message qu'il était à l'aéroport de Los Angeles et Rafa pourrait peut-être le joindre…

— Salut, chéri, répondit Shane.

— Salut ! Tu embarques bientôt ? Tu me manques tellement.

C'était idiot, son petit ami n'était parti que quelques jours. Mais tout de même.

— Le lit est trop grand sans toi.

Il rit.

— Je passe pour un crétin.

Il y avait beaucoup de bruits, dans le fond, le murmure des passagers et des appels pour embarquer.

— Non, c'est faux. Toi aussi, tu me manques. Ils commencent tout juste à embarquer. Encore quatorze heures, et je serai à la maison avant même que tu t'en rendes compte. À la première heure demain matin. Tout s'est bien passé à la maison ?

Rafa leva les yeux au ciel.

— Oui. Personne n'est entré par effraction, pour l'instant.

— Ne tentons pas le destin. Qu'est-ce que tu fais, là ?

— Nous sommes à la Maison Kirribilli. C'est là que vit la Première ministre quand elle est à Sydney. C'est étonnamment petit, mais c'est une ville historique, je crois. La vue sur le port est magnifique. L'opéra est si proche.

— Ça m'a l'air génial.

— J'imagine, dit-il avant de rire de lui-même. Sans vouloir être un salopard ingrat. Je sais que j'ai de la chance d'aller dans tous ces endroits que j'ai visités ces dernières années. Simplement, ça ne m'avait pas manqué de devoir être *sur le coup*. Tu vois ?

— Oui. Elle est comment, la Première ministre ?

— Nicole est très gentille. Elle a les pieds sur terre.

— Et comment ça se passe avec tes parents ?

— Jusqu'ici, tout va bien. Ils étaient assez assommés par le décalage horaire. Matty s'est vraiment effondré. Mais ils vont visiblement mieux, aujourd'hui.

Il entendit des voix dans la maison.

— Il vaudrait mieux que j'y retourne. Je crois qu'on va dîner. Je ne veux pas qu'ils croient que je coule un bronze.

Shane s'esclaffa.

— Que Dieu nous en garde. Les hôtesses appellent ma zone, de toute façon. On se voit demain matin. Je t'aime.

— Moi aussi, je t'aime.

Après avoir rapidement uriné, Rafa rejoignit les autres tandis qu'ils se dirigeaient vers la salle à manger. Matthew se faufila à ses côtés.

— Qu'est-ce qui te fait sourire ?

Il jeta un coup d'œil autour de lui avant de baisser la voix.

— Tu t'es envoyé en l'air par téléphone aux chiottes avec Shane ?

Rafa rougit et tenta de ne pas trop rire.

— *Non*. Mais on a discuté. Il embarque pour Los Angeles.

— Cool.

Matthew lui donna un petit coup avec son bras valide.

— Je suis vraiment heureux pour toi. C'est visiblement un bon gars. Peu importe ce qu'en pensent Maman et Papa.

La bulle de bonheur de Rafa explosa quand il arriva dans la salle à manger. Laura, la fille de treize ans de la Première ministre, exigea qu'il s'asseye à côté d'elle. Il hocha la tête et sourit quand elle lui parla d'un tableau au mur dans la petite salle formelle.

Pendant tout ce temps, l'inquiétude le rongea. Il savait que ses parents n'étaient pas ravis de sa relation avec Shane, mais ne voyaient-ils pas à quel point il était heureux ?

Il joua son rôle pendant le dîner, émettant les bons bruits aux bons moments alors que Laura lui racontait son voyage scolaire en Chine. La nourriture était délicieuse – des filets de bœuf Wagyu parfaitement grillés, des pommes de terre croustillantes et des légumes, et pour finir, sur la viande, une sauce au thenus, un genre de crustacé ressemblant au homard. Le tout fondait dans la bouche dans un éclat de beurre aillé.

— Laura, laisse Rafa en placer une, la sermonna son père. Tu es en train de lui rebattre les oreilles.

La pauvre Laura, avec son visage pâle et ses taches de rousseur, rougit. Elle avait des cheveux roux, comme sa mère, même si les Australiens appelaient ça du « blond vénitien » pour une raison que Rafa devait encore découvrir.

— Non, non ! Ça me plaît d'entendre tout ça. Je ne suis jamais allé en Chine, assura-t-il avant de se tourner vers Laura. Alors, tu as parcouru la Grande Muraille ? Y a-t-il beaucoup de marches à certains endroits ?

Elle le gratifia d'un petit sourire, mais regarda nerveusement son père. Rafa avait totalement oublié le nom de ce gars et ignorait pourquoi il se comportait comme un salaud avec sa fille.

Mince, peut-être était-ce parce que Rafa ne lui avait pas suffisamment prêté attention et que cela s'était vu. Chassant toutes ses inquiétudes, il se concentra totalement sur Laura et l'encouragea à continuer de parler.

De l'autre côté de la table, Matthew poussait sa nourriture dans son assiette d'un air morose, sans beaucoup parler alors que Nicole et leurs parents entretenaient un flot de conversation constant. Les frères aînés de Laura, avec leur visage couvert d'acné, étaient manifestement heureux d'avaler leur dîner sans rien dire.

Lorsque les discussions se tarirent, Nicole dit :

— J'ai appris que vous grimpiez sur le pont, demain ! La météo devrait être parfaite pour ça. Le ciel sera clair comme du cristal.

— Oui, répondit Camila. Ça devrait être merveilleux. On nous a dit que c'était la chose à faire, maintenant que nous ne sommes que des touristes lambda.

Rafa maintint son regard rivé sur son assiette, parce qu'il ne pouvait qu'imaginer la tête que Matthew faisait et il n'avait pas envie d'éclater de rire.

Bien sûr, parce que les gens ordinaires voyagent avec des agents des services secrets et une équipe d'assistants. Et ils dînent avec la Première ministre.

— On m'a dit que vos employés nous avaient merveilleusement aidés à tout coordonner, Nicole. Merci.

— C'était un plaisir.

Elle but une gorgée de vin rouge, puis coinça une boucle cuivrée derrière son oreille. Elle était une jolie femme d'une quarantaine d'années, connue pour son rire tonitruant, mais aussi son attitude implacable au Parlement.

— Rafa, vous plaisez-vous ici ? Vous habitez à Curl Curl ?

— Oui. J'adore.

L'un des frères de Laura intervint.

— Les plages sont géniales, là-bas. Comment sont les vagues ?

Rafa sourit.

— Incroyables. Trop grandes pour moi, parfois. C'est un peu intimidant. Shane dit…

Il s'interrompit, soudain gêné. Désormais, il avait certainement l'attention de tout le monde et un courant de tension serpenta dans la pièce. Il s'obligea à sourire.

— Il dit que je dois avoir plus confiance en moi. Que je dois arrêter de trop y réfléchir.

Le ricanement de Ramon fut gênant.

— Eh bien, nous ne voudrions pas que tu fasses quoi que ce soit de dangereux.

Oh, nom de Dieu.

— Ouais. Bien sûr que non, Papa.

Rafa but une gorgée de vin, la saveur chêne et cerise paraissant plus acide que précédemment.

— Shane ne voudrait pas que je fasse quoi que ce soit de dangereux, lui non plus.

— Pourquoi n'est-il pas venu, aujourd'hui ? s'enquit Laura. Il a l'air trop cool.

Ses parents la fusillèrent du regard, mais elle ne sembla pas les remarquer ou bien elle les ignora.

— Oh, il a dû retourner aux États-Unis pour un… truc.

Évoquer cette fois où il avait été kidnappé n'était sans doute pas une bonne idée devant les enfants de la Première ministre.

— Alors, Matthew… dit Nicole avant de paraître perdue.

Celui-ci lui lança un sourire trop enthousiaste.

— Voulez-vous discuter de mon épaule déglinguée et de ma carrière de nageur qui est peut-être terminée ?

— Pourquoi ne parlerions-nous pas de ce repas exquis ? dit Camila. Ce Wagyu est délicieux. Il est élevé ici, en Australie ?

Tandis que la conversation se concentrait sur l'industrie bovine, Laura chuchota :

— Désolée. Je ne voulais pas rendre la situation bizarre.

Rafa baissa la tête vers elle.

— *Tu* n'as rien fait. Ne t'inquiète pas pour ça.

— Je trouve ton petit ami vraiment canon, même s'il est vieux.

Elle rougit à nouveau et Rafa rit légèrement.

— Merci. Moi aussi.

— Ça a vraiment fait peur ? Quand ces méchantes personnes t'ont enlevé ?

— Oui. Mais Shane m'a sauvé.

Elle gloussa, ravie.

— C'est ton chevalier blanc. C'est si romantique.

Il repensa à la manière dont Shane l'avait tenu dans ses bras musclés et l'avait embrassé sous la pluie, leurs lèvres désespérément collées contre celles de l'autre. Le soulagement qu'il avait ressenti en voyant que la balle n'avait fait qu'effleurer le crâne de Shane, qu'il était toujours entier et vivant… Rafa sourit.

— Oui. J'imagine que oui.

Ce que les autres pensaient n'avait pas d'importance. Shane et lui étaient ensemble et rien ne les séparerait.

LES LUMIÈRES DE Sydney luisaient et l'Opéra illuminé s'élevait comme un coquillage géant. Depuis l'appartement-terrasse de l'hôtel, la vue était véritablement spectaculaire. Devant l'immense fenêtre, Rafa regarda le ferry avancer dans le port assombri. Il était presque minuit et il avait donc accepté, à contrecœur, de rester dans la suite.

Il ne devrait pas reprocher à ses parents de vouloir passer du temps avec lui. Il pourrait s'écouler un an avant qu'il les revoie. Il allait donc les rendre heureux et rester une nuit, bien qu'il aurait préféré dormir dans sa propre maison. Celle qu'il partageait avec Shane, bien sûr. Il sourit discrètement, ses lèvres se tordant dans son reflet effacé dans le verre.

— Rafa, chéri, veux-tu boire un verre ?

Assis sur une causeuse en cuir souple, Camila tenait délicatement le rebord d'un verre de sherry. À côté d'elle, Ramon sirotait un brandy. Affalé sur un fauteuil et tapotant sur son portable, Matthew gobait une bouteille de bière, ce pour quoi sa mère le regardait en fronçant les sourcils.

— Ça va. Merci. Le vol de Shane atterrit à la première heure, demain, donc je me lève tôt. Il prendra un taxi pour rentrer à la maison, alors je ferai la même chose.

— Il revient si rapidement ? demanda Ramon. Il sera épuisé.

L'éléphant dans la pièce piétina et agita sa trompe d'un côté puis de l'autre. Rafa tenta de l'ignorer et s'obligea à rire.

— Ouais, il ne saura même plus comment il s'appelle. Ça craint qu'il ait été obligé d'y aller en personne.

— Eh bien, monsieur Kendrick devait faire son devoir, dit Camila d'un air dédaigneux.

Trop dédaigneux.

Les sens surnaturels de Rafa le picotèrent.

— Qu'en penses-tu, Papa ?

— Hum ?

Ramon détendit sa cravate et regarda partout sauf en direction de son cadet.

— L'enquête est très importante, bien sûr.

Alors que son père maintenait son regard sur son petit verre de brandy, Rafa se crispa. Ramon regardait *toujours* les personnes à qui il s'adressait. Il avait développé cette habitude au fil des ans, en tant qu'homme politique. Il croisait le regard des autres et écoutait chaque interlocuteur comme s'il était le plus important du monde. Et à cet instant, il n'arrivait même pas à lever les yeux.

— Vous avez quelque chose à voir là-dedans ? demanda doucement Rafa.

Camila inclina la tête.

— Hum ? Avec quoi, chéri ?

Elle récupéra un dossier sur la table basse en verre et le feuilleta.

Son cadet garda une voix calme ou, du moins, il essaya.

— Avec l'obligation pour Shane de se rendre à Washington DC pour l'audience. Ils avaient dit qu'il n'y aurait aucun problème s'il voulait témoigner à distance. Et d'un coup, il fallait qu'il soit là en personne.

Ses parents échangèrent un coup d'œil et merde alors, Rafa connaissait ce regard. Il soupira profondément, incrédule.

— Vous vous foutez de moi ?

— Surveille ton langage, Rafael, cracha Camila.

Matthew leva les yeux de son portable.

— Waouh. Vous êtes trop nuls. Vous avez obligé le gars à parcourir la moitié du monde en avion pour ne pas avoir à l'affronter ?

— L'enquête est très importante, dit Ramon. Il devait être là pour répondre correctement de ses actes.

Rafa, qui avait commencé à faire les cent pas, interrompit sa foulée.

— C'est censé vouloir dire quoi ?

— Exactement ce que je viens de dire.

— Shane n'a rien fait de mal.

Comme ses parents haussaient les sourcils, Rafa insista.

— Il n'a rien fait de mal ! Je ne parle pas de lui et moi. C'est… bon. C'est… peu importe. Je parle du kidnapping. D'Alan. Shane n'en avait aucune idée. Il m'a sauvé la vie. Il a failli mourir ! Si cette balle avait touché sa tête un millimètre sur la gauche, il serait mort. *Mort* ! Il n'avait rien à voir avec ça.

— Alan Pearce s'est aussi fait tirer dessus, lui rappela Camila.

— Oui, mais vous savez qu'il a tout avoué ! Il essayait d'aider son fils mourant. Il a dit que Shane n'en avait aucune idée.

Rafa fit les cent pas devant la fenêtre, ses pieds nus s'enfonçant dans la moquette moelleuse.

— Shane ne me ferait jamais de mal. Il n'a joué aucun rôle dans cette histoire. Il m'a sauvé. Vous pensez sérieusement qu'il était dans le coup ?

Ramon se pinça les lèvres.

— Non, effectivement. Nous pensons qu'il était innocent de ce point de vue là.

Il posa son verre de brandy dans un vif cliquètement et se leva.

— Mais parlons du reste. Ce « peu importe », comme tu dis. Tu nous as raconté qu'il ne s'était rien passé avant que tu ailles le rejoindre en Californie. C'est la vérité ?

Ses parents le dévisageaient. Matthew avait abandonné son portable. Le poids de leurs regards brûlait la peau de Rafa et il gigota d'un pied sur l'autre tandis que sa gorge s'asséchait.

— Oui. Presque. On ne…

Camila s'agrippa à l'accoudoir de la causeuse en cuir.

— Je le savais. Tu nous as menti.

— D'accord. J'ai omis quelques détails. Écoutez, c'est moi qui l'ai incité et il ne s'est pas passé grand-chose jusqu'à ce que j'aille le retrouver en Californie. Rien que quelques bisous et d'autres trucs.

— Des *trucs*, répéta vivement Camila.

Matthew s'esclaffa.

— Merde, frérot. Les plus discrets sont vraiment les plus forts. C'est génial.

Leur père le fusilla du regard.

— Ce n'est certainement pas génial. Nous faisions confiance à cet homme. Il était censé te protéger, pas te séduire !

— Il ne m'a pas « séduit » ! C'est moi qui avais envie de tout ça.

Ramon grinça des dents.

— Les hommes comme lui veulent que tu le croies. Ne sois pas naïf.

— Je ne le suis pas. En plus, vous avez dit que vous acceptiez notre relation.

Camila alla se placer aux côtés de son mari et abandonna son sherry. Elle avait retiré ses talons hauts et sa robe d'été fluide était froissée.

— Nous avons dit que nous n'avions clairement pas le choix, à ce sujet. Que pouvions-nous faire ? Si nous essayions de te faire entendre raison, tu nous aurais repoussés. Nous avons donc décidé qu'il valait mieux te laisser réaliser par toi-même que cette relation n'est pas bonne pour toi.

— Elle l'est !

Ramon secoua la tête.

— Tu viens tout juste d'admettre que Kendrick et toi, vous avez commencé à vous fréquenter quand il te protégeait. Tu étais innocent et il en a profité.

— Il n'a pas profité de moi !

— Est-il entré dans ta chambre, à la Maison-Blanche ? demanda Camila.

— *Non.*

C'était vrai, à cent pour cent.

Elle plissa les yeux.

— Comment passais-tu du temps seul, avec lui ? Je sais qu'Alan Pearce a pris des congés pour s'occuper de son malheureux fils, mais ça n'explique pas comment ton agent des services secrets et toi, vous avez passé suffisamment de temps seuls pour que cette... (Elle agita la main.) cette chose se développe.

L'esprit de Rafa tourbillonna. Trahissait-il Shane s'il leur racontait une part de vérité ? Il voulait leur montrer que Shane ne l'avait pas séduit.

— Je lui demandais de venir dans la cuisine privée, parfois, pour qu'il goûte les plats que je préparais.

Sa mère ne put dissimuler sa grimace et une nouvelle vague de colère bouillonna en lui comme de la lave.

— Je parie que tu détestes encore l'idée que je veuille être chef. Avoue !

Elle sembla vexée.

— Ne t'ai-je pas soutenu ? Je t'ai posé des questions sur tes recettes, sur les nouveaux plats que tu essayais. Je t'ai proposé mon aide pour que tu entres dans les meilleures écoles culinaires du monde.

Rafa ricana.

— Dans le seul but de me faire revenir aux États-Unis pour que je rompe avec Shane.

— C'est plus ou moins ça, répondit Matthew, qui était toujours affalé sur son fauteuil et qui vida ensuite sa bouteille de bière.

— Nous n'allons pas nier que nous souhaitons ton retour à la maison, dit Ramon en serrant la main de son épouse. Mais nous te soutenons totalement dans ce choix de carrière. Sincèrement. Ta mère a vraiment fait un effort, Rafa. Je suis déçu que tu ne t'en rendes pas compte.

La culpabilité le submergea.

— Je sais que vous faites des efforts. Mais ça n'a pas vraiment l'air réel, parce que vous ne voulez pas que je vive ici.

— Nous ne voulons pas que tu vives ici avec Shane Kendrick, répondit Ramon. Il y a une différence.

— Nous ne t'avons pas contredit à ce sujet par le passé parce que... ajouta Camila. Eh bien, parce que nous avons supposé que tu en arriverais là tout seul, que l'attrait de la nouveauté s'estomperait et que monsieur Kendrick réaliserait que...

Rafa cligna des yeux et avala péniblement malgré sa gorge serrée.

— Quoi ? Qu'il avait fait une erreur ? Que je ne valais pas la peine ? Parce que je suis juste une... une *nouveauté* ?

— Ce n'est pas une question de valeur, Rafa. Bien sûr que tu en vaux la peine, dit Ramon en passant une main sur son visage. C'est ce qu'on veut dire : tu mérites bien plus que ça ! Nous comprenons que lui et toi, vous êtes liés. Vous avez partagé une expérience traumatisante. Mais vous n'avez rien d'autre en commun. Il a presque deux fois ton âge ! Comment cette relation pourrait-elle durer ? Il vaut mieux y mettre un terme maintenant, alors que tu entames le prochain chapitre de ta vie. Pense à tous les jeunes hommes que tu vas rencontrer à l'école. Tu as dit que tu voulais obtenir un boulot dans un restaurant. Je le répète, tu découvriras de nouvelles personnes et ce sera grisant. Des gens avec qui tu partages des intérêts.

— Pourquoi pensez-vous que Shane et moi ne partageons aucun intérêt ? Nous adorons tous les deux surfer. Il m'apprend et je suis devenu assez bon. Ça a été un de mes rêves pendant des années. Et il n'avait pas surfé depuis longtemps, jusqu'à ce qu'il me rencontre et que nous commencions à en discuter. Ses parents sont morts et il a abandonné le surf pour se plonger dans le travail. Mais *je* l'ai aidé à gérer certaines choses et à reprendre le surf. Et il m'a encouragé à cuisiner. Ash était à Paris, je ne pouvais parler à personne d'autre...

— Tu te sentais seul, chéri, dit Camila en avançant vers lui avec les mains tendues. Nous aurions dû le voir. C'était notre faute.

— *Non.* Vous ne…

Il glissa une paume sur sa tête, démêlant ses cheveux figés par le gel. Ses boucles lui manquaient honteusement. Pourquoi avait-il coupé ses cheveux ? Pourquoi leur opinion avait-elle de l'importance pour lui ?

Il tenta de se concentrer.

— L'idée n'est pas d'en vouloir à quelqu'un. Oui, je me sentais seul. Nous aurions tous pu communiquer davantage ou faire les choses différemment. Pourquoi devrions-nous en vouloir à quelqu'un ?

Ramon hocha la tête.

— C'est vrai.

— Ne pouvons-nous pas passer à autre chose et ne pas vous en vouloir, m'en vouloir ou en vouloir à Shane ? Ne puis-je pas être simplement heureux ? Et ne pouvez-vous pas être heureux pour moi ?

Camila soupira.

— Ton bonheur est notre plus grande inquiétude. Le tien, celui de Matthew, d'Adriana et de Christian. C'est vraiment difficile de savoir que tu vis à l'autre bout du monde avec un homme en qui nous ne pouvons pas avoir confiance.

— À votre avis, quel est le but de Shane ? demanda Matthew. Que souhaite-t-il pour abandonner sa carrière et déménager ici avec Rafa, s'il ne l'aime pas ? Et ne dites pas qu'il se sert de lui pour le sexe, parce que ce gars pourrait aligner des dizaines de volontaires en un clin d'œil.

La chaleur envahit le visage de Rafa jusqu'au bout de ses oreilles, et l'espace d'un instant, il fut obligé de fixer ses pieds nus sur la moquette couleur taupe. Il se força ensuite à relever la tête et à redresser les épaules, attendant que ses parents répondent. Ils fusillèrent Matthew du regard.

— Inutile d'être vulgaire, lança Camila.

— Alors ? insista Rafa. À votre avis, quel est le plan infâme de Shane ?

— Nous l'ignorons, répondit Ramon. Simplement… Il est bien plus vieux que toi et il était en position d'autorité. Ça nous met vraiment mal à l'aise.

— Je comprends. Vraiment. Nous n'avions pas prévu de tomber amoureux, d'accord ?

Rafa gigota, ses poings se serrant et se décontractant.

— Mais c'est arrivé. Oui, nous avons enfreint les règles et Shane se sent vraiment mal à ce sujet. Il a demandé un transfert et nous ne nous sommes pas parlé, nous n'avons pas échangé d'e-mail ou de SMS, même *une fois*. C'était fini. Il a fini par démissionner pour être avec moi. Parce qu'il *m*'aime. Parce que je suis plus important pour lui que sa carrière.

— Sérieusement, intervint Matthew en levant les yeux au ciel alors qu'il restait affalé dans le fauteuil. Faites avec. Il est clair qu'ils s'aiment. Raf est heureux. Laissez tomber.

— Ce n'est pas aussi facile que ça, répondit Camila d'un ton glacial. Surtout quand monsieur Kendrick et toi, vous nous avez menti, Rafa. À quel autre sujet avez-vous menti ?

— Sur rien d'autre ! Et vous n'avez rien à dire sur les mensonges. Vous avez tiré des ficelles pour que les services secrets l'obligent à retourner aux États-Unis, au lieu d'affronter directement la situation. De *nous* affronter.

Ramon s'approcha de son fils cadet et posa les mains sur ses épaules.

— Nous souhaitions seulement avoir l'opportunité de te parler, seul à seul. Pour nous assurer que tu étais réellement heureux. Que tu n'es pas… influencé.

— Oh, mon Dieu. Shane ne me retient pas prisonnier.

— Bien sûr que non, répondit Ramon d'une voix plus douce. Mais quand on est jeune et amoureux, d'autres peuvent profiter de nous. On peut être contrôlé, influencé, comme je te l'ai dit. Tu vis si loin de nous, ici.

— Je suis quasiment sûr que c'était le but, grommela Matthew.

Camila lissa rythmiquement sa jupe.

— Nous croyons juste que tu devrais sortir avec des garçons de ton âge. Tu es trop jeune pour t'installer avec quelqu'un.

— Vous préféreriez que je couche à droite à gauche, plutôt que d'être dans une relation sérieuse ?

La mâchoire de Camila se crispa.

— Ne nous fais pas dire ce qu'on n'a pas dit.

— Écoutez, je vous fais un résumé : je suis heureux ici. Je reste ici. Avec Shane. Alors, pouvons-nous en finir avec cette intervention ou peu importe ce que c'est ? Parce que ça ne va pas fonctionner. Et Shane revient demain. Il aurait pu rester à Washington DC et échapper aux dîners gênants avec vous, mais il veut que ça fonctionne. Il est mon partenaire. Il n'ira nulle part, quoi que vous essayiez de faire.

Après quelques instants, Ramon hocha la tête.

— D'accord.

Il jeta un coup d'œil à son épouse.

— Tu es d'accord aussi ?

Elle s'approcha du buffet et se servit un verre d'eau.

— Rafa, nous nous inquiétons simplement pour ton bien-être.

Elle baissa les yeux vers le verre qu'elle tenait et sa voix devint soudain chargée d'émotions.

— J'espère que tu sais que nous t'aimons.

Ce qui demeurait de la colère de Rafa s'évanouit et il ne resta qu'une culpabilité latente et une affection douloureuse.

— Je sais, Maman. Je vous aime aussi.

Ramon attira son fils dans une étreinte et l'embrassa sur la tempe tandis que Camila buvait son eau et respirait difficilement. Lorsqu'elle posa son verre, son sourire était de retour.

— Dis à monsieur… Dis-lui que nous rembourserons le vol et l'hôtel, si ça n'a pas été pris en charge. Nous couvrirons toutes ses dépenses.

— Non, c'est inutile.

Shane n'accepterait jamais leur argent.

— En fait, il a dormi chez son ami Darnell et les services secrets ont payé les billets d'avion.

Camila hocha la tête.

— L'officier de police, son ancien amant ? Eh bien, je suis sûre qu'ils ont aimé rattraper le temps perdu.

Les genoux de Rafa tremblèrent et la nausée s'éleva en même temps qu'un nouvel éclat de colère. Il était sans voix et son cœur tambourinait.

— Quoi ? lança-t-il enfin. Darnell et Shane sont juste amis.

— Maman, tu viens de dire que tu arrêtais tes conneries, intervint Matthew en secouant la tête. Tu ne peux pas t'en empêcher, hein ?

Elle cligna des yeux puis ouvrit et ferma la bouche, avant de lever les mains.

— Qu'est-ce que j'ai dit ?

— Tu viens de sous-entendre que Shane couchait avec Darnell, bafouilla Rafa. Darnell n'est pas son *ex*… ils sont seulement amis ! Mon Dieu, Maman. Sérieusement, arrête. Shane ne me trompe pas.

La bouche ouverte et l'incarnation même de l'innocence, Camila baissa les yeux vers Ramon.

— Darnell Jackson ? dit-il. Rafa… Ils ont eu une relation sexuelle, par le passé. Kendrick ne te l'a pas dit ?

L'humiliation le consuma comme un feu de forêt. Voilà qu'il insistait sur le fait que Shane et lui étaient parfaits ensemble alors que, curieusement, ses parents connaissaient une information vitale qu'il ignorait. *Est-ce vrai ?*

— Comment… Comment le savez-vous ?

— Nous avons demandé une enquête sur lui, expliqua Ramon comme si ce n'était rien. Tu croyais que nous allions te laisser déménager à l'autre bout du monde avec cet homme sans chercher de quelconques squelettes dans son placard ?

— Chéri, je pensais que tu le savais.

Camila se rapprocha et le regarda dans les yeux d'un air suppliant.

— Je n'essayais pas de mettre la pagaille. Sincèrement.

Rafa laissa échapper un soupir tremblant. Malgré ses défauts, sa mère était généralement honnête, mais il avait le vertige et ne savait plus comment il s'appelait. *Shane et Darnell étaient amants ? Pourquoi Shane ne me l'a-t-il pas dit ?* La bile lui monta dans la gorge et il la ravala.

— D'après ce dont je me souviens dans le rapport, reprit Ramon, ce n'était rien de sérieux. Ils ont eu des relations intermittentes au fil des années. Je suis sûr qu'il n'y a plus rien entre eux, maintenant. Pas si Shane Kendrick est aussi digne de confiance que tu le dis.

— Il l'est ! hurla Rafa.

Reste calme. Merde, merde, merde. Il baissa ensuite la voix.

— Shane ne me ferait jamais ça.

Oh merde, il devait s'échapper. Le regard des membres de sa famille le transperçait et, mon Dieu, ils semblaient si compatissants, à présent. *Arrête d'être un loser raté.*

— Oui, s'il est l'homme intègre que tu nous décris, je suis certaine qu'il ne te mentirait pas, dit Camila.

— Il l'est ! insista à nouveau Rafa en remuant sous leur regard scrutateur.

— Alors, il n'y a pas de problème. Je suis désolée de t'avoir mis en colère.

Son visage se pinça.

— Sincèrement.

— Ouais. D'accord. Je vais juste…

Rafa montra la salle de bain du pouce et réussit à marcher plutôt que courir dans le couloir de la suite afin de s'enfermer à l'intérieur.

Il songea aux aperçus qu'il avait eus de Darnell sur une vieille photo. Il était grand, musclé et parfaitement *viril*. Il avait beau affirmer à ses parents qu'il était lui-même un homme maintenant, Rafa se sentait vraiment comme un petit gamin idiot.

La culpabilité le réchauffant, il éclaboussa ses joues rouges d'eau froide. Regardant dans le miroir, il tenta de dompter ses stupides cheveux, qui rebiquaient par endroit et voulaient boucler bien qu'il ait essayé de les coller à son crâne.

Ch-ch-ch-Chia !

Il était de nouveau un adolescent boutonneux et maladroit, et ses nouveaux amis, à l'école, se pliaient de rire en faisant passer le photomontage sur Internet. Sa gorge se serra, ses yeux le brûlèrent et sa voix se brisa lorsqu'il chuchota à son reflet.

— Reprends-toi. Tu es pathétique. Tu es censé être un putain d'adulte.

On frappa doucement à la porte et Rafa s'essuya le visage avec une serviette avant d'ouvrir à Matthew, qui vint lui serrer le bras.

— Mec, ça ne veut pas dire qu'il est en train de se le taper. Je suis sûr que ce n'est pas le cas. On dirait qu'ils étaient juste des sex-friends. Ça ne veut rien dire. C'est probablement la raison pour laquelle il ne t'en a pas parlé, parce que ce n'était que du sexe, à l'époque. Beaucoup de gens font ce genre de choses.

— J'imagine, réussit à dire Rafa d'une voix rauque.

— Écoute, Shane t'aime, d'accord ?

Shane l'aimait. Rafa n'en doutait pas. Mais si ça n'était pas suffisant ? *S'il* n'était pas suffisant ? Shane avait été avec de véritables *hommes*. Se lasserait-il de lui ?

— Ne laisse pas Maman et Papa te rendre fou. Tu veux toujours rester ici ce soir ou tu veux que je te commande un Uber ?

— Uber. Je gère.

Il sortit son portable et ouvrit l'application avant de choisir un trajet pour rentrer chez lui.

— Pour ce que ça vaut, je pense qu'elle est sincère — elle croyait que tu étais au courant, pour ce gars.

Matthew jeta un coup d'œil par-dessus son épaule et baissa la voix.

— Mais s'ils pensent que c'est pour ton bien, ça ne veut pas dire pour autant qu'ils ne l'utiliseront pas pour creuser un fossé entre Shane et toi. Ne les laisse pas faire. Reste fort.

Rafa hocha la tête, car sa gorge était trop serrée pour qu'il parle, et jura ainsi de faire de son mieux.

<h1 style="text-align:center">Chapitre 7</h1>

LES FEUX ARRIÈRE du taxi disparurent dans l'aube grise et obscure. Les nuages dissimulaient la lune et toutes les étoiles restantes alors que le soleil brillait à l'horizon. Le voyage depuis Los Angeles avait finalement duré presque quinze heures, sans compter les douanes et toutes ces conneries. Shane inspira joyeusement l'air frais du matin et se hâta de déverrouiller la porte du petit bungalow en briques.

La circulation avait été fluide et son petit ami dormait probablement encore. Il se faufila discrètement à l'intérieur. Pourtant, Rafa apparut presque instantanément à la porte de la chambre, sa colonne vertébrale crispée. Il portait un pantalon de pyjama à motif écossais et un débardeur. Shane laissa tomber son sac marin et tenta de dissimuler sa surprise.

Le soulagement qu'il ressentit en voyant Rafa – en train de respirer et en un seul morceau, ce qui détendit le nœud idiot dans son ventre – fut de courte durée.

— Salut, chéri. Tu vas bien ?

— Ouais.

Sous cette lumière grise, l'expression de Rafa n'était pas claire.

— Comment s'est passé le vol ? Tu as pu dormir ?

— Environ quatre heures. Ce n'est pas si mal.

Shane sourit, hésitant, et son cœur palpita difficilement. Il s'était attendu à ce que Rafa coure vers lui avec les bras ouverts, mais quelque chose clochait.

— Tu as coupé tes cheveux.

Son petit ami glissa une main sur son crâne, ses boucles décoiffées réduites à quelques centimètres et l'extrémité commençant tout juste à onduler.

— Ouais, ça devenait bien trop long. Il fait chaud.

Comparé à la fin de l'été australien, quand ils étaient arrivés, le mois de juin était plus frais, mais bien sûr, les journées étaient tout de même chaudes. Shane acquiesça donc et laissa tomber, même s'il soupçonnait Rafa d'avoir coupé ses cheveux à cause de ses parents.

— Ça te va bien.

Rafa ricana.

— Tu le dis seulement parce que tu y es obligé. Mes cheveux sont toujours merdiques, peu importe ce que je fais.

Shane ravala sa frustration. Que se passait-il ? L'air semblait tranchant et des bords coupants les séparaient.

— Ce n'est pas vrai. J'aime tes cheveux, qu'ils soient longs ou non. C'est à toi de voir. Tu es toujours beau.

— Merci, marmonna Rafa en rougissant.

Shane réduisit la distance entre eux, comme son petit ami n'était visiblement pas pressé de le faire. Il l'attira dans un long baiser brûlant, malgré leur haleine matinale.

— Tu es magnifique. J'aimerais que tu me croies.

Rafa refusait de croiser son regard.

— Je te crois.

Il prit le visage de son petit ami entre ses mains.

— Qu'est-ce qui ne va pas ? C'est à cause de tes parents ?

— Tout va bien, mentit ouvertement Rafa en s'échappant des mains de Shane. Tu veux que je prépare le petit déjeuner ? Tu vas prendre une douche ?

Shane lui lança un sourire taquin.

— C'est un indice ? Tu essaies de dire que je pue ?

— *Non*. Je me disais que tu voudrais prendre une douche après avoir voyagé pendant deux jours, dit-il en se dirigeant vers la cuisine. C'est à toi de voir.

— Je… D'accord. Oui, je me sens sale. Mais je n'ai pas faim, donc si tu pouvais juste faire couler du café, ce serait génial.

— Bien sûr.

Rafa disparut au coin de la pièce.

Tandis que Shane se déshabillait puis se savonnait, sous une eau agréablement chaude, il tenta de deviner ce que les Castillo avaient fait pour énerver Rafa à ce point. Les possibilités étaient infinies. Il allait devoir l'encourager à lui parler. *Sois patient.*

Avec un peignoir attaché autour de la taille, Shane retourna dans la cuisine et prit une profonde inspiration. La lumière était allumée au-dessus de leur tête et la pluie éclaboussait la vitre.

— Hum. Ça sent bon. C'est exactement ce que j'ai commandé. Merci.

Appuyé contre le plan de travail, Rafa tenait une tasse verte et marron avec un koala gravé. Il scrutait le lino, comme si quelque chose de vital était écrit dessus.

— Pas de problème.

Ses épaules étaient quasiment autour de ses oreilles.

Shane accorda un peu d'espace à Rafa, même s'il avait envie de le traîner dans ses bras. Il but une gorgée de café chaud et amer avant de demander d'un ton nonchalant :

— Comment vont tes parents ?

Le jeune homme haussa les épaules.

— Comme d'habitude.

— Matthew ?

— Ça va, oui.

— Comment va son épaule ?

— Elle lui fait mal. Il est coincé avec une écharpe pendant un mois. Il doit dormir avec, aussi. Je crois que ça le déprime un peu, tout ça.

— Ça se comprend.

Rafa leva les yeux.

— Bien sûr. Je ne critique pas.

Shane n'avait pas vu Rafa si tendu depuis une éternité. *Bon sang.* Que lui avaient fait ses parents pour l'agacer à ce point-là ? Et si rapidement ? Ils resteraient en Australie plusieurs semaines encore, et cette idée emplit Shane d'une terreur encore plus intense que précédemment. Au lieu d'essayer de l'apaiser, il lança bêtement :

— Tes parents t'ont demandé de te couper les cheveux ?

— *Non.*

Rafa se renfrogna.

— Je *suis* adulte. C'était ma décision. Je te l'ai dit, nous sommes allés dîner chez la Première ministre. Je voulais être beau.

— Je sais que tu y es allé. Et c'est effectivement beau.

C'était comme si un mur avait été construit entre eux en son absence et Shane ne put dissimuler un soupir exaspéré.

— Alors qu'est-ce qui te dérange ? Et s'il te plaît, ne dis pas « rien », parce que ce n'est clairement pas vrai.

Rafa but une gorgée de café avant de soupirer.

— Désolé.

Levant les yeux, il croisa le regard de Shane et ne s'éloigna pas quand celui-ci lui prit la main. Rafa s'agrippa à ses doigts.

— Comment va Darnell ?

— Bien. Il travaille dur.

La voix de Rafa était aiguë et nerveuse.

— Il est gay aussi, non ? Il a un petit ami ?

— Il a toujours été trop obsédé par le travail. C'est difficile, comme boulot.

— Oh. C'est vrai.

— Enfin, il a un faible pour quelqu'un. On verra ce que ça donne.

— Vraiment ? Il fréquente quelqu'un ? demanda Rafa en levant brusquement les yeux.

— C'est trop tôt pour le dire, mais avec un peu de chance, ça fonctionnera.

Rafa serra un peu trop les doigts de Shane.

— C'est un bon ami, hein ?

— Oui. J'ai de la chance.

Le dévisageant intensément, Rafa ouvrit et referma la bouche, comme s'il voulait dire quelque chose. Mais avant que Shane puisse lui demander ce qui lui prenait, le plan de travail s'écrasa contre le creux de ses reins alors que Rafa plongeait sur sa bouche et que la tasse koala se brisait par terre. Shane réussit à poser sa tasse dans l'évier, le café chaud éclaboussant sa main.

Il attrapa le bras de Rafa et le maintint à distance.

— Waouh.

— Je ne t'ai pas manqué ?

Les yeux du jeune homme brillaient d'une urgence étrange et ses lèvres étaient entrouvertes.

— Si.

Shane observa ses yeux marron. Il aurait aimé comprendre ce qui n'allait pas.

— Bien sûr que tu m'as manqué. Je t'aime.

— Je t'aime aussi.

Rafa l'embrassa à nouveau, poussant sa langue curieuse dans la bouche de Shane, tandis qu'il empoignait le peignoir.

Shane l'embrassa en retour, le serra contre lui et tenta de dire avec ses lèvres et ses mains tout ce qu'il n'arrivait pas à transposer avec sa voix. Rafa frémissait de besoin, de douleur et d'un désespoir complet, et Shane ne l'avait jamais vu ainsi, même la première fois qu'ils avaient été ensemble dans la grotte.

C'était comme tenir une boule de nerfs à vif et Shane craignait de faire quelque chose qu'il ne fallait pas, ce qui briserait Rafa. Il haleta et lécha la bouche de son petit ami, lui suçotant la langue et le faisant gémir.

Merde, c'était comme de la musique aux oreilles de Shane – et pour son pénis. Il bandait alors que Rafa se frottait contre lui.

— Allons au lit, grommela-t-il.

Rafa recula, l'attirant avec lui et tirant sur les liens du peignoir. Lorsqu'ils titubèrent et tombèrent sur le matelas, s'embrassant et grognant, ils étaient tous les deux nus.

Au-dessus de lui, Rafa libéra sa bouche et haleta.

— Je veux te baiser. Je veux que tu sois à moi.

— Je suis à toi.

Était-ce ce qui le dérangeait ? Rafa avait demandé en Californie s'il pouvait le prendre, une fois qu'ils avaient fait l'amour, et Shane lui avait répondu par l'affirmative. Rafa ne l'avait pas évoqué depuis, mais peut-être que son petit ami aurait dû le faire ? Être baisé n'avait jamais été particulièrement agréable pour lui, mais il se mettrait à quatre pattes pour Rafa en un instant.

Le jeune homme tâtonna sur le matelas et ouvrit le tiroir de la table de nuit. Shane roula sur le ventre.

— C'est ce dont tu as besoin, chéri ?

Acquiesçant, Rafa remonta sur le lit et son petit ami écarta les jambes afin qu'il puisse s'agenouiller entre elles. Il ne s'était pas ainsi ouvert depuis très longtemps et la sueur coula dans sa nuque. Il ne comprenait pas l'étrange sensation qui crépitait entre eux.

Le problème n'était pas d'être pris. Bien que ce ne soit pas sa préférence, d'ordinaire, il n'y était pas opposé. Cela n'expliquait pas les peurs glacées qui persistaient. Il devrait peut-être rouler sur le dos et obliger Rafa à lui parler pour lui expliquer ce qui n'allait pas.

C'est un peu fort, étant donné que tu ne lui parles pas de tes cauchemars. Hypocrite.

Avant que Shane ne trouve quoi dire, le visage de Rafa fut plongé sans ménagement dans ses fesses. Il les écarta et lécha comme si sa vie en dépendait. Il embrassa et lécha l'arrière des testicules, puis l'orifice et, merde, c'était merveilleux. Shane ne put que grogner désespérément. Ils discuteraient plus tard. Rafa avait clairement besoin de sexe, immédiatement, et son petit ami lui donnerait exactement ce dont il avait envie.

— Oh, putain, gémit Shane. Oui. Bouffe-moi le cul.

Rafa cracha à quelques reprises sur son orifice et poussa sa langue à l'intérieur pour en taquiner le contour. Il y glissa ensuite un doigt poisseux et Shane se concentra sur sa respiration pour se détendre.

Il était crispé, mais Rafa s'était lui-même doigté tant de fois qu'il savait comment ouvrir Shane, bien que ses mouvements soient brutaux et impatients et que sa respiration soit laborieuse. Le désir suintait du jeune homme par vagues nerveuses et Shane se mit à quatre pattes.

— Fais-le, Raf.

Celui-ci plongea les doigts dans les hanches de Shane et sa voix devint fébrile.

— Tu as besoin de moi ?

— *Oui*. Toujours.

C'était la vérité.

— Prends-moi.

La douleur quand il plongea en lui lui fit momentanément monter les larmes aux yeux. Cette pression et cette sensation brûlante étaient plus intenses que dans son souvenir. Il n'avait jamais couché avec qui que ce soit sans préservatif, à part Rafa, et la chaleur du sexe palpitant de ce dernier en lui était presque insupportable. Sa poitrine se serra sous l'effet d'une émotion qu'il n'était pas certain de comprendre.

Toutefois, il cligna des yeux pour chasser cette humidité et respira, poussant contre le membre de Rafa et lui donnant la permission de le prendre réellement pour lui offrir ce dont il avait besoin.

— Tu seras le premier à jouir en moi. Tu le veux, chéri ?

Rafa grogna et décrivit des va-et-vient en lui. Le malaise céda finalement la place aux spirales du plaisir brûlant.

— C'est ça, marmonna Shane. C'est si bon.

Il avait le sentiment que son petit ami ne tiendrait pas trop longtemps, étant donné à quel point il était agité et excité. Ainsi, Shane cracha dans sa main et se caressa, appuyant exactement où il fallait.

Les petits cris et les grognements de Rafa lui provoquèrent des frissons. Ses testicules se crispèrent, son anus s'enflamma et les frottements contre sa prostate firent trembler ses jambes. Il se tordit le cou pour voir Rafa et, *putain,* il était magnifique. Les lèvres entrouvertes et la peau rougie, il s'enfonçait en lui avec les paupières fermées, s'agrippant à ses hanches comme à un radeau de survie.

Il ouvrit ensuite les yeux et leurs regards se croisèrent. Criant, le jeune homme se mit à trembler et s'enfonça en jouissant. C'était mouillé et merveilleux. Shane se masturba jusqu'à jouir sur sa main et les draps.

— Merde, Raf.

Ses bras cédèrent et il s'allongea sur le ventre, malgré la semence qui avait mouillé le lit.

Rafa se retira et s'affala sur son flanc, sa jambe passée au-dessus de celle de Shane. Il lui caressa les fesses d'une main hésitante.

— C'était bien ?

Son visage était rougi et il devint encore plus écarlate, ce qui fit ressortir ses taches de rousseur.

— Bien ? C'était merveilleux.

Il gigota, afin de déloger son bras coincé sous son corps. Il effleura la joue chaude de Rafa avec le dos de ses doigts.

— Tu as aimé ?

— Oui. C'était… Sachant ce que c'est quand tu es en moi, c'était si bon d'être en toi. De partager ça. Tu vois ce que je veux dire ?

— Oui.

— Je ne crois pas que j'aurai envie de te prendre souvent, mais de temps en temps. Si on est d'humeur.

Son regard se posa sur les draps.

Shane n'était toujours pas certain de savoir ce qui avait engendré cette humeur qui avait fait jaillir un courant de désespoir et de possessivité en Rafa, mais il murmura :

— Ça me va.

Rafa posa une paume sur les fesses de Shane.

— J'ai aimé te faire mien.

Shane lui caressa les cheveux. Il était vrai qu'il aurait aimé sentir ses boucles décoiffées, mais il avait été sincère quand il avait dit que Rafa était toujours beau. Il aurait aimé que son petit ami lui dise ce qui le dérangeait, mais cela finirait par sortir.

— Je suis toujours à toi. Que tu mettes ta queue en moi ou non. Tu le sais, n'est-ce pas ?

Rafa acquiesça. Shane appuya sa bouche contre la sienne et tenta de l'embrasser pour chasser tout doute persistant.

ALORS QUE SHANE réprimait un bâillement dans l'ascenseur menant à l'appartement-terrasse de l'hôtel, Rafa lui demanda :

— Tu es sûr que tu es prêt, avec le décalage horaire ?

— Ça va. Je ferai une sieste, cet après-midi.

À vrai dire, grimper le Harbour Bridge de Sydney n'était pas en haut de sa liste des priorités – *haut* étant le mot clé. Être en hauteur n'était pas ce qui pouvait lui arriver de mieux, mais étant donné que Rafa avait été mystérieusement agacé ce matin, il ne comptait pas le laisser seul avec ses parents.

Au moins, le comportement lunatique et tendu de Rafa semblait s'être apaisé depuis qu'ils s'étaient envoyés en l'air. Shane souffrait légèrement, et quand il se pencha pour rattacher le lacet de sa basket, ses fesses le tiraillèrent. Il sourit en se redressant et en cambrant le dos, les mains sur sa taille. Ils portaient tous les deux un jean et un T-shirt, comme d'habitude.

— Tu vas bien ? lui demanda Rafa.

— Oui. Tu as bien martelé mon cul.

Le jeune homme fronça les sourcils.

— Ça te fait très mal ?

Les portes de l'ascenseur sonnèrent en s'ouvrant et Shane haussa les épaules.

— Rien qu'un peu, répondit-il avant de sourire timidement. Tu sais ce que c'est.

Rafa tendit le bras afin que les portes restent ouvertes, sans quitter l'ascenseur pour rejoindre le vestibule. Au bout du couloir, juste devant eux, se tenaient deux agents masculins devant la porte de l'appartement-terrasse. Les services secrets avaient probablement choisi cet hôtel comme l'ascenseur ne donnait pas un accès direct à la suite.

— Mais je ne voulais pas te faire de mal, chuchota Rafa. Ce n'est pas ce que je…

— Bien sûr que non. Ce sont les risques du métier. Je ne voudrais jamais te faire du mal, moi non plus.

Une émotion que Shane ne pouvait interpréter se lut dans les yeux marron de Rafa.

— Je sais.

Il eut envie de refermer les portes de l'ascenseur et de s'arrêter entre deux étages afin qu'ils puissent discuter en privé, mais cela alerterait grandement les agents. En un clin d'œil, il fut incapable de les reconnaître, et ils étaient assez loin pour ne pas les entendre chuchoter. Pourtant, leurs regards étaient toujours comme des tisons ardents sur sa peau alors qu'il prenait la main de Rafa et entrelaçait leurs doigts.

— Qu'y a-t-il ?

— Rien.

Rafa le gratifia d'un petit sourire.

— Je m'affole juste. Les parents, tu vois ?

Il grimaça et s'agrippa aux doigts de Shane.

— Merde, je ne voulais pas… Je suis désolé.

Shane tendit le bras quand les portes réessayèrent de se fermer. Elles se rouvrirent sans heurt.

— Ce n'est rien. Viens, il vaudrait mieux qu'on ne soit pas en retard.

Ils se serrèrent la main et se lâchèrent avant de longer le couloir, épaule contre épaule. Les jeunes agents arboraient des expressions impassibles.

— Bonjour, dit l'un d'eux.

L'autre parla dans son poignet et frappa deux fois à la porte. Celle-ci s'ouvrit et Shane hocha la tête dans leur direction tandis que Rafa et lui franchissaient le seuil. L'espace d'un instant, il jura que l'un d'eux lui lançait un sourire narquois, mais Rafa et lui entrèrent.

Shane balaya la pièce du regard, faisant mentalement l'inventaire des personnes présentes, des sorties et des vulnérabilités potentielles. En short long et T-shirt, Matthew était avachi sur un fauteuil. Il tenait son portable de sa main valide et faisait défiler rythmiquement l'écran avec son pouce. L'écharpe tenant son bras gauche immobile et coincé contre son ventre paraissait incroyablement gênante. Son regard était brouillé et ses yeux bruns étaient décoiffés.

La rancœur transperça Shane. Pourquoi Rafa avait-il l'impression qu'il devait être parfaitement coiffé alors que son frère semblait s'en moquer totalement ?

Sur des canapés, autour d'une table basse, Ramon et Camila Castillo étaient assis avec un jeune homme qui était probablement un assistant personnel et – merde alors – Jennifer Hernandez, une agente avec qui Shane avait travaillé pendant un moment lorsqu'il était au bureau délocalisé du Rhode Island. Cela faisait des années, et bien qu'elle ait de nouvelles rides autour des yeux, elle était toujours mince et en forme. Ses cheveux bruns ne trahissaient aucune mèche grise. Il ignorait si c'était naturel ou non.

Ils regardaient tous un dossier ouvert et Hernandez fut la première à se lever et à s'approcher d'eux en lissant sa veste de tailleur d'une main. Bien sûr, son expression demeura neutre.

— Bonjour, Rafa. Monsieur Kendrick.

Le cœur de Shane tambourina quand il tendit la main.

— Agent Hernandez. C'est bon de vous revoir.

Que doit-elle penser de moi ? Hernandez hésita, avant de lui serrer fermement la main sans rien dire.

La mère de Rafa se leva et contourna le canapé. Elle portait l'une des tenues la plus détendue dans laquelle Shane l'avait jamais vue – un pantalon kaki foncé, un chemisier noir et des baskets noires et blanches. Bien sûr, elle portait toujours des perles et des feuilles argentées pendaient de ses oreilles. Elle parla à Hernandez.

— Vous connaissez monsieur Kendrick ?

L'expression de l'agente ne frémit nullement.

— Non. Je ne le connais pas.

Désormais, Shane se sentait idiot et il détestait la chaleur qui montait dans son cou. Il éclaircit sa gorge sèche.

— Nous avons tous les deux travaillé dans le bureau délocalisé du Rhode Island. Ça doit faire dix ans, maintenant.

— Ah.

Hernandez haussa les épaules et lui tourna le dos, le rejetant clairement alors que le père de Rafa rejoignait sa femme. Il portait un polo et un pantalon léger. Tandis qu'il observait Shane de haut en bas, le silence se prolongea quelques instants. Shane lutta contre l'envie de gigoter.

Castillo tendit la main.

— Monsieur Kendrick.

Shane avait toujours pensé au président comme étant simplement « Castillo » ou « Vagabond », son nom de code pendant des années, et il était donc difficile pour lui de penser à utiliser son prénom.

— Papa, c'est *Shane*, dit Rafa alors que celui-ci prenait la main de Ramon.

Camila ne tendit pas la sienne. De son fauteuil, Matthew leva les yeux.

— Salut, mec. C'est bon de te voir.

Shane hocha la tête dans sa direction. Il avait l'impression d'être un adolescent boutonneux venant chercher Rafa pour un rencard et promettant de le ramener à la maison avant vingt-trois heures. Il craignait que s'il disait quoi que ce soit, sa voix se brise.

Il avait brièvement rencontré les parents de Rafa et serré leur main après le kidnapping, quand ils avaient été reconnaissants envers lui. Désormais, ils le dévisageaient avec des expressions qu'on ne pouvait pas qualifier de particulièrement amicales. Gardant la tête haute, Shane attendit que quelqu'un dise quelque chose.

N'importe quoi.

Camila prit la parole en premier.

— Nous n'étions pas convaincus que vous seriez partant pour cette ascension après votre voyage. J'espère que vous comprenez pourquoi il était important que vous vous rendiez en personne à l'audition.

Se crispant, il lutta pour ne pas trahir sa surprise. Sans regarder Rafa, il dit simplement :

— Bien sûr.

Son petit ami était comme un mur d'anxiété derrière lui. Ses parents avaient fait en sorte que Shane aille à Washington DC ? Était-ce ce qui l'avait autant agacé ? Pourquoi ne le lui avait-il pas simplement dit ? Bien sûr, ses questions devraient attendre. Il ne voulait pas que les Castillo soient témoins d'un manque de communication entre eux. Ils devaient dissimuler toute faiblesse.

Rafa tira sur son bras.

— Regarde cette vue.

Il le suivit vers la baie vitrée et son estomac se retourna. Il savait qu'il ne tomberait pas, mais il maintint tout de même son regard rivé sur l'horizon en tentant de ne pas penser à la hauteur à laquelle ils étaient. Les Castillo discutaient avec leurs assistants.

— Je suis désolé, chuchota Rafa. J'allais te dire qu'ils avaient tiré quelques ficelles pour t'obliger à retourner aux États-Unis pour l'audition.

— Ne le sois pas. C'est fait, maintenant, tu ne pouvais rien y faire.

Rafa hocha la tête avant d'appuyer son front contre la vitre.

— Les gens sont minuscules.

Baissant les yeux vers des voitures petites comme des jouets et des gens de la taille de fourmis, Shane eut le vertige, mais s'obligea à sourire.

— C'est vrai.

L'assistant annonça heureusement qu'il était temps d'y aller, et ils descendirent tous pour rejoindre la limousine garée au parking souterrain dans un silence gênant, brisé uniquement par les jacassements constants de l'assistant dévoilant les plans pour un voyage futur au Royaume-Uni, apparemment. Face au volant, Shane s'assit avec Rafa sur sa droite et Matthew de l'autre côté de son petit ami. Les Castillo et leur assistant s'installèrent en face d'eux, manifestement captivés par leurs projets de voyage.

Hernandez s'assit à l'avant, avec le chauffeur de la limousine. La paroi qui les séparait était ouverte. Shane examina l'arrière du crâne de l'agente. Pas une seule mèche d'argent ne semblait s'échapper du chignon serré. Elle avait fait semblant de ne pas le connaître et cela le rongeait. Comme si être de simples connaissances passées serait trop honteux, pour une raison quelconque.

Bien sûr, cela faisait une décennie, mais elle se souvenait de lui. Après de longues journées au bureau, ils allaient parfois dans un petit pub lambrissé à Providence pour boire des bières et manger des ailes de poulet à un bon prix.

— *Tu sais ce que j'aime chez toi, Kendrick ?*

Hernandez décortiqua une aile de poulet à l'ail et au miel, avant de suçoter le petit os.

— *Mon esprit brillant ? Ma capacité à nommer les cinquante États sans compter sur mes doigts ?*

— *Je suis sûre que tu ne me peloteras pas comme Radinski et Moreland.*

Elle grimaça.

— *Oh, et ce salopard de Kornikov. Il croit berner qui, avec cette perruque ? Comme si je comptais le toucher, même avec un bâton de trois mètres.*

Elle but une gorgée de sa pinte.

— *Bien sûr, tu es le seul avec qui j'aurais envie de m'amuser. Mais c'est étrangement rassurant de savoir que ça n'arrivera jamais.*

— *Ravi de te rendre service.*

— Maman, je n'ai pas besoin de deux mains pour grimper sur ce pont, dit Matthew avant de souffler.

— Certains endroits nécessitent de monter par une échelle, expliqua l'assistant personnel.

— Je peux monter les échelles d'une main ! Je ne suis pas un foutu handicapé.

— Ton langage, lança Camila.

— Je ne m'étais pas rendu compte que « foutu » était un juron, maintenant.

Elle lui lança le Regard, avec un R majuscule.

— Nous savons tous ce que tu voulais dire. Souvenez-vous tous. Nous devons adopter un comportement exemplaire.

Elle jeta un coup d'œil à Shane, comme si elle le mettait au défi de la contredire.

— Je suis sûr que tout ira bien, dit Rafa, qui était l'éternel pacificateur.

Son affection grandissant, Shane s'empêcha de déposer un baiser sur la tête de son petit ami.

Bientôt, ils sortirent de la voiture et plusieurs agents étaient positionnés devant ainsi que dans la réception et la boutique de souvenirs au plafond haut, à la base de l'un des piliers imposants du pont. Shane observa la pièce.

Des caissiers chuchotaient derrière un long comptoir où étaient vendus les billets et faisaient comme s'ils ne les regardaient pas. À leur droite étaient disposés des casquettes, des T-shirts, des aimants, des tasses et plus ou moins tout ce qu'on pourrait payer à un prix exagéré pour avoir le logo de l'Harbour Bridge dessus. Quelques touristes les dévisageaient, bouche bée.

Une femme souriante s'approcha.

— Bonjour ! Bienvenue à l'ascension du pont. Prêts pour l'occasion d'une vie ?

Ils la suivirent à l'étage et attirèrent encore plus les regards curieux des touristes, tandis que les chuchotements résonnaient dans le large lobby. Des portables furent sortis et des photos ainsi que des vidéos inonderaient bientôt les réseaux sociaux, assurément. Les agents assignés à la protection des parents de Rafa les surveillaient de près, et Shane dut s'empêcher de se joindre à eux et de s'attendre à recevoir un message dans l'oreille d'une seconde à l'autre.

Rafa aplatit ses cheveux et ses épaules se tendirent. Shane se rendit compte qu'il n'avait pas vu cette réaction de nervosité automatique face à l'attention que lui portaient des inconnus depuis des mois et il détestait la voir maintenant. Alors qu'ils montaient une large volée d'escaliers, tous les yeux étaient encore braqués sur leur groupe.

— Tu es magnifique, murmura-t-il.

Rougissant, Rafa le gratifia d'un faible sourire et Shane mourait d'envie de lui prendre la main. Il ne devrait pas être intimidé par les Castillo, mais il voulait également maintenir la paix et éviter toute gêne. Les démonstrations d'affection n'étaient donc probablement pas la meilleure des idées.

Les Castillo avaient clairement du mal à être polis avec lui, alors il allait jouer son rôle. Il n'avait pas honte de sa relation avec son petit ami, mais il voulait maintenir le statu quo avec tout le monde.

Un homme avec une barbe de hipster les salua d'une voix tonitruante.

— Bonjour ! Nous sommes honorés de vous recevoir aujourd'hui. Bon, on me dit que vous voulez faire l'ascension dans un groupe normal, avec d'autres grimpeurs ?

— Absolument, répondit Castillo. Nous sommes des personnes normales, comme tout le monde.

Rafa et Matthew partagèrent un coup d'œil sardonique et Shane prit soin de rester neutre. Ramon Castillo avait gardé ce discours routinier « nous sommes des gens normaux » pendant toute sa présidence, mais il en faisait vraiment des tonnes maintenant que son mandat était terminé. Peu importait que les gens ordinaires n'attirent pas les paparazzis, ne se vendent pas pour des discours d'ouverture qui valaient des centaines de milliers de dollars, et ne soient pas protégés par des agents des services secrets.

Matthew se pencha vers Rafa et murmura d'une voix trop fort :

— Maman a *hâte* de grimper sur ce pont comme une touriste ordinaire.

Shane faillit murmurer une blague pour dire qu'elle avait hâte de le pousser du sommet, mais il se mordit la langue. *Il y a des yeux et des oreilles partout. Reste concentré.*

— Merveilleux. Le reste du groupe attend, dit l'homme qui les salua.

Hernandez et son équipe s'étaient sans aucun doute renseignés sur les six personnes attendant déjà dans l'antichambre où des bancs étaient accolés aux murs. Il y avait deux Allemandes d'une soixantaine d'années, un jeune couple hétérosexuel de Nouvelle-Zélande et deux jeunes Japonaises. Après des salutations et des poignées de mains – Castillo était toujours le premier à saluer avec effusion –, ils s'installèrent à leurs places sur les bancs.

Shane compta qu'ils étaient quatorze, au total, dans le groupe, y compris trois agents. Ils écoutèrent un employé énumérer les règles basiques de sécurité et celui-ci leur tendit ensuite des porte-blocs avec des décharges à signer. Ils devaient souffler dans un éthylotest et cela fit ricaner certaines personnes.

Quand ce fut son tour, Shane se pencha en avant et parla dans la machine comme on le lui expliqua.

— Un, deux, trois, quatre, cinq.

Ils durent retirer toute boucle d'oreille pendante, tout bijou y compris les Fitbits autour de leurs poignets et leurs montres. Le visage de Camila se pinça quand elle déposa, à contrecœur, ses boucles d'oreille dans un sachet.

— Très bien, le gang ! Il est temps de se changer. Suivez-moi !

Ils s'amassèrent derrière l'employé et entrèrent dans un grand vestiaire avec des dizaines de cabines fermées par des rideaux.

— Maintenant, vous allez retirer vos vêtements et enfiler ces combinaisons, expliqua une jeune femme.

Elle leva une combinaison bleue et grise avec une fermeture éclair sur l'avant.

— Nous sommes en hiver, mais une petite canicule s'est instal-lée et le soleil tape fort. Ça paraît un peu étrange, mais nous vous recommandons grandement de vous mettre en sous-vêtement sous la combinaison. Autrement, vous aurez très chaud.

D'autres personnes ricanèrent.

— Ces combinaisons ont-elles été lavées ?

La femme rit.

— Bien sûr ! Elles sont propres comme un sou neuf, ne vous inquiétez pas.

Camila sourit nerveusement et Shane ravala un gloussement en échangeant un regard avec Rafa alors qu'ils prenaient la combinai-son qui leur était assignée. Ils se changèrent chacun dans une petite cabine après avoir tiré le rideau.

Shane remonta la fermeture éclair de la combinaison sur son boxer, tentant de se calmer. Il se rappela que d'innombrables personnes avaient fait l'ascension de ce pont et que personne n'en était tombé.

N'est-ce pas ? Ou suis-je seulement en train de le supposer ? Quel âge a ce pont ? C'est peut-être arrivé avant qu'Internet existe.

Prenant une profonde inspiration, Shane rejoignit les autres. Il allait le faire. Si Camila Castillo pouvait le faire, lui aussi, bon sang.

Leurs vêtements et affaires personnelles furent mis sous clé et on leur enfila ensuite leur harnais pour attacher une corde de sécurité autour de leurs tailles. S'ils voulaient porter des lunettes de soleil – ce qui était le cas de tout le monde –, elles devaient être sécurisées par un cordon fourni par les employés.

— Très bien. Vous êtes prêts, dit l'homme barbu. Vous n'avez rien sur vous qui pourrait tomber sur la route, sous le pont ? Vous comprendrez que c'est une grande inquiétude pour nous. Pas de téléphone, pas de bijou, pas de chewing-gum. Je sais que vous voulez tous emporter vos portables pour prendre des photos, mais nous en prendrons de nombreuses pour vous. Contentez-vous de profiter de la vue incroyable. Allons maintenant accrocher votre casque à vos combinaisons, puis nous vous donnerons des radios et des écouteurs afin que vous puissiez entendre votre guide.

Il y eut ensuite un appareil de test – des barreaux d'échelle sur lesquels grimper avant de passer sur une autre échelle pour descendre. L'employé surveilla Matthew de près alors qu'il escaladait le métal, mais il n'hésita ni en montant ni en descendant et garda son calme. Shane avait l'impression que s'il souffrait, il ferait n'importe quoi pour le dissimuler.

Ils se rangèrent en file indienne, avec le couple néo-zélandais devant, puis Rafa, Shane, un agent, les Castillo, les autres agents, et cetera. Le harnais autour de leur taille fut raccroché à une rampe avec un genre de mousqueton. Ils étaient simplement censés suivre le rail tout en haut avant de redescendre.

Rafa sourit à Shane quand ils commencèrent, suivant d'abord des passerelles et s'accroupissant sous des ouvrages en porte-à-faux sous des pylônes imposants. Pour rejoindre le sommet du pont, ils grimpèrent quatre ensembles d'échelles d'une traite. Rafa n'hésita pas en montant la première et disparut bientôt sur une plateforme en décalé. Shane baissa les yeux vers les véhicules passant à toute vitesse et son cœur tambourina quand il imagina l'impact s'il tombait.

Les yeux droit devant toi.

Il grimpa et monta sur la plateforme avant de se tourner vers l'échelle suivante. Une par une, il les grimpa, son cœur idiot tambourinant, même s'il avait conscience qu'il était accroché à la rampe et que les instructeurs de l'ascension savaient ce qu'ils faisaient. Ils ne laisseraient tomber personne. Les échelles étaient étroites et il se cogna les genoux et les coudes en accélérant, comme il refusait de ralentir.

Sur le sommet courbé du pont, le vent soufflait agréablement, et Shane prit quelques inspirations profondes alors qu'ils attendaient le reste du groupe. Rafa observa la vue sur l'Opéra et le port.

— Regarde, tu peux voir l'océan d'ici.

— Hmm-hmm.

Rafa se tourna vers lui et baissa la voix.

— Qu'est-ce qui ne va pas ?

— Je n'aime pas la hauteur.

Shane s'agrippa à la rampe et la sueur trempait déjà sa peau sous la combinaison.

Rafa écarquilla les yeux.

— Pourquoi ne me l'as-tu pas dit ? murmura-t-il.

— Parce que c'est ridicule. C'est parfaitement sûr, il n'y a pas de quoi avoir peur. Je voulais le faire. Me prouver que je le pouvais. Je n'avais pas envie de te laisser tomber.

Rafa lui prit la main.

— Tu peux le faire. Je suis juste là. Je ne te laisserai pas tomber.

Il le dit avec un air si sincère que le cœur de Shane se serra. Il hocha la tête tandis que le guide – le hipster barbu – commençait à parler.

Ils grimpèrent progressivement, les marches au sommet de l'arche du pont étant assez inconstantes. Le guide les arrêta à plusieurs reprises pour qu'ils profitent de la vue et écoutent les explications historiques. Chaque fois qu'ils s'arrêtaient, Rafa tendait la main vers Shane derrière lui. Il se détendit petit à petit.

La vue était réellement époustouflante. L'eau était d'un bleu profond, les bâtiments s'éparpillaient au loin. Et même si Shane n'avait pas été accroché, il aurait été assez difficile de tomber. Il ne comptait pas se détacher pour autant, mais la montée avait paru étonnamment sûre.

Il pensa à un week-end, des années plus tôt, quand Darnell l'avait convaincu de faire de l'escalade. Monter n'avait pas été un problème, comme Shane s'était concentré sur les prises qu'il pouvait trouver pour ses mains et ses pieds sur la roche escarpée. C'était une paroi de débutant, et d'en bas, la corniche vers laquelle ils s'élevaient un à un avant de descendre en rappel n'avait pas paru si haute.

Bien sûr, quand il l'avait atteinte et s'était retourné, il avait eu l'impression de se prendre un coup de poing dans le ventre. Darnell et le reste du groupe, au sol, avaient paru bien, bien loin. Mais une fois que Shane avait eu le courage de se balancer sur la corde et avait senti qu'elle le retiendrait – que les guides faisaient leur travail et qu'il ne tomberait pas –, il avait apprécié la descente.

C'était la même chose maintenant qu'il était sur le pont. Quand ils atteignirent le sommet et prirent une photo de groupe, il fut capable de sourire sincèrement en glissant un bras autour de la taille de Rafa alors que le groupe se réunissait.

Un autre groupe était un peu plus loin, au sommet du pont. De la musique résonnait.

— Est-ce qu'ils… font un karaoké ? dit Shane.

Le guide gloussa.

— Oui, c'est en option. C'est populaire pour la cohésion d'équipe.

Tandis que le groupe rugissait sur *Single Ladies*, Camila plissa le nez.

— Je ne comprends pas ce qu'il leur plaît, là-dedans.

— Idem, répondit Shane.

Un agent se tenait entre eux, mais il ne dit rien. Camila lança un sourire crispé à Shane.

— Très bien, il est l'heure d'enregistrer votre vidéo gratuite ! annonça le guide. Vous avez neuf secondes et je vous recommande de prendre une minute maintenant pour écrire le script de votre petit message.

Le couple de Néo-Zélandais passa en premier et Shane demanda à Rafa :

— Que devrions-nous faire ? Quelque chose de totalement niais ?

— Fais comme moi, dit Rafa. Je sais ce que je veux dire.

Ce fut alors leur tour et le guide braqua sa caméra sur eux avant de crier « action ». Rafa attira la tête de Shane avec ses mains puissantes et l'embrassa avec force. Shane sursauta avant de l'embrasser en retour, car s'il voulait faire une déclaration au monde, son petit ami serait à ses côtés à cent pour cent. Rafa s'écarta ensuite et lui sourit avant de se tourner pour sourire aussi à la caméra.

Le guide leva les pouces.

— Très bien. Suivant !

Ils traversèrent la passerelle pour rejoindre l'autre côté du pont et Rafa sautillait presque. Shane jeta un coup d'œil derrière lui.

Matthew lui fit un sourire narquois tandis que ses parents souriaient nerveusement, le père disant que c'était merveilleux d'être dans la belle ville de Sydney.

De l'autre côté, ils descendirent quelques marches et reprirent leur place sur la rampe avec vue sur l'intérieur du port.

— C'était inattendu, murmura Shane.

— Quoi ? Je n'ai pas le droit d'embrasser mon petit ami ? Je vais faire une story sur Insta. Tu sais, ces petites vidéos que tu peux publier pour une journée ? Je n'ai pas Facebook, à cause des messages flippants qui m'inondent tous les jours. Mais je vais ouvrir un Instagram. Il est temps.

Shane hocha la tête.

— D'accord. Tu sais que je te soutiens.

Rafa éleva tout de même la voix.

— Pourquoi ne pourrais-je pas poster une vidéo marrante comme tout le monde ? Quoi, tu ne veux pas que tout le monde nous voie nous embrasser ?

Il jeta un coup d'œil au jeune couple d'Auckland, derrière Rafa, qui faisait vigoureusement semblant de ne pas les écouter, puis il regarda derrière lui quand l'agent et les parents de Rafa arrivèrent au bord de la passerelle.

— Tu sais que ce n'est pas le problème, dit doucement Shane en serrant la main de son petit ami.

Il regarda de l'autre côté du port et son souffle se coupa alors qu'une nouvelle vague de malaise le traversait.

Nous sommes en sécurité. Nous ne tomberons pas. N'y pense pas. Arrête de réfléchir. Tout se passait bien ! Regarde l'horizon.

Camila étant clairement agacée, Matthew arriva et lui demanda :

— N'est-ce pas *génial*, Maman ?

Elle parut parfaitement calme quand elle répondit.

— Oui, la vue est magnifique.

— Ce pont est une sacrée prouesse architecturale. Vous vous

souvenez du temps qu'il a fallu pour construire le Golden Gate ? Lequel a demandé le plus de temps ?

Tandis que le reste du groupe tournait sa vidéo, Ramon continua de jacasser joyeusement et sans arrêt à propos des ponts autour du monde. Shane écoutait à moitié. Sur la descente, il fut plus difficile de ne pas penser à la hauteur à laquelle ils étaient. La sueur trempait le contour de sa casquette, et quand le guide les interrompit à mi-chemin pour parler du nombre de personnes tuées sur le site de construction du pont, il dut se concentrer pour inspirer et expirer.

Rafa lui reprit la main et chuchota :

— Tu t'en sors très bien. Je suis fier de toi.

Et mon Dieu, comme Shane mourait d'envie d'entendre ça. La satisfaction lissa ses muscles rigides et il se pencha en avant pour embrasser Rafa sur les lèvres, sans se préoccuper de ceux qui regardaient.

Chapitre 8

É MINÇANT LES CHAMPIGNONS bruns et les pleurotes en huître pour le risotto, Rafa écouta le doux ronronnement du match de football australien que Shane regardait dans le salon. Le jeune homme avait toujours trouvé les bruits de matchs sportifs étrangement réconfortants avec le craquement des battes, le rugissement des foules et les commentaires des journalistes.

Il vérifia la recette qu'il avait notée pour son risotto aux champignons et au mascarpone. Le Post-it jaune était taché d'huile depuis la première fois qu'il avait fait cette recette, un mois plus tôt. Shane et lui avaient tous les deux adoré sa nouvelle création, il avait donc décidé de la refaire et de la servir à sa famille avec des asperges et des coquilles Saint-Jacques grillées par-dessus.

Si seulement son estomac voulait bien arrêter de faire des saltos.

Mais l'idée d'avoir ses parents ici – dans leur espace, à Shane et à lui – l'obligeait à s'agripper un peu trop fort à la poignée du couteau. Ses mouvements étaient saccadés et forcés et il fit un massacre avec les champignons. Leur goût serait encore bon, au moins.

— Détends-toi, marmonna-t-il dans sa barbe alors que les fans de football à la télé s'exclamaient. Tout ira bien.

Après tout, l'ascension du pont s'était assez bien déroulée, non ? Il n'y avait eu aucun concours de cris. Tout le monde avait fait un effort, même s'il savait que sa mère et son père n'approuvaient toujours pas Shane. Néanmoins, comme ils venaient dîner, ils verraient à quel point Shane et lui étaient bien ensemble, comme ils étaient heureux. Oui, ils le verraient et ils commenceraient à l'accepter véritablement plutôt que de le tolérer à contrecœur.

Son portable vibra et il baissa les yeux vers le message d'Ashleigh sur l'écran.

Oh mon Dieu. Miranda a perdu son portefeuille lors d'une conférence, à Milan. Je t'en prie, profite de l'e-mail qu'elle vient tout juste de m'envoyer : « À l'aide. Mon portefeuille a été volé. Qu'est-ce que je fais ? » Parce que Dieu sait qu'elle est incapable de faire opposition à sa carte de crédit toute seule. Parfois, je m'émerveille qu'elle puisse se torcher le cul. Si elle n'a pas son passeport, elle est foutue, ce qui veut dire que je suis foutue. Prie pour moi. Et bonne chance avec ta mère et ton père. Je crois que nous avons tous les deux besoin de prières, aujourd'hui. Sans parler des « pensées » encore plus utiles, bien sûr.

Souriant, il tapa rapidement une réponse et reposa son portable sur le plan de travail. Après avoir retiré un morceau de pied de champignon égaré sur son haut, il commença à faire frire l'ail émincé et une échalote coupée en dés dans du beurre.

Un grognement parvint du salon. Puis un autre. Il ne s'était pas rendu compte que Shane s'était si attaché à une équipe en particulier. Il y eut ensuite des marmonnements et un halètement pénible. Le cœur de Rafa loupa un battement et les poils sur ses bras se hérissèrent.

Pieds nus sur le parquet, il jeta un coup d'œil dans le salon. Les Swans et les Dockers jouaient, mais Shane était endormi. Il s'était blotti sur le flanc, sur le canapé. Ses épaules étaient voûtées et ses genoux relevés. Il était torse nu et ne portait que son short de bain.

Il sursauta et geignit avec des mots grommelés que Rafa ne comprit pas. Ses sourcils étaient grandement froncés et ses doigts étaient serrés comme des griffes. Il inspira ensuite et marmonna le nom de Rafa dans un gémissement aigu qui envoya un frisson dans la colonne vertébrale du jeune homme. Il se pencha et saisit l'épaule de Shane pour la serrer.

— Shane ? Tout va bien. Réveille-toi.

Il le fit, haletant et sursautant, élançant son bras et sa main qui heurtèrent le menton de Rafa. Celui-ci recula et tomba sur la table basse. Il leva automatiquement une main vers son menton, mais il n'avait été qu'effleuré par le dos des doigts de son petit ami.

Celui-ci le dévisageait avec des yeux écarquillés. L'humidité trempait son front et il s'assit, clairement désorienté.

— Raf ? Qu'est-ce que… ?

Il baissa les yeux vers ses mains, avant de regarder Rafa.

— Est-ce que je t'ai…

Sa voix se brisa.

— Est-ce que je t'ai frappé ?

— Non, non… tu m'as à peine touché. Tu faisais un cauchemar et je t'ai surpris.

Il glissa une paume sur le bras de Shane.

— De quoi rêvais-tu ?

Shane ignora la question et se percha sur l'accoudoir du canapé, son regard scrutant Rafa alors qu'il lui prenait les joues et lui tournait la tête de chaque côté.

— Où t'ai-je touché ?

Rafa soupira.

— Sur le menton. Ce n'est rien. Ça ne me fait même pas mal.

Cela le piquait un peu, mais il ne pensait pas avoir d'ecchymose.

— C'était un accident. Ne flippe pas, d'accord ?

Shane examinait encore le visage de son petit ami.

— Je suis vraiment désolé. Merde. Je suis *pathétique*, cracha-t-il.

Surpris, Rafa ouvrit la bouche et la referma.

— Quoi ? Non, tu ne l'es pas. Qu'est-ce qui ne va pas ?

Il referma ses mains sur les genoux nus de Shane et frotta ses pouces contre les os saillants.

Shane s'assit et frotta son visage, les yeux fermés.

— Ce n'était rien. Je ne m'en souviens pas.

Pourtant, tu as dit mon nom et maintenant, tu refuses de me regarder. Pourquoi Shane mentait-il ?

— Parle-moi. S'il te plaît.

— Ce n'est rien, chéri. C'était un rêve stupide.

Il ouvrit les yeux et se pencha en avant pour glisser les mains sur la mâchoire de Rafa.

— Tu es sûr que ça ne fait pas mal ?

— Tu m'as à peine touché. Je vais bien.

L'irritation enfla en lui, il tenta de l'apaiser et de garder une voix calme.

— Tu sais que tu peux tout me dire. Si quelque chose te dérange, si tu as fait un mauvais rêve, tout.

— Je sais.

Shane glissa une main derrière la tête de Rafa et l'attira près de lui pour un tendre baiser. Il se rassit ensuite et sourit.

— Ça sent bon.

— Merde !

Rafa bondit et courut jusqu'à la cuisine. Il attrapa une cuillère en bois et mélangea, arrivant juste à temps pour éviter que les échalotes et l'ail brûlent. Il baissa la température.

Dans le couloir, Shane cria :

— Je vais prendre une douche.

— Écoute, je…

À la place de la télé, il entendait maintenant l'eau couler dans la salle de bain.

Ça va. Il va bien. Il a fait un mauvais rêve. Ce n'était rien.

Pourtant, l'instinct de Rafa lui indiquait que cela allait plus loin. Il repensa à la nuit où Shane avait affirmé qu'il était malade et qu'il s'était enfermé dans la salle de bain. Avait-il aussi fait un cauchemar ? Était-ce un problème récurrent que Rafa n'avait pas remarqué ? Ou que Shane essayait de cacher ? Pourquoi Shane ne lui dirait-il pas ?

Pourquoi ne m'a-t-il pas dit que Darnell et lui sortaient ensemble, avant ?

Grimaçant, il regarda l'heure qu'il était et s'ordonna de se concentrer sur le dîner. Il devait être bon. Non, pas juste bon. Spectaculaire. Il mit l'ail et les échalotes de côté. Il avait testé la recette de différentes façons et avait découvert que les précuire ne modifiait pas la saveur finale.

Il sortit le saumon fumé pour le mettre à température ambiante, puis commença à fouetter l'appareil à blini en utilisant le beurre qu'il avait clarifié plus tôt. Les petites galettes de blé noir seraient surmontées de saumon, de crème fraîche et d'aneth.

Alors qu'il fouettait la pâte à blini, son esprit têtu se reconcentra encore et encore sur les questions qui le rongeaient et qu'il avait essayé d'oublier. Pourquoi Shane ne lui avait-il pas dit la vérité sur Darnell ? Rafa avait eu envie de le lui demander, mais… il ne l'avait pas fait.

Parce que je suis une poule mouillée.

Mais il n'y avait pas eu de moment idéal pour le faire. De plus, Shane ne lui avait pas *menti*, n'est-ce pas ? Darnell et lui étaient amis. S'ils avaient été des sex-friends par le passé, Shane était-il obligé de le lui dire ? Rafa ignorait la réponse, bien qu'il ait été soulagé d'entendre que Darnell fréquente quelqu'un.

Shane entra dans la cuisine avec uniquement une serviette autour des hanches et de l'eau dégoulinant.

— Désolé, je viens juste de me rendre compte que je ne t'avais pas demandé si tu avais besoin d'aide.

Il frotta sa tête rasée.

— Ce fichu décalage horaire m'a rattrapé.

— Ce n'est rien. Mais… dit Rafa avant d'arrêter de fouetter sa pâte. Tu es sûr que tout va bien ? Qu'on va bien ?

Un sourire fendant son visage, Shane se rapprocha et embrassa lentement son petit ami. Leurs langues se rencontrèrent. Il appuya son front contre le sien.

— Chéri, on va merveilleusement bien.

Une chaleur envahit Rafa et il posa le cul-de-poule avant de se détendre contre son petit ami, sans se préoccuper d'être mouillé, puisqu'il devait se changer pour le dîner, de toute façon. Le jeune homme se blottit dans son cou. Il adora le soupir rauque qui s'échappa du corps musclé de Shane et les grandes mains de ce dernier qui se glissèrent sous son T-shirt pour s'installer autour de sa taille.

Pendant quelques secondes, ni l'un ni l'autre ne réagit au grondement du moteur. Ils s'écartèrent ensuite et Rafa leva la tête pour vérifier l'heure sur le micro-ondes tandis que Shane se hâtait dans le salon.

— Ils sont là, dit-il.

— Oh mon Dieu. Bordel, qui arrive en avance à un dîner ? grommela-t-il. Mes parents, il n'y a qu'eux.

Tournant à gauche, puis à droite, il tenta de savoir ce qu'il devait faire ensuite. La nervosité monta et son souffle se coupa dans ses poumons comprimés.

Shane réapparut.

— Va ouvrir la porte pendant que je vais m'habiller. Ce n'est rien. Ne panique pas. On gère.

Rafa hocha la tête, lissa ses cheveux et grimaça quand il se rendit compte qu'il avait encore de la farine sur les mains.

— Reprends-toi, murmura-t-il dans sa barbe tandis que la sonnette résonnait.

Deux agents avec leurs lunettes de soleil et leurs costumes se tenaient là, sur le pas de la porte, sous le soleil déclinant. Tout le monde était encore apparemment dans la limousine. Un agent hocha la tête.

— Bonjour. Nous devons entrer pour vérifier la maison.

Rafa recula.

— Oui. J'ai l'habitude. Évidemment. Enfin, ça fait un moment, mais…

Arrête de parler. Il ferma la porte derrière eux et les laissa faire ce qu'ils avaient à faire. Ils ouvrirent les placards et tirèrent sur les rideaux, allumant la lumière au fur et à mesure. Il ne leur fallut pas longtemps, et Shane les suivit quand ils sortirent d'une chambre, habillé d'un jean sombre et d'une chemise bordeaux.

Après avoir obtenu le feu vert, Ramon et Camila parcoururent le petit chemin en dalles et Rafa les gratifia d'un large sourire.

— Salut !

Il regarda derrière eux, mais ne vit que l'agent Hernandez qui hocha la tête.

— Où est Matty ?

— Je crains que son épaule ne le dérange vraiment, répondit Ramon. Il a pris des médicaments cet après-midi et il est trop fatigué pour sortir du lit. Mon assistant s'occupe de lui.

— Je savais qu'il n'aurait pas dû grimper sur ce pont, hier.

Camila déposa un baiser sur la joue de Rafa.

— Mais personne ne m'écoute jamais.

Le rire de Ramon fut nerveux.

— Très bien, ma chérie. Rafalito, fais-nous visiter la maison. Ça sent merveilleusement bon, ici.

— Merci. Désolé. Il faut encore que je me change.

Rafa ferma la porte derrière eux et son cœur loupa un battement. N'auraient-ils pas pu le prévenir que son frère ne venait pas ? Maintenant, il n'avait plus de tampon. Mais ce n'était pas grave. Tout allait *bien*.

— Euh, alors il y a le salon.

Il leur fit faire le tour de la maison, ce qui ne prit pas longtemps. Shane avait fermé la porte de la chambre et Rafa hocha la tête quand ils passèrent devant.

— Notre chambre est là.

Il s'obligea à ne pas rougir, mais en vain.

Quand ils furent de retour dans le salon, Shane apparut et serra la main de Ramon.

— Puis-je vous servir à boire ?

Rafa faillit plaisanter en disant qu'ils auraient tous besoin d'un verre, mais se retint.

— Une vodka soda, répondit sa mère.

— Oui, merci, répondit Ramon. Je vais prendre une bière.

— Je dois lancer le risotto, dit Rafa. Je vais…

Il fit un signe de la main vers le canapé.

— Faites comme chez vous.

C'était si *étrange* que ses parents soient ici dans le salon. Qu'il soit l'hôte pour la toute première fois. Il se hâta dans la cuisine.

Shane ajouta une tranche de citron dans le verre de Camila.

— Respire, murmura-t-il.

— Je n'aurais pas dû choisir un risotto. Je vais devoir rester là à remuer constamment.

Riant légèrement, Shane lui sourit tristement.

— Je vais survivre. Probablement. Je vais faire parler ton père.

— C'est un bon plan. Merci. Je te demanderai de m'aider à poêler les coquilles Saint-Jacques dans un moment.

Alors que Rafa cuisinait, il entendait des bribes des banalités échangées péniblement dans le salon. Il jeta un coup d'œil et vit que Shane avait tiré une chaise du salon tandis que ses parents étaient assis sur le canapé, le dos bien droit.

Heureusement, Ramon sembla ravi de prendre la parole et d'aborder l'état des politiques européennes et du pouvoir de l'Euro sur les marchés européens et bla, bla, bla. Quand Rafa servit les apéritifs au saumon, Shane posait des questions à Camila sur la fondation, s'intéressant à la santé des enfants. Elle lui donnait de brèves réponses, généralement en un mot.

Le ventre de Rafa se retourna.

Toutefois, il réussit à ne pas faire trop cuire le risotto et Shane « l'aida » – à vrai dire, il le regarda – à saisir les coquilles Saint-Jacques dans une poêle et elles furent parfaites. Rafa servit le tout dans des assiettes et fut ravi d'avoir mis la table ce matin, bien qu'il ait été obligé de retirer le couvert de son frère. Shane s'occupa du vin tandis que Rafa se faufilait dans leur chambre pour enfiler un chino et un polo propre.

Ils s'assirent ensuite tous les quatre autour de la table carrée et rustique de salle à manger. Elle pouvait être agrandie pour accueillir plus de monde, mais cela avait paru étrange de le faire avec quatre personnes uniquement, et il avait donc retiré la rallonge. Mais Rafa aurait aimé ne pas le faire. Ils étaient tous si… *proches* les uns des autres.

— Parle-nous de ta recette. Elle a l'air délicieuse, dit Ramon.

Il coupa une coquille Saint-Jacques et en mangea la moitié.

— Hum. Merveilleux !

Rafa savait qu'il parlait trop vite, mais il blablata alors qu'ils mangeaient. Il leur parla du risotto, des coquilles Saint-Jacques, et leur donna bien trop d'informations sur les variétés de champignons. Shane était de corvée de vin et bientôt, il dut aller chercher une seconde bouteille de Chardonnay. Il remplit le verre vide de Camila et s'occupa ensuite de celui des autres avant de poser la bouteille dans le seau en acier inoxydable sur la table.

Avalant une bouchée de coquille Saint-Jacques, Camila jeta un coup d'œil vers les portes coulissantes en verre. Ils avaient fermé les stores, mais sur les contours, la lumière se déclenchant grâce à un détecteur de mouvement était visible. Elle s'allumait probablement à cause d'un agent qui patrouillait dans le périmètre.

— J'ai remarqué tout à l'heure que vous aviez des planches de surf, dehors. N'avez-vous pas peur qu'elles soient volées ?

— Généralement, nous les mettons sous clé dans le petit abri. Je le ferai tout à l'heure.

— Oh, bien. Ce serait dommage qu'elles soient volées. J'imagine que les planches de surf coûtent cher.

Elle sourit à Rafa.

— Comment as-tu pu te permettre de t'en payer une, mon chéri ?

Il transperça un morceau d'asperge avec sa fourchette et

s'intima de ne pas rougir.

— Shane me l'a achetée.

— C'est très généreux.

Elle souriait toujours calmement.

Rafa sentait le requin tourner en rond sous la surface, mais il garda un ton calme.

— C'est un homme généreux.

— De toute évidence. Enfin, regarde l'argent qu'il a donné à l'épouse de l'homme qui a orchestré ton kidnapping.

— Ce n'est pas le moment, lança Ramon.

Avec toute l'innocence feinte du monde, elle mit délicatement du risotto aux champignons sur le bout de sa fourchette.

— N'est-ce pas approprié de faire l'éloge de la générosité de monsieur Kendrick ? Après ce qu'Alan Pearce a fait à notre fils, il a tout de même donné un million de dollars à l'épouse de cet homme.

Les narines de Ramon se dilatèrent et son ton devint glacial.

— Ça suffit, ma chérie.

Shane était parfaitement immobile avec son couteau et sa fourchette à la main et sa mâchoire était crispée. Rafa s'agrippa à sa propre fourchette et tenta de calmer le tremblement de sa main alors que la rage bouillonnait.

— Je suis désolé de te décevoir, dit-il, mais je suis au courant de tout ça. Le fils de Julianna Pearce est en train de mourir, et non, ça ne me dérange pas que Shane ait eu envie d'aider un gamin malade. La famille d'Alan Pearce n'est pas responsable de ses actes.

— Eh bien, je n'ai pas dit que tu n'étais pas au courant, dit Camila avant de terminer son Chardonnay.

Merde, combien de verres avait-elle bus ?

Non, mais tu l'espérais. Sa mère n'était pas aussi transparente, d'ordinaire. Il s'était peut-être trompé, l'autre soir, et elle avait *volontairement* mentionné Darnell. *Argh.* Il avait fait de son mieux pour repousser sa jalousie et sa souffrance latente à ce sujet, et désormais, il la chassait à nouveau. Il se concentrait sur le moment présent.

— Et oui, Shane m'achète des choses.

L'intéressé posa calmement ses couverts.

— Nous sommes partenaires. Nous nous soutenons mutuellement. Dans quelques années, quand Rafa sera chef…

— Il sera probablement trop vieux pour vous ! cracha Camila dont le regard s'enflammait. Et vous serez passé à votre prochaine victime.

Le couteau de Ramon cliqueta sur son assiette.

— Camila !

— *Victime ?* hurla Rafa.

Son front palpita.

— Vous ne savez rien de notre relation, répondit Shane à travers ses dents serrées.

Elle souffla.

— Oh, nom de Dieu. C'est ridicule ! Nous faisons tous semblant de ne pas voir l'évidence ! *Partenaires ? Relation ?* C'est risible. Monsieur Kendrick, nous savons tous que vous n'êtes pas le *partenaire* de mon fils. Vous êtes son… son… *sugar daddy* !

Le visage de Rafa le brûla et les mots s'emmêlèrent sur sa langue, alors que ses dénis furieux se brouillaient.

— Ça suffit !

Ramon claqua sa paume sur la table.

— Nous étions d'accord pour garder l'esprit ouvert.

Camila sortit la bouteille de vin du seau et se servit un verre.

— Oh, j'ai l'esprit ouvert.

Elle but une gorgée de Chardonnay.

— Pendant tous ces mois, Rafa vivait ici avec cet homme et je n'ai pas pris l'avion pour le ramener à la maison. Nous étions d'accord pour lui laisser du temps afin qu'il reprenne ses esprits. Afin que cette farce se termine. Mais clairement, nous avons commis une erreur, Ramon. Il n'a pas retenu la leçon.

— *Il* est juste là ! répondit Rafa en tremblant de colère. Je ne suis pas un enfant. Arrêtez de me parler comme si je n'étais même pas dans la pièce. Comme si vous n'étiez pas assis ici dans *notre maison*. À notre table ! Et je n'ai pas de leçon à recevoir.

Il avait déjà entendu cette expression, mais il ne savait pas franchement quelle leçon il était censé en tirer. C'était sûrement une question de lavage de cerveau.

— Mais tu as clairement bu trop de vin.

Ramon grimaça.

— Je suis d'accord. Tu as aussi bu quelques cocktails à l'hôtel, tout à l'heure.

Il tendit la main vers le verre de Camila, mais elle la chassa.

— Tu t'attends à ce que je dîne, complètement sobre, avec l'homme qui a séduit notre fils ?

La tête de Rafa était sur le point d'exploser.

— Shane ne m'a pas séduit ! Je savais ce que je voulais. Ce que je veux toujours. Je ne suis pas un gamin. Je l'aime et il m'aime. Nous nous rendons heureux. L'âge n'a pas d'importance. Combien de fois devons-nous évoquer ce sujet ?

Camila s'adressa à son époux, à nouveau comme si Rafa n'était même pas présent.

— Comment avons-nous pu élever un enfant si naïf ? À la *Maison-Blanche*, en plus.

Elle plissa les yeux en regardant Shane.

— L'endroit où cet homme a enfreint les règles et a eu des contacts inappropriés avec lui. Rafa l'a avoué. Nous connaissons la vérité. Sommes-nous censés laisser tomber ? Nous vous faisions confiance et vous l'avez brisé, ainsi que celle de votre employeur.

Shane réussit curieusement à garder son calme. Sous la table, il appuya son pied nu contre celui de Rafa, tel un poids chaud et rassurant.

— Je n'ai aucune excuse. Mais je ne peux pas remonter le

temps et changer cela. Et Rafa n'est pas un enfant. Il ne l'est plus maintenant et il ne l'était déjà plus quand je l'ai rencontré. C'est un homme et il a tous les droits de faire ses propres choix. Partager ma vie avec lui, ces derniers mois, a été le plus grand bonheur que j'ai jamais connu. Et je suis sûr que vous savez, comme vous avez fouillé dans mon passé, que je ne suis jamais sorti avec quelqu'un de plus jeune que moi. Je suis avec Rafa malgré son âge, pas à cause de ça. Votre fils est gentil, intelligent et amusant. Il rend ma vie plus belle que je n'aurais jamais pu le rêver. Je comprends pourquoi c'est difficile pour vous d'accepter notre relation. Mais vous allez devoir faire avec. Faire avec moi. Parce que je n'irai nulle part.

La gorge nouée, Rafa tendit la main vers celle de Shane au-dessus de la table. Ils ne se cachaient plus. Il s'y agrippa, la paume de Shane suant contre la sienne.

Soupirant lentement, Ramon acquiesça.

— Oui, monsieur Ken…

Il prit une profonde inspiration et souffla.

— Oui, Shane. Je crois que vous avez raison. Rafa et vous, vous tenez clairement l'un à l'autre. Franchement, je ne crois pas que vous nous supporteriez ou le cirque qui nous entoure, si ce n'était pas le cas. Nous savons que vous ne courez pas après l'argent. Alors, j'imagine que vous avez passé le test.

Il prit sa serviette en tissu sur ses genoux et s'essuya la bouche.

— Le décalage horaire a clairement rattrapé ma femme. Nous allons partir, maintenant, et nous vous verrons demain.

Les lèvres pincées, Camila repoussa sa chaise et laissa tomber sa serviette sur son assiette. Elle tangua, instable, l'espace d'un instant, avant de vider son verre de vin et de traverser le salon pour rejoindre la porte d'entrée, ses talons hauts claquant sur le parquet dans un rythme staccato. À l'extérieur, les agents se hâtèrent et le moteur de la voiture démarra.

Ramon soupira.

— Je suis navré.

Il contourna ensuite la table et aida Rafa à se relever pour l'attirer dans une brève étreinte.

— Le dîner était délicieux. Nous vous verrons tous les deux demain à la gare.

Il ébouriffa affectueusement les cheveux de son fils et hocha la tête en direction de Shane.

— Je vous prie d'accepter mes excuses. Le comportement de Camila était inexcusable. Elle a trop bu, mais… Comme je l'ai dit, c'est inexcusable.

Shane hocha la tête, se leva et tendit la main. Ramon la serra tristement avant de partir, le bruit du moteur de la limousine s'estompant rapidement.

Rafa respira péniblement et son cœur continua de tambouriner.

— Je suis vraiment désolé.

Mon Dieu, sa mère s'était si mal comportée avec Shane dans sa propre maison. Il ne pouvait quitter le sol des yeux, l'embarras et la colère poussant contre sa cage thoracique.

— Ne le sois pas. Ce n'est pas ta faute si ta mère peut vraiment être une…

Il se tut.

Rafa leva les yeux et vit le visage compatissant de son petit ami.

— Tu peux le dire. Ma mère peut être une pétasse de première catégorie. Même plus.

— C'est clair.

Shane grimaça. Il attrapa l'assiette de Camila et la posa sur celle de Ramon dans un cliquètement. Il soupira ensuite.

— Mais c'est quand même ta mère, donc…

— J'essaie de la rendre heureuse ! J'organise ce dîner et ensuite elle se comporte de cette manière. *Merde.*

Rafa s'affala à nouveau sur sa chaise.

— Elle me tape tellement sur le système.

Il regarda leurs assiettes à moitié pleines.

— Pourquoi a-t-elle été obligée de gâcher ça ?

Sans prévenir, sa colère se mua en chagrin et les larmes lui montèrent aux yeux.

— *Merde.*

— Ce n'est rien, chéri.

Shane rapprocha sa chaise et s'assit pour que leurs genoux se touchent. Il passa une main sur le crâne de Rafa.

— Ce n'est rien.

— Mon Dieu, et maintenant je vais pleurer pour ça ? dit-il en battant rapidement des paupières.

— Les hommes adultes ont le droit de pleurer. Tu as le droit d'être en colère.

Rafa songea au cauchemar de Shane, plus tôt dans la journée.

— C'est aussi vrai pour toi, non ?

Shane fronça les sourcils.

— Oui. Bien sûr.

— D'accord.

Le jeune homme passa un doigt sur le froncement entre les sourcils de son petit ami, puis l'embrassa tendrement.

Pendant quelques minutes, ils restèrent accrochés l'un à l'autre et respirèrent. Quand Rafa s'enfonça sur sa chaise, il fit un signe de la main vers son assiette.

— J'ai trouvé que c'était assez bon.

— C'était *délicieux*, dit Shane avant de mettre une coquille Saint-Jacques dans sa bouche. Ça l'est toujours.

— Tu devrais finir. Je n'ai plus très faim.

Son ventre était bien trop noué pour qu'il ait l'espoir de manger. Il aurait aimé éviter ses parents pendant un moment, mais non, il les verrait demain.

Au moins, ils rentreront chez eux dans deux semaines. Ce n'est pas rien.

— Non, ça va. Je vais nettoyer. Détends-toi et finis ton verre de vin.

Rafa réussit à sourire.

— Ça pourrait me faire du bien, c'est sûr.

Il but une autre gorgée avant d'aider Shane à débarrasser. Alors qu'il essuyait les sets de table avec un torchon mouillé, la fatigue et la tristesse de Rafa s'évaporèrent et une nouvelle vague d'indignation s'abattit sur lui.

— Elle est censée être mature et c'est elle qui t'insultait.

Shane passa ses bras musclés et solides autour de son ventre, avant de poser les lèvres sur l'oreille de Rafa.

— On m'a déjà donné de pires surnoms que « sugar daddy ».

Le jeune homme fut obligé de rire et une partie de sa tension se relâcha.

— Tu dois vraiment m'aimer pour supporter ses conneries.

— Je t'aime vraiment.

Il l'embrassa dans la nuque, ce qui provoqua un frisson dans la colonne vertébrale de Rafa.

— Et elle t'attaque ici ! Dans *notre* maison. À *notre* table.

Il aplatit ses paumes sur le bois.

— C'est à nous. Je suis à toi et tu es à moi.

Il se tourna dans les bras de Shane et prit son visage entre ses mains.

— Tu es à *moi,* et personne ne changera ça. Surtout pas ma putain de mère.

Une énergie presque frénétique et électrique le traversa alors qu'il embrassait la bouche de Shane et plongeait sa langue à l'intérieur. Son homme l'embrassa en retour et s'agrippa à ses hanches pour le rapprocher.

— C'est bien vrai, tu es à moi, chuchota Shane contre les lèvres de Rafa lorsqu'ils haletèrent.

La colère et la souffrance se muaient désormais en désir. Rafa bandait et se frottait contre son compagnon. Que ses parents et tous les autres aillent au diable. Shane et lui étaient ensemble et ils n'avaient pas besoin de se cacher. C'était *leur maison.*

Il tira sur le bouton du jean de Shane et s'agenouilla dans un bruit sourd, ayant désespérément envie d'avoir le membre de son petit ami en bouche, car c'était leur maison et qu'il le *pouvait.*

Shane lui posa une paume sur la tête et le regarda avec des yeux sombres et des lèvres mouillées tandis qu'il baissait suffisamment son jean pour sortir sa verge gonflée. S'agrippant à la base, il croisa son regard et déglutit.

— Oh, merde, bébé, grogna Shane.

Rafa le prit presque jusqu'à la base. Il eut un haut-le-cœur et recula, léchant, crachant et se servant de sa main pour caresser les endroits que sa bouche ne pouvait atteindre.

Il adorait l'étirement de ses lèvres sur la peau de Shane et comme celui-ci palpitait dans sa bouche comme s'il pouvait sentir son cœur battre à travers sa verge, comme s'il pouvait l'embrasser. Il adorait que Shane le regarde comme s'il était la chose la plus belle et la plus précieuse du monde.

Même si Rafa était à genoux, il contrôlait la situation. Shane lui caressait la tête sans jamais le brusquer. Le jeune homme voulait lâcher prise et laisser son petit ami prendre le dessus, mais il avait aussi envie de goûter sa semence – de lui procurer du plaisir et de lui montrer à quel point il l'aimait.

Car il l'aimait tant. Il se moquait de savoir pourquoi Shane ne lui avait pas parlé de Darnell ou pourquoi il restait muet à propos de son cauchemar. Ça n'avait pas d'importance. C'était tout ce qui comptait : ils étaient ensemble. Ils s'aimaient.

L'affection le déchaînait. Son torse se gonflait tant il avait envie de tout arranger maintenant que sa mère avait envahi leur espace. Il creusa ses joues et suça désespérément.

Shane sembla sentir l'embrouillamini de ses émotions et lui caressa la tête en murmurant.

— Ce n'est rien.

Il haleta quand Rafa se retira pour sucer ses testicules et enfoncer les doigts dans ses cuisses à travers son jean.

À présent, Rafa voulait lâcher prise et, avec Shane, il le pouvait. Ici, dans leur salon, où sa mère avait été si horrible, il souhaitait reprendre possession de leur maison. Il voulait qu'on prenne possession de lui.

Il lécha une nouvelle fois la verge de Shane, crachant et la mouillant. Il bandait terriblement, et savoir à quel point son homme le désirait l'excitait encore plus. Il le désirait *lui*. Cet idiot de Rafael Castillo, le Chia Pet humain, parmi tous les hommes sur cette planète. Parfois, il n'arrivait toujours pas à le croire.

Il se leva.

— J'ai besoin que tu me prennes.

Shane acquiesça et l'embrassa à nouveau alors que leurs langues se rencontraient et que le membre mouillé de Shane appuyait contre le coton fin du polo de Rafa. Le désir s'accumula dans le ventre de ce dernier et une tension chaude transperça son corps. À travers son pantalon, il caressa son érection avec le talon de sa main.

Brisant leur baiser, Shane recula.

— Prépare-toi pour moi, dit-il avant de disparaître dans leur chambre.

Rafa se débarrassa de son haut et de son pantalon ridicule avant d'enlever son boxer et de l'envoyer voler dans le salon. Shane revint avec du lubrifiant et un sourire étiré sur le visage. Il parcourut du regard le corps de Rafa et marqua une pause sur son pénis. Il passa un doigt sur l'extrémité suintante.

— Tu es si canon.

Rougissant de plaisir et de fierté, Rafa gémit tandis que Shane l'embrassait longuement et lentement, explorant sa bouche avec sa langue jusqu'à ce que le jeune homme gémisse et se frotte contre le tissu rêche de son jean.

Shane gloussa.

— D'accord. Je m'occupe de toi.

Avec des mains fortes et assurées, il le retourna pour qu'il soit face à la table et posa ensuite ses paumes sur les épaules de Rafa. Merci, mon Dieu, ils avaient fermé tous les stores quand ses parents étaient arrivés, au cas où des paparazzis les auraient suivis.

Shane glissa ses doigts le long de la colonne vertébrale de Rafa.

— Comment veux-tu jouir ? Redis-moi ce dont tu as besoin.

Apparemment, Shane avait envie de l'entendre et les mots se déversèrent donc entre ses lèvres gonflées.

— Donne-moi ta queue. Baise-moi. Violemment. Penche-moi au-dessus de notre table. S'il te plaît.

Shane poussa son petit ami à se pencher au-dessus de la table et il l'appuya contre le bois, un set de table humide collé contre son ventre. Shane demeura silencieux un moment et ouvrit une main sur le creux des reins de Rafa.

— Tu as besoin de jouir sur ma queue ? Et sur celle de personne d'autre ?

— Seulement sur la tienne, dit Rafa d'une voix rauque. J'en ai tellement besoin.

Il tendit la main derrière lui pour écarter ses fesses.

— S'il te plaît. Prends-moi fort. Donne-moi ta queue, Shane.

Les doigts mouillés de ce dernier furent enfoncés sans prévenir, le lubrifiant et l'étirant.

— Tu es si bon. Si beau. *Tu es à moi.*

Il tordit ses doigts et l'ouverture brûla Rafa.

— Tu es prêt pour moi ?

Il grogna.

— Je suis toujours prêt pour toi. Je suis ta traînée. Avant, je me branlais en imaginant ça, en t'imaginant me prendre violemment et...

Il hurla quand Shane s'enfonça en lui, allant presque jusqu'à la garde. Les jambes de Rafa tremblèrent et son membre souffrait sous la table, où il ne pouvait l'atteindre. Il relâcha ses fesses et tendit la main vers la table pour enrouler ses doigts de l'autre côté et repousser une fourchette oubliée.

— C'est ça, chéri. Accroche-toi.

— Prends-moi. Plus fort.

Plongeant les doigts dans ses hanches, Shane décrivit des va-et-vient en lui, ses testicules heurtant les fesses sensibles de Rafa. Leurs peaux claquaient et leur respiration devint plus lourde et désespérée à chaque mouvement. Rafa gémissait tandis que Shane grognait. Ce dernier l'emplissait si profondément que le jeune homme crut qu'il allait se briser.

Mais il n'en fit rien, et il savait que Shane ne lui ferait jamais de mal. Il ne lui donnerait jamais plus que ce qu'il souhaitait. Il se moquait de savoir ce que les autres pensaient. Shane le complétait. Et pas seulement quand sa verge était en lui.

— Oh, chéri. Tu es si sale. Tu aimes quand je te baise, hein ?

— Oui, gémit-il avant de tourner la tête et d'appuyer sa joue chaude contre les nœuds du bois sur la table. Je suis à toi.

Il cligna des yeux en regardant le verre de vin qui tremblait à chaque coup de reins. Il se faisait prendre sur la table autour de laquelle ses parents venaient de s'asseoir et cela lui provoqua un frisson d'interdit suivi par une pulsation profonde de pouvoir.

— C'est si parfait.

Shane ponctua sa déclaration avec des mouvements vifs et profonds en Rafa.

— Je veux te baiser pour toujours.

— Oui, gémit-il. J'ai besoin de jouir. *S'il te plaît.*

Ses doigts furent pris de crampe, là où il s'accrochait à la table, et ses genoux faiblirent tandis qu'il était ouvert par chaque mouvement. Le membre de Shane était si épais, si gros et parfait quand il l'étirait. Écorché et vulnérable, il avait une confiance aveugle en Shane pour qu'il le protège. C'était leur maison et Rafa n'avait pas besoin de se cacher.

Il tendit une main vers l'arrière, espérant qu'il pourrait la passer sous la table, mais Shane attrapa son poignet.

— Donne-moi l'autre aussi, dit-il à travers ses dents serrées.

Rafa s'exécuta et Shane encercla ses poignets de ses deux mains, tirant les bras sur ses flancs en continuant de le prendre. Les va-et-vient étaient si puissants que Rafa ne pouvait que gémir et haleter, les mots lui échappant. Même si ses pieds étaient par terre, il avait l'impression de flotter. Les mains de Shane et sa verge étaient les seuls éléments qui l'ancraient sur Terre.

Shane donna des coups de reins en lui, leurs peaux claquant, et même si Rafa n'avait plus le contrôle, la sensation de pouvoir qui l'envahissait était encore plus forte. Il n'était pas un enfant. Il était un homme et c'était *sa maison*. Il serait empli de semence en s'allongeant sur la table de salle à manger chaque fois qu'il le désirerait.

Les mouvements de Shane devinrent plus erratiques tandis qu'il s'inclinait pour toucher l'endroit parfait. Rafa cria quand il poussa contre le membre de son homme. Ses testicules se crispè-rent lorsque Shane se pencha au-dessus de son dos afin d'atteindre sa verge.

Il ne la caressa que deux fois avant que Rafa ne se brise, son orgasme explosant. Les vagues successives de plaisir intense mirent chacun de ses pores à vif. Il ouvrit la bouche dans un cri silencieux. Ses genoux tremblèrent quand Shane le caressa pendant sa jouissance.

Puis il recommença à le baiser et Rafa se contracta autant qu'il le pouvait. Il sourit quand Shane jouit en lui et l'emplit avec de longues pulsations.

— Donne-moi tout, marmonna-t-il.

Shane s'appuya contre son dos, la bouche ouverte et son souffle chaud sur la nuque de Rafa. Les poils de son torse le démangeaient.

— Je crois que tu as tout eu, répondit Shane.

Il grogna en se retirant et encouragea Rafa à se relever. Il le retourna et le stabilisa contre la table.

Il traça le contour de sa bouche et le scruta.

— Tu es sûr que ce n'était pas trop violent ?

— C'était merveilleux. J'avais l'impression d'être dans un porno, répondit-il avant de rire. Toutes les fois où j'ai regardé des vidéos sur l'ordinateur d'Ash, je n'aurais jamais imaginé que je finirais par vivre des ébats époustouflants pour de vrai.

Rafa embrassa la vieille cicatrice de surf que Shane avait dans le cou, puis il se détendit contre lui avec ses membres douloureux et ses fesses brûlantes.

— J'en avais vraiment besoin. Après ce que ma mère a dit... J'avais besoin de... Je ne sais pas. De reprendre le pouvoir ou quelque chose comme ça.

— Je comprends. Écoute, tes parents peuvent penser et ressentir ce qu'ils veulent. Nous devons rester concentrés sur nous.

Il se pencha en arrière et un sourire ironique étira ses lèvres.

— Pour information, je serai ton *sugar daddy* autant de temps qu'il le faudra. Ensuite, tu pourras me payer ma retraite.

Rafa rit.

— Marché conclu.

Il contracta ses fesses, se délectant de la douleur.

— Hum. J'aime te sentir après. Je resterai debout autant que possible dans ce train, demain.

Shane gloussa et lui caressa tendrement les fesses avant de se blottir contre sa tempe.

— Je t'aime tellement, chuchota-t-il.

— Moi aussi.

Rafa se pencha en arrière et attira la tête de Shane afin de pouvoir embrasser la cicatrice que la balle avait laissée au-dessus de son oreille et se rappeler que tout pouvait si facilement lui être enlevé.

<h1 style="text-align:center">Chapitre 9</h1>

— PRÊT ? demanda Rafa. La voiture arrive bientôt.

— Hmm-hmm.

Shane fixa du regard sa valise moyenne et rigide ouverte sur le lit, ses vêtements nettement pliés à l'intérieur, sa trousse de toilette et son nécessaire de rasage calés dans les coins. *Prêt à passer trois nuits dans un train avec tes parents. Ouaip.* Enfin, il était aussi prêt que possible. Il ferma donc son bagage.

Il se tourna vers Rafa, qui était appuyé contre le chambranle, les épaules voûtées et le regard rivé sur le sol. Sa chemise était propre et repassée, coincée dans son pantalon, et ses cheveux étaient couverts de gel. Il avait paru si détendu quand ils étaient allés se coucher, mais à la lumière du jour…

Il y aurait indubitablement des photographes à la gare et Shane comprenait pourquoi Rafa s'était senti obligé de porter son vieux déguisement de la Maison-Blanche. Pourtant, cela le mettait tout de même sur les nerfs.

Même après la performance de Camila, la veille au soir, Rafa avait envie de lui faire plaisir. Shane supposait que c'était un désir inné chez la plupart des gens. Bien sûr qu'il avait envie de faire plaisir à ses parents et de les rendre fiers. Et il l'avait fait.

Le chagrin qui ne disparaîtrait jamais le picota maussadement. Ses parents avaient été généreux et gentils, pas comme cette pét…

Il interrompit le cheminement de ses pensées. Elle était la mère de Rafa et cela ne lui ferait aucun bien d'avoir de la rancœur envers elle. *Même si c'est une pétasse.* Bien sûr, il s'était lui-même rasé et habillé élégamment, alors qui était-il pour juger ? S'il se moquait de ce que les Castillo pensaient, pourquoi ne pas porter un short et des tongs ?

— Tu n'es pas obligé de venir, lui dit doucement Rafa.

— Quoi ? Bien sûr que je viens, rétorqua-t-il en optant pour un ton léger. Je ne veux pas laisser à tes parents l'occasion de te convaincre qu'ils ont raison.

Rafa ne rit pas. Il cligna plutôt des yeux et releva le menton. Il s'éloigna du cadre de la porte.

— Tu crois qu'ils pourraient me convaincre ? Tu penses que je ne peux pas leur tenir tête ?

Merde.

— Si, bien sûr que tu le peux. Désolé. C'était une mauvaise blague, bébé.

Shane s'approcha et caressa les bras crispés de Rafa par-dessus les manches de sa chemise bleue soyeuse.

— Tu ne devrais peut-être pas m'appeler comme ça, lança Rafa en baissant à nouveau les yeux.

— Oh.

Shane eut du mal à analyser correctement la situation.

— Est-ce que… Tu n'aimes pas ? Quand je t'appelle « bébé » ?

Il dut admettre que cela lui manquerait, mais évidemment, si cela dérangeait Rafa, il arrêterait.

— Tu aurais dû me le dire depuis une éternité. Je suis désolé.

Rafa soupira bruyamment et secoua la tête. Il croisa le regard de Shane.

— J'aime bien. Mais je ne devrais peut-être pas ?

— Qu'est-ce que tu ressens ? Quand je t'appelle comme ça ?

Un petit sourire étira les belles lèvres pulpeuses du jeune homme.

— Je me sens protégé. Choyé. Aimé.

Shane glissa un doigt sur les taches de rousseur éparpillées sur le nez de Rafa.

— Bien. Parce que je t'aimerai toujours. Je te protégerai toujours. Quand tu auras quarante-cinq ans, tu seras toujours mon bébé.

Rafa captura le doigt de Shane et embrassa l'extrémité avant d'entrelacer leurs doigts.

— J'aime être ton bébé. Mais aussi ton partenaire.

— Absolument. Nous sommes égaux, quoi qu'il arrive.

Rafa leva des yeux implorants vers lui.

— Alors tu sais que tu peux tout me dire. Peu importe ce que c'est. Si quoi que ce soit te dérange…

— Rien ne me dérange, répondit-il automatiquement, la culpabilité le tiraillant immédiatement.

Il baissa les yeux vers le menton de Rafa avant de s'obliger à les relever. Il n'y avait aucune ecchymose ni aucune rougeur, là où ses doigts étaient entrés en contact avec sa peau – il avait prudemment vérifié ce matin pendant que Rafa dormait –, mais il détestait l'idée que ce soit arrivé. Il méprisait ses faiblesses. L'enquête était terminée, il n'avait aucune raison de faire ces satanés cauchemars.

Shane s'obligea à glousser.

— Eh bien, évidemment, je ne suis pas enchanté par ta mère, en ce moment.

Rafa laissa échapper un rire peu amusé.

— Moi non plus.

Il leva ensuite la main de Shane et en embrassa le dos.

— Mais tu peux toujours me parler. De tout. Même si tu veux me dire à quel point ma mère se comporte comme une pétasse.

Shane hésita. Peut-être devrait-il simplement se confier sur ses cauchemars ? *Quoi ? Que je lui dise que je le vois ensanglanté et tabassé ? Que je le visualise dans une boîte en métal ? Que je l'imagine* mort *? Quel en serait le bénéfice ?* Les images de son cauchemar emplirent son esprit et une main glacée enserra son cœur. Et si parler de la vérité à propos de ses cauchemars provoquait également de mauvais rêves chez Rafa ?

Ce dernier avait raison. Ils étaient partenaires. Pourtant, l'envie de le protéger plus que tout luttait contre le désir de lui dire la vérité. Il ne pourrait le supporter si dévoiler toutes ces conneries finissait par lui faire du mal. Rafa était celui qui avait été kidnappé, qui avait été mis dans une boîte. Shane avait fait son boulot. Il aurait dû être capable de laisser tomber et de passer à autre chose.

Une voiture klaxonna et ils sursautèrent tous les deux. S'obligeant à sourire, Shane recula et Rafa lui lâcha la main. Il réussit à garder un ton léger en attrapant sa valise.

— Eh bien, notre voyage nous attend. Et je suis sûr que j'aurai bientôt beaucoup de choses à dire sur ta mère.

Rafa s'esclaffa et l'embrassa.

— Je suis sûr que nous serons deux.

Son sourire s'atténua.

— Ne t'inquiète pas, chéri. On gère.

QUAND ILS ARRIVÈRENT sur le quai, Hernandez les salua sèchement et les guida à travers les attroupements de passagers qui les dévisageaient et chuchotaient. Un homme au centre du large quai jouait une chanson campagnarde australienne sur une guitare et des serveurs circulaient avec des plateaux d'eau pétillante et des bouchées apéritives.

— Vous êtes-vous renseigné sur les autres passagers ? demanda Shane.

Il resta proche de Rafa et observa la foule, à la recherche de menaces.

Hernandez le fusilla du regard.

— Évidemment. Et nous n'avons pas besoin de votre contribution.

Sa réaction était justifiée. Elle connaissait son travail.

— Désolé. C'est une vieille habitude.

Hernandez ignora son excuse et rejoignit bientôt les Castillo, qui applaudirent poliment quand l'artiste finit sa chanson. Sauf Matthew, bien sûr. Son bras plié était immobilisé contre son ventre et il ne souriait nullement. Shane remarqua les cernes noirs sous ses yeux, ses cheveux mal peignés et sa pâleur grisâtre. Gueule de bois ? Ou souffrait-il vraiment à ce point-là ? Le jury délibérait encore.

Avec des centaines de paires d'yeux rivés sur eux, il était l'heure du spectacle. Castillo étreignit son fils, tout comme Camila, et Matthew réussit à sourire et même à rire aux déclarations de son frère. Souriant également, Shane tendit la main vers le père de Rafa.

— Ravi de vous revoir.

Castillo saisit fermement sa main.

— De même, Shane.

Il tendit ensuite la main à Camila, qui n'eut d'autre choix que de la prendre. Sa paume était froide et sèche, et elle serra calmement la sienne en inclinant la tête et en souriant.

— C'est si *merveilleux* de vous voir. Nous n'étions pas certains que vous puissiez encore venir.

— Je ne manquerais ça pour rien au monde, répondit-il honnêtement.

Même si une part de moi aurait adoré le faire.

Hernandez, qui s'était adressée à une jeune femme en jupe-tailleur bleu marine, en chemisier rayé et en chapeau marron tout droit sorti du désert australien, s'approcha.

— Nous sommes prêts à monter. Nous avons vérifié tout le train et nous nous occupons désormais des cabines. Nous vérifierons également celle de Matthew et Rafael.

— Attendez, quoi ? dit Rafa en fronçant les sourcils. Je partage une cabine avec Shane.

— Ne sois pas ridicule, chéri, dit doucement Camila en continuant de sourire. Vous n'êtes pas mariés. Matthew et toi, vous partagerez une cabine. Monsieur Kendrick aura la sienne.

La mâchoire de Rafa se crispa.

— Tu te fous de moi.

Avec un large sourire pour les spectateurs, le père de Rafa intervint en murmurant.

— Surveille ton langage. Christian et Hadley n'ont jamais partagé de chambre à la Maison-Blanche ou lors de nos voyages. Pas jusqu'à ce qu'ils soient mariés. Si c'était Matthew et sa petite amie ou ta sœur et son petit ami, ils ne dormiraient pas ensemble non plus. C'est comme ça.

Si d'un côté, c'était ridicule, car Rafa et lui vivaient ensemble, Shane comprenait qu'il valait mieux sauver les apparences lors d'un événement public. Les Castillo n'étaient pas ici en visite diplomatique, techniquement, mais cela aurait très bien pu être le cas.

— Bien sûr. Ce n'est rien, dit Shane.

Rafa donna l'impression qu'il voulait le contredire, alors qu'ils montaient dans le train et rejoignaient un salon avec des banquettes sous les fenêtres. Il y avait aussi des fauteuils tapissés d'un cuir brillant couleur taupe et de petites tables rondes bordées d'or, positionnées dans toute cette voiture.

Shane resta en retrait et chuchota à l'oreille de son petit ami :

— On va juste devoir être créatifs. Ce sera marrant.

Rafa lui lança un sourire pincé, comme il était toujours tendu.

— Pourquoi n'iriez-vous pas vous installer dans vos cabines ? demanda la jeune femme de la compagnie ferroviaire après leur avoir lancé son baratin sur l'histoire des voyages de l'Indian Pacific entre Sydney et Perth depuis 1970.

Shane l'avait à peine entendue, car il caressait le dos de Rafa pour l'apaiser. Il fut déçu que l'expression pincée de son petit ami et son regard furieux ne s'apaisent nullement.

Shane le suivit lorsqu'ils s'amassèrent tous dans le passage menant aux cabines. Un agent masculin suivait Rafa et Matthew, et Shane se demanda combien d'agents supplémentaires avaient été appelés. Il avait compté vingt-six voitures, sur le quai, ce qui était un défi en termes de nombre. Même si Matthew et Rafa n'étaient plus sous protection, il appréciait que l'agent Hernandez ne prenne aucun risque.

La jeune femme les mena vers une porte ouverte entre deux voitures et ils la suivirent dans un couloir étroit sur la droite. Shane fut surpris du poids de la porte quand il la maintint ouverte pour l'agent dans son sillage. Celui-ci la saisit sans que son expression neutre vacille.

Un autre employé emmena les parents de Rafa vers leurs cabines. La femme s'arrêta près d'une porte et s'adressa à Rafa et Matthew.

— Nous avons dix cabines platines et vous en aurez une double. Vous verrez que vos valises sont déjà à l'intérieur et vous avez également des rafraîchissements. Pour l'instant, la cabine est configurée pour son usage de jour. Pendant le dîner, nous convertirons les sièges en lits luxueux. J'espère que vous y serez à l'aise. Je m'appelle Stephanie, n'hésitez pas à me le demander si vous avez besoin de quoi que ce soit.

Elle leur lança un sourire éclatant et son regard croisa celui de Matthew. Ajustant son chapeau, elle leur fit signe d'entrer.

Shane resta dans l'embrasure de la porte pendant qu'elle décrivait les caractéristiques. La cabine lambrissée avait une large fenêtre donnant sur l'extérieur et une autre donnant sur l'allée. Les deux étaient dotées de stores qui étaient actuellement ouverts. Shane n'appréciait pas qu'une vitre donne accès au couloir, mais…

C'est bon. Les services secrets ont fait leur boulot. Ce n'est plus le tien.

— La salle de bain attenante et spacieuse est sur votre gauche. Il y a une douche ainsi que tout ce dont vous pourriez avoir besoin. Et vous voyez que la cabine possède une table mobile et deux ottomanes, ainsi qu'un bureau près de la fenêtre. Ce bois est du myrte arborescent et le tapis est fait en...

Shane décrocha du discours de Stéphanie. « Spacieux » était un peu exagéré, mais la cabine était bien agencée et le bois brillait. Quand les sièges seraient convertis en lits, il y aurait à peine vingt centimètres entre eux, mais il supposa qu'on devait s'y attendre, dans un train.

— Encore une fois, n'hésitez pas à nous le dire, si vous avez besoin de quoi que ce soit, répéta Stéphanie.

— Où est la cabine de Shane ? demanda Rafa. À côté ?

Le sourire de la femme disparut momentanément.

— Eh bien, vos parents et leurs employés occupent les autres cabines platine. Mais nous avons une adorable chambre simple standard de catégorie gold pour vous, monsieur Kendrick ! Je vais vous la montrer.

— D'accord, répondit Shane. Je suis sûr qu'elle sera très bien.

Rafa sembla vouloir en dire plus, mais il se mordit la langue. Shane lui fit un clin d'œil et sourit avant de suivre Stephanie vers le salon.

— Votre groupe aura l'usage exclusif de nos salons platine et de la voiture-restaurant. Tous les autres passagers sont en catégorie gold et ne viendront pas dans cette partie du train. Enfin, à part vous, bien sûr. Aimez-vous l'Australie, monsieur Kendrick ?

Ils échangèrent des banalités tandis qu'elle le guidait à travers les couloirs étroits du train devant des cabines gold. De lourdes doubles portes fermaient chaque entrée des voitures. Shane sourit poliment et hocha la tête chaque fois qu'ils passaient devant d'autres passagers.

— C'est un peu une aventure, dit Stephanie comme pour s'excuser alors qu'elle ouvrait d'autres portes. Mais nous n'avons qu'une seule voiture avec des chambres simples. Nous y voilà.

Ils passèrent devant un petit bureau pour les employés sur la gauche, puis le couloir passait au centre, plutôt que d'être à droite ou à gauche des cabines. Les murs étaient arrondis et le couloir incurvé avec des couchettes simples de chaque côté. Depuis l'avant de la voiture, Shane ne pouvait en voir le bout à cause du passage tordu.

Cela le mit mal à l'aise, mais il se rappela qu'il n'avait rien à craindre. De plus, Rafa serait en sécurité avec les agents qui tenaient la garde dans la cabine platine.

Ils passèrent devant trois toilettes sur la droite, puis Stephanie s'arrêta devant la cinquième cabine sur la gauche.

— Et voici.

La porte fut ouverte et elle se décala dans le couloir pour lui permettre de voir à l'intérieur, comme Shane se rendit bientôt compte qu'il n'y avait pas assez de place pour eux deux, à l'intérieur.

Le lambrissage de la cabine n'était pas aussi brillant et le siège en cuir était un peu usé sur les bords, mais c'était très propre et la fenêtre était large. La cabine faisait environ deux mètres dix de long sur un mètre vingt de large. Il y avait une chaise et une table sous la fenêtre et un tout petit placard à la droite de la porte. Sur la gauche se trouvait un lavabo pouvant être replié.

— Nous sommes passés devant les toilettes. Les cabines de douche sont tout au bout de la voiture.

Elle baissa la voix d'un air de conspiratrice.

— Même si je suis sûre que vous pourrez utiliser celle de votre petit ami.

Elle rougit ensuite, craignant d'en avoir trop dit.

Shane sourit.

— J'en suis sûr. Merci beaucoup pour votre aide.

— Vous retrouverez votre chemin ?

— J'en suis sûr. On ne peut aller que dans deux sens, dans un train.

Elle rit.

— C'est vrai, oui. Votre valise est là. Elle est un peu large pour une cabine simple, mais nous avons vérifié et elle se glisse sous le lit. Généralement, nous vous obligeons à prendre un bagage cabine et à laisser les plus grandes valises dans la voiture réservée à cet effet.

— J'apprécie votre considération.

— Oh, pas de problème ! Et attention à votre pigne si vous ouvrez le placard du haut.

Comme il fronça les sourcils, elle ajouta :

— À votre tête, je veux dire. Vous êtes grand, donc…

Elle observa le couloir par lequel ils étaient venus et écarquilla les yeux.

— Oh ! Je… Bonjour, monsieur Castillo.

— Je vous en prie, appelez-moi Ramon.

Le père de Rafa apparut, suivi de deux agents qui devaient passer l'un après l'autre dans le couloir étroit et tordu.

— Et vous êtes ?

Stephanie lui donna son nom et Castillo lui posa quelques questions polies sur elle, l'écoutant comme s'il voulait réellement en savoir plus sur son village désertique d'Emerald, dans le Queensland. Shane resta planté là, dans sa cabine, avec un sourire figé alors que la peur le submergeait. Il n'avait pas prévu de discuter seul à seul avec le père de Rafa.

Il vaudrait mieux t'y habituer.

Finalement, Stephanie se remit au travail et Castillo murmura quelque chose à ses agents avant d'entrer dans la cabine. Shane était déjà dans le coin et ils se rendirent rapidement compte que pour fermer la porte, l'ex-président devrait se serrer près de lui afin d'avoir assez de place derrière. Ils sourirent tous les deux maussadement, alors qu'à peine deux centimètres les séparaient.

Ce n'est pas gênant du tout. Nope.

Une fois la porte fermée, Castillo recula pour qu'une vingtaine de centimètres les sépare. Il s'éclaircit la voix.

— J'espère que Rafa n'était pas trop en colère après notre départ.

— Si. Nous l'étions tous les deux, mais nous avons tous les deux fait avec.

Shane se concentra pour que son visage reste impassible pendant que des souvenirs dansaient dans sa tête. Il bannit les rappels d'un ébat merveilleux.

— Bien. Je dois encore m'excuser pour le comportement de mon épouse. Elle avait trop bu.

— Oui. D'ordinaire, elle est plus douée pour dissimuler ce qu'elle ressent vraiment. *In vino veritas*, comme on dit.

Le train avait commencé à bouger et quittait lentement la station dans un ronronnement.

L'ex-président grimaça.

— Effectivement. Mais il semble que vous n'irez nulle part, alors elle devra accepter votre relation avec notre fils. Tout comme je m'efforce de le faire. Je pense que vous êtes un homme bon, malgré vos actes inappropriés quand vous surveilliez encore Rafa.

Il leva une main.

— Et nous devons passer à autre chose, désormais. Je suis ravi que vous participiez à ce voyage. J'ignore si nous pouvons être amis, en tant que tel, mais…

— Monsieur Castillo…

— Je vous en prie. Appelez-moi Ramon si vous voulez que je vous appelle Shane. Mettons-nous à l'aise, à ce niveau-là, au moins.

Shane hocha la tête.

— Ramon, j'apprécie vos excuses. Comme je l'ai dit hier soir, je comprends pourquoi il est difficile pour votre femme et vous de l'accepter. Pourquoi *je suis* difficile à accepter. Mais oui, nous devons aller de l'avant. Pour le bien de Rafa. Il vous aime beaucoup, tous les deux, et ça le fait souffrir que vous ne souteniez pas ses choix. Il…

Shane s'interrompit. En disait-il trop ?

— Quoi ? demanda le père de Rafa en se renfrognant. S'il vous plaît, je veux entendre ce que vous avez à dire.

— Pendant des années, il a caché qui il était vraiment. Il a tenté d'être le fils parfait pour éviter de se faire remarquer. Pour obtenir votre approbation. Il la désire toujours, aujourd'hui. Désespérément.

Ses lèvres s'affaissant, Castillo – Ramon – acquiesça et se frotta le visage. À cet instant, sans son sourire habituel de politicien, il parut sacrément fatigué.

— Je ne veux pas que mon fils souffre. Camila non plus, même si je sais que c'est difficile à croire.

Il sourit tristement.

— J'aime ma femme de tout mon cœur, mais elle peut… s'enliser dans ses points de vue. Elle est certaine que vous allez faire du mal à Rafael. Je crois que vous prendrez un malin plaisir à la détromper.

Shane fut obligé de sourire.

— Je ferai de mon mieux.

— Très bien.

Ramon tendit la main et Shane la saisit.

— Vous nous rejoignez bientôt dans le salon ? Nous pourrons porter un toast à ceux qui vont de l'avant.

Il hocha la tête et ils durent à nouveau se dandiner pour ouvrir la porte de la cabine en riant d'un air gêné. Ramon s'en alla et Shane s'affala sur le siège confortable et rembourré en regardant les bâtiments défiler. Son portable vibra et il sourit en voyant que Darnell lui avait envoyé un message vocal.

Il écouta son ami parler quelques minutes. Il s'était enregistré en conduisant de chez lui jusqu'à son bureau. Ou, plus précisément, il était coincé par la circulation dense dont il se plaignait. Darnell lui parla d'une affaire et de la tension qu'elle causait. Il envisageait d'aller voir un psy et cette information surprit Shane. Il ajouta ensuite qu'Henry trouvait que c'était une bonne idée et Shane sourit.

Je ne peux pas m'empêcher de me sentir... tu vois. Faible, j'imagine ? Ce qui est une connerie machiste. Mais je sais que tu me comprendras sur ce point. Comment sont les cauchemars ?

Shane avait envie de lui répondre et de lui dire que tout était génial, qu'il n'avait pas à s'inquiéter de quoi que ce soit. Mais cela lui paraissait déloyal de mentir. *Alors tu devrais aussi le dire à Rafael.* Pourtant, cette idée lui retournait encore l'estomac. De plus, les cauchemars ne se manifesteraient peut-être plus. Il avait peut-être vécu le pire, à présent. Il attendrait de voir, au moins après la fin de ce trajet en train.

Il songea aux épaules crispées et à la posture raide de son petit ami. Rafa était déjà suffisamment stressé. N'est-ce pas ?

Suis-je en train de me tromper complètement ou juste partiellement ?

Il appuya son pouce sur le petit micro et le verrouilla, tenant son portable devant sa bouche alors qu'il s'enregistrait. Il demanda les conseils de Darnell tandis que les jardins d'une banlieue se mirent à défiler rapidement. Après quelques minutes, il conclut son message.

— Bon, il vaudrait mieux que j'aille sociabiliser. Au moins, il y aura de l'alcool.

Inspirant profondément, il quitta sa chambre simple et alla porter un toast à l'avenir.

Chapitre 10

IL LUI AVAIT fallu une éternité pour rejoindre la cabine de Shane. Rafa sentait sa pression sanguine augmenter. Sa mère agissait comme si tout allait bien et comme si elle n'avait pas largement franchi les limites, chez eux. Le fait que Shane doive dormir à l'autre bout du train était la cerise sur le gâteau.

Il jeta un coup d'œil à gauche, puis à droite, et frappa doucement. Le couloir incurvé demeurait désert et alors que la porte s'ouvrait très légèrement, il se faufila sur la gauche et réussit à la refermer derrière lui, ses genoux heurtant le bord du lit qui comblait l'espace étroit.

— C'est ridicule ! s'exclama-t-il. D'accord, je comprends pourquoi on ne peut pas partager une chambre, mais tu devrais avoir une vraie cabine avec une salle de bain. Et non pas être coincé ici.

Avec un T-shirt et un bas de pyjama à motif écossais, Shane était allongé sur le dos sur le matelas étroit, sa jambe droite pliée et son genou appuyé contre la vitre. Il avait tiré le store, même s'il n'y avait visiblement que des kilomètres infinis de *rien* là où le train roulait dans l'obscurité. Il haussa les épaules.

— Ce n'est rien. En fait, c'est confortable. Cozy. Et j'utiliserais ta douche, demain.

Il tendit la main vers celle de Rafa.

— Ils ont dit que c'était la seule cabine restante, alors acceptons-le. Accorde le bénéfice du doute à tes parents.

— J'imagine, grommela Rafa.

Shane sourit légèrement et tira sur sa main.

— Viens ici.

Rafa s'allongea au-dessus de lui et emplit l'espace entre ses jambes en soupirant.

— Je peux peut-être rester ici cette nuit.

Shane gloussa.

— Tu seras peut-être un peu lourd après un moment.

Il traça les taches de rousseur de Rafa comme s'il en faisait l'inventaire. Quand il les touchait si révérencieusement, le ventre du jeune homme faisait d'agréables saltos.

— En plus, on ne voudrait pas énerver tes parents.

Rafa ricana.

— Suis-je censé faire comme si nous dormions dans des lits séparés à la maison ? Dans notre maison avec une seule chambre ?

— Non, mais c'est leur voyage. Je suis l'invité.

— Ouais, d'accord.

Il baissa la tête pour se blottir dans le cou de Shane. Une barbe de fin de journée effleura ses lèvres.

— Ton père est venu me voir quand nous sommes tous montés dans le train.

Rafa releva la tête.

— Qu'a-t-il dit ?

— Il s'est à nouveau excusé. Il a dit qu'il voulait aller de l'avant. Le dîner s'est plutôt bien passé, tu ne trouves pas ?

Rafa savait qu'il ne parlait pas de nourriture, bien que le kangourou grillé ait été délicieux.

— Oui. Ce n'était pas mal. L'animateur était un bon tampon.

Cet homme avait donné plein d'informations et raconté nombre d'histoires sur le train. Et comme il s'était joint à leur dîner, ils n'avaient pas beaucoup discuté.

Posant la tête sur le torse de Shane, il se recroquevilla et se mit à l'aise. Shane glissa la main sous sa chemise et suivit rythmiquement sa colonne vertébrale.

Pendant un moment, ils… *existèrent*. Rafa ferma les yeux, le tangage du train, la chaleur de Shane et ses caresses le berçant. Puis ce dernier parla doucement.

— J'ai vu Julianna et Dylan quand j'étais à Washington DC.

Rafa était désormais bien réveillé, mais il ne leva pas la tête. Il caressa le biceps de Shane et demanda :

— C'était comment ?

— Terrible. Il est mourant. Ils disent qu'on ne peut plus rien faire d'autre.

— Mon Dieu. Je me sens si mal pour elle. Enfin, pour le gamin aussi. C'est tellement injuste. Pourquoi des choses si horribles arrivent-elles aux bonnes personnes ?

— C'est l'éternelle question.

Rafa songea aux parents de Shane et l'étreignit fermement.

— J'ai fait un arrêt en chemin et j'ai acheté quelques jouets, mais quand je l'ai vu, je me suis rendu compte qu'il était déjà bien trop faible pour sortir du lit. J'étais planté là, avec les bras chargés de conneries avec lesquelles il ne peut pas jouer. J'avais l'impression d'être un salopard.

Le train tangua et cliqueta, et Rafa déposa des baisers dans le cou de Shane.

— Tu n'es pas un salopard.

— Hum. Tout dépend à qui tu le demandes.

La main de Shane était chaude et douce dans le dos de son petit ami.

— Tu n'es pas un salopard, répéta-t-il.

Il ne put se retenir d'être heureux à l'idée que Shane se soit confié à lui, même si c'était à propos de quelque chose de triste.

Ils restèrent enlacés. Les baisers de Rafa dans le cou de Shane se muèrent en longs suçons. Ce dernier tourna la tête, murmura et roula des hanches.

Quand ils s'embrassèrent, ce fut profond et lent, leurs langues se rencontrant avec le goût mentholé de leur dentifrice. Rafa passa les mains entre eux et glissa sous le haut de Shane. Il lui tordit le téton et enfouit ses ongles dans les poils de son torse.

Shane le poussa à s'asseoir et à chevaucher ses hanches, puis il déboutonna lentement la chemise de Rafa en l'observant sous ses paupières lourdes. Il écarta les pans de ce doux tissu et glissa les mains sur le torse de son petit ami, effleurant seulement ses tétons avant de descendre pour taquiner les poils sur son ventre. Il remonta ensuite. Rafa gémit du fond de sa gorge et roula des hanches pour obtenir cette friction sur son membre gonflant encore coincé dans son pantalon.

Shane descendit sa braguette et sortit sa verge, attirant Rafa vers l'avant pour qu'il pose les mains de chaque côté de l'oreiller.

— Donne-la-moi.

Il se baissa.

Rafa rampa sur lui en grognant. Shane le maintint en équilibre alors que le train faisait une soudaine embardée sur la droite. Puis il saisit ses hanches et suça l'érection de Rafa au plus profond de sa bouche, presque jusqu'à sa gorge.

Rafa ne put s'empêcher de haleter et de crier tandis que Shane le suçait. Ses bras tremblèrent et Shane le prit profondément, sa langue parcourant la longueur rigide.

— Oh merde, marmonna Rafa.

La pression humide l'entourait et il baissa la tête pour apercevoir les lèvres de Shane étirées autour de son pénis.

Son cœur se gonfla à cause de tant d'amour qu'il crut qu'il allait exploser. Soudain, il eut désespérément envie d'avoir Shane en lui, de le goûter aussi.

— Attends. J'ai besoin…

Shane relâcha immédiatement le membre de Rafa et fronça les sourcils tandis que le jeune reculait maladroitement.

— De quoi as-tu besoin, bébé ?

Respirant difficilement, son corps était bien trop enflammé pour qu'il formule une phrase. Il se contorsionna jusqu'à pivoter complètement. Sous son corps, le sexe de Shane étirait son pyjama et il le libéra rapidement avec des mains tremblantes tandis que son partenaire tirait sur le boxer et le pantalon de Rafa jusqu'à ses genoux.

Shane déposa des baisers langoureux sur les fesses de son petit ami et lui caressa les cuisses. Ils se firent alors des fellations mutuelles et il ne savait plus où finissait son corps et où commençait celui de son partenaire, comme chez un serpent qui se mordrait la queue.

Il n'y avait rien d'autre que des bouches, des langues, des mains et du souffle, tandis que le train avançait et tremblotait. C'était comme s'il n'y avait qu'une personne et Rafa repensa à cette réplique niaise dans un vieux film : *Tu me complètes.*

Quoi qu'il arrive, même si ses parents se comportaient de façon horrible, Shane et lui étaient unis. Ils étaient tous les deux contre le monde et rien ne les séparait. Il était en Shane et Shane était en lui et ils étaient *inarrêtables.*

Rafa plongea les doigts dans les cuisses poilues de Shane et jouit, une vague de plaisir le traversant alors qu'il suçait plus ardemment. Son amant avala la semence suintant de la verge palpitante, lui caressa les testicules et continua de le pomper pendant le contrecoup. Il grogna autour du membre de Rafa.

Quand Shane jouit, le jeune homme avala autant qu'il le put, dans sa position, mais une partie déborda de sa bouche et coula sur son menton. Il toussa et dut se relever tandis que Shane le libérait doucement. Il gigota sur le lit étroit et s'affala sur les pieds de Shane tandis qu'ils reprenaient leur souffle.

Respirant péniblement par la bouche, Shane chuchota :

— Tu es si beau.

Son pantalon était autour de ses genoux et de la semence tachait son visage rougi. Mais en ce moment, Rafa se sentait réellement beau. Ses yeux le brûlèrent à cause de la menace soudaine de larmes idiotes et il s'allongea sur Shane, l'embrassant et se calant dans ses bras jusqu'à ce qu'il puisse respirer à nouveau.

QUAND RAFA ENTRA dans la voiture platine, l'un des agents positionnés devant la chambre de ses parents frappa à leur porte. Il eut envie de se précipiter dans sa propre cabine, mais il marcha calmement.

— Salut, Maman ! dit-il quand sa mère apparut dans le couloir, comme si de rien n'était.

Bien sûr, il s'était passé quelque chose et il était toujours en colère contre elle, mais il allait être le plus mature des deux, même si cela le tuait. Quand elle ne répondit rien, il insista.

— Quoi de neuf ?

Est-ce qu'elle peut deviner que je viens de faire un soixante-neuf ? Peut-elle le sentir sur moi ? Merde, je m'en fous. Fais avec, Maman.

Elle parcourut les quelques mètres du couloir et Rafa la suivit. Les agents pouvaient sans doute encore les entendre, mais ça n'avait rien d'inédit. Il se prépara à toute critique qu'elle pourrait lui lancer.

— Je me suis mal comportée, hier, murmura Camila.

Oh.

— Euh, oui. Vraiment.

Elle l'observa sous la faible lumière du couloir et s'appuya contre le mur alors que le train brinquebalant glissait sur des rails cahoteux.

— J'ai été malpolie et méchante. J'ai dépassé les bornes. Je suis désolée.

Il hocha la tête.

— D'accord. Euh, merci.

Il attendit tout de même qu'elle ajoute un tas d'excuses et

d'explications sur les raisons pour lesquelles elle avait tout de même raison.

Mais elle n'en fit rien. Elle se redressa simplement et l'embrassa sur la joue avant d'effacer la trace de son rouge à lèvres.

— Tu m'as tellement manqué. Dors bien, mon cœur.

Elle était presque à l'intérieur de la cabine quand Rafa ravala la boule qu'il avait dans la gorge et dit :

— Toi aussi.

Sa colère était toujours présente dans le bazar d'émotions qui bouillonnaient en lui, mais sa mère essayait. C'était au moins un début.

MATTHEW TITUBA DANS l'embrasure de la porte de leur cabine. Sur son lit, près de la fenêtre extérieure du côté droit du train, Rafa s'assit. Il avait fermé les stores donnant sur l'allée, mais avait laissé la lumière de la salle de bain allumée et la porte entrouverte. Son frère vacilla dans le rayon de lumière.

— Tu vas bien, Matty ?

— Oui.

Il ferma la porte entre eux et s'affala contre elle.

— Tu bois toujours autant ?

Cette question fut prononcée avant que Rafa ne puisse s'en empêcher. Il se prépara à toute riposte, mais Matthew se contenta de rire d'un air sardonique.

— Non, ne t'inquiète pas, je ne suis pas un alcoolo. Mais les chiens ne font pas des chats. Maman était torchée, hier soir, hein ?

— Ouais. C'était nul.

— Papa était furax. J'ai eu l'impression qu'elle s'était surpassée.

Il se frotta le visage et bâilla.

— Elle ne peut pas s'en empêcher.

— Ouais. En fait, elle s'est excusée un peu plus tôt. Je crois qu'elle était sincère.

— Je suis sûr qu'elle l'était. Elle n'est pas, genre, *maléfique*. On en a seulement l'impression, parfois.

Rafa rit légèrement.

— Parfois.

— J'ignore pourquoi elle n'accepte pas ta relation avec Shane. Ce n'est pas comme si tu gâchais ta vie en étant avec un mec qui t'aime, dit-il avant de ricaner. Si quelqu'un gâche sa vie, c'est bien moi. Je suis un véritable désastre.

— C'est faux ! Ce n'est pas ta faute si tu t'es blessé. Tu vas y arriver.

Grognant d'un air évasif, Matthew poussa la porte pour s'en éloigner et avança d'un pas traînant dans la salle de bain, se retenant avec sa main valide tandis que le train cliquetait et le ballottait. Rafa attendit, écoutant son frère soulager sa vessie, puis laisser couler l'eau pendant un moment, visiblement pour se laver les dents comme les légers bruits de crachats accompagnaient ceux de l'eau.

Matthew éteignit la lumière et se mit en boxer avant de se faufiler dans la vingtaine de centimètres qui séparaient les lits jumeaux. Il s'étendit prudemment sur le matelas. Il s'allongea sur le dos, sous la couverture, la moitié haute de son corps partiellement relevée contre des oreillers supplémentaires.

Rafa leva le store de la fenêtre extérieure afin de voir quelques étoiles éparpillées dans le ciel noir.

— Je ne sais pas si je vais le faire, dit Matthew après quelques minutes.

Rafa roula sur le côté pour être face à son frère.

— Tu as encore deux ans avant les Jeux olympiques. Ce n'est pas terminé.

— Le truc, c'est que je ne sais pas si je suis assez doué. La différence entre une médaille et rien se joue à quelques secondes.

Des centièmes de seconde, même.

Il claqua des doigts.

— *Ça* peut être la différence. Rien que ça. Tout ce travail pour rien.

— Mais tu aimes ça ?

— Avant, oui. Je pouvais m'échapper dans la piscine. Esquiver le cirque de la Maison-Blanche. Maintenant, je ne sais pas.

— Ça te manque ? Ça doit faire un bout de temps que tu ne t'es pas éloigné aussi longuement d'un bassin, depuis que nous sommes gamins.

— Je… La routine me manque. La certitude. Le but. Mais est-ce que *nager* me manque ?

Un bruit de métal crissa au loin et le tangage du train ainsi que son ronronnement comblaient le silence. Matthew regarda le plafond.

— Je ne sais pas.

— Que ferais-tu d'autre ? Si tu ne veux plus nager ?

— Je n'en ai aucune idée.

Il déglutit et sa pomme d'Adam rebondit sous la lumière de la lune tandis que sa voix devenait rauque.

— C'est ce qui me fait peur.

Rafa tendit la main entre l'espace étroit qui séparait leur lit et serra le bras valide de son frère.

— N'aie pas peur. Tu vas trouver. Je vais t'aider.

Matthew s'agrippa à son poignet tandis que Rafa reculait. Il était encore un peu ivre, mais son regard était lucide sous la lumière de la lune.

— Tu es un bon frangin. Et je suis une merde. Je t'ai laissé gérer toutes ces conneries seul.

— Ce n'est rien. C'est du passé, de toute façon. On va de l'avant.

— Ouais. D'accord.

Il hocha la tête, ses doigts se détendant alors que ses paupières devenaient subitement lourdes.

— Que tu continues de nager ou non, tu trouveras une solu-tion. On va la trouver.

— Merci, Raf. Merde, je suis dans un sale état. Désolé.

— Dors. On en discutera demain matin.

Il libéra doucement sa main de celle de Matthew.

— D'accord. Oui.

Pourtant, alors que les minutes s'égrenaient et que la respira-tion de Matthew devenait plus calme et profonde, Rafa resta obstinément éveillé. Il frissonna légèrement quand il s'assit et que les couvertures tombèrent autour de sa taille. Il se leva donc et passa un pull à capuche Bondi Beach sur son pyjama. Les genoux collés contre son torse, il s'assit sur le lit et observa la nuit.

Les grondements et cliquètements réguliers du train, qui parcourait le désert, étaient étrangement réconfortants. Ils étaient à des kilomètres et des kilomètres de tout à présent, et au-delà du train, il n'y avait que les silhouettes sombres des collines et des clôtures occasionnelles.

Ils s'arrêteraient dans une ville du nom de Broken Hill avant six heures du matin. Des bus les attendraient afin de les emmener pour une excursion optionnelle d'une heure avant qu'ils remontent dans le train.

Rafa savait qu'il devrait essayer de dormir, mais il était hypnotisé, assis dans sa cabine sombre et regardant les paysages nocturnes qui défilaient. Tout était si stérile, si désert et inconnu. Il repéra l'éclat rouge de feux arrière et appuya son front contre la vitre en regardant le véhicule – un pick-up, manifestement – jusqu'à ce qu'il disparaisse.

Qui conduisait ? Où habitait cette personne ? Sans doute dans l'une des fermes ou peut-être dans une ville minuscule. À quoi ressemblait sa vie, là-bas ? Rafa tenta de se souvenir d'un terme qu'il avait entendu pour décrire le désert et cela le tourmenta, car ces mots étaient à portée de main. Il sortit son portable, mais bien sûr, il n'y avait pas de réseau. Il le rangea à nouveau dans un petit tiroir entre les lits.

Finalement, cela lui revint : *la rase campagne.* Quand il regarda cette vaste terre, la solitude s'empara de lui et s'enfonça avec ses doigts émoussés. Quelque chose, dans ce silence au milieu de la nuit, le rendait songeur et son esprit se concentra sur des questions auxquelles il n'y avait pas de réponse. Y avait-il une vie après la mort ? Y avait-il un paradis ? Y avait-il autre chose, au-delà de la planète sur laquelle ils vivaient ?

Soupirant doucement, il secoua la tête. Il devait dormir et non pas s'attarder sur les satanés mystères de l'univers. Pourtant, alors qu'il se recroquevillait sous les couvertures et fermait les yeux, le sommeil ne vint pas. Le tremblement constant et les geignements occasionnels du métal sur du métal étaient plaisants, pourtant ils le maintenaient éveillé.

Il abandonna et enfila ses tongs. Peut-être qu'une petite promenade lui viderait la tête et l'épuiserait. De plus, Shane était peut-être aussi réveillé. Rafa sourit légèrement. Un autre petit orgasme l'aiderait sûrement à dormir. Il ouvrit la porte de la cabine et la referma prudemment derrière lui.

Il se retourna et fonça presque immédiatement dans l'un des agents qui montaient la garde. L'homme, un Asiatique d'une trentaine d'années, stabilisa momentanément Rafa en posant une main sur son épaule. Il haussa ensuite simplement un sourcil.

— Je n'arrive pas à dormir, murmura Rafa. Je vais faire un tour.

L'agent le scruta calmement, le sourcil toujours arqué.

L'embarras et l'indignation luttèrent en lui.

— J'ai le droit, lança Rafa.

Il résista avant d'ajouter : *vous n'êtes pas mon boss !*

L'agent se contenta de hocher la tête et de détourner le regard, surveillant le couloir désert avant de rester planté là avec les mains jointes devant lui. Rafa passa devant lui et prit une profonde inspiration apaisante. Il n'avait aucune raison de s'excuser. Même s'il allait dans la cabine de Shane pour s'envoyer en l'air, ça ne regardait pas les services secrets. Ni sa mère ni son père.

Un autre agent était posté dans le salon platine et Rafa lui adressa un signe en passant, la tête relevée et les épaules en arrière. Il avança dans le train, voiture après voiture. Il y avait quelques employés et ils lui sourirent avant de le saluer et de lui demander s'il avait besoin de quoi que ce soit.

La queue de mon petit ami serait fabuleuse, alors dégagez de mon chemin.

Il arriva enfin dans la voiture avec les cabines simples. Il n'y avait personne et il glissa une main sur le mur incurvé jusqu'à s'approcher de la minuscule chambre de Shane. Malgré le tremblement et le tintement du train, il entendit une voix grave. L'espace d'un instant, il se demanda si Shane parlait tout seul, mais alors qu'il s'arrêtait devant la porte, il se rendit compte qu'il s'agissait de quelqu'un d'autre.

Darnell.

La confusion régna un moment, puisqu'il n'y avait pas de réseau téléphonique et que Shane ne pouvait parler à son ami. Il réalisa ensuite que c'était l'un de ces messages vocaux que Darnell aimait parfois envoyer. Il avait dû être téléchargé plus tôt sur le portable de son petit ami, quand ils étaient encore à portée de la civilisation.

Rafa leva les mains et recourba ses doigts afin de frapper doucement à la porte. Mais alors que son poing était suspendu, il entendit la voix de baryton de Darnell.

— Écoute, mec. *Je pense vraiment que tu devrais parler à un psy si ces cauchemars persistent. Il n'y a pas de honte.*

Des cauchemars ? Au pluriel ? Le cœur de Rafa tambourina. *Je le savais.* Quelque chose clochait, chez Shane, dernièrement et...

Et celui-ci se confiait à Darnell plutôt qu'à lui ?

La douleur le saisit avec sa poigne vive et vicieuse. Une avalanche de honte le submergea ensuite quand il pensa que quelques heures plus tôt, il s'était senti si *connecté* à Shane, comme s'ils étaient les deux moitiés d'une même personne.

Son cœur avait été si comblé. Et voilà que maintenant, il était là et avait l'impression d'être le plus grand idiot du monde. Avant qu'il puisse se convaincre de ne pas le faire, il colla son oreille à la porte de la cabine.

— *C'est logique que l'enquête ait fait remonter toutes ces conneries à la surface. Ces rêves m'ont l'air violents. Ton cerveau essaie clairement d'encaisser. Je sais que tu ne veux pas le dire à ton petit gars, mais…*

Un élan de fureur explosa et Rafa tambourina à la porte. *Je. Ne. Suis. Pas. Un. Petit. Gars !* Shane le respectait-il comme son égal ? Lui avait-il déjà dit quelque chose de sincère ou gardait-il ça pour Darnell ?

La voix enregistrée se tut et la porte de la cabine s'ouvrit. Shane était à genoux sur le lit et clignait des yeux à cause de la faible lumière dans le couloir. Il dévisagea Rafa.

— Qu'est-ce que tu…

Le jeune homme entra avec force et se cala dans un coin de cet endroit ridiculement petit pour fermer la porte derrière lui. Le store était relevé, la lune et les étoiles projetaient un éclat doré dans la cabine sombre. Ses poings se serrèrent et il passa son poids d'un pied sur l'autre.

— Je ne suis pas un *petit gars* !

Assis au pied de son lit étroit, Shane l'observa un moment, bouche bée, avant de rejeter la tête en arrière.

— Tu *écoutais* ?

La culpabilité fut oblitérée par une colère justifiée.

— Pourquoi ne devrais-je pas entendre ce que Darnell a à dire ? Nous sommes des partenaires, non ?

— Ça ne veut pas dire que nous n'avons pas le droit à notre intimité, si nous le voulons, chuchota violemment Shane. Depuis combien de temps es-tu là ?

— Pourquoi ? Qu'a-t-il dit que tu ne voulais pas que j'entende ?

Shane soupira.

— Peu importe ce qu'il a dit. Tu ne devrais pas rôder là et écouter aux portes.

— Je ne *rôdais* pas. Je n'arrivais pas à dormir et je suis venu voir si tu étais réveillé. Ensuite, j'ai entendu une voix et je me suis rendu compte que c'était *lui*.

— Oui, Darnell a envoyé un vessage, tout à l'heure. Moi non plus, je n'arrivais pas à dormir, alors je l'ai écouté. Je t'ai expliqué qu'il ne sous-entend rien quand il dit *petit gars*, mais je vais lui demander de ne plus employer ce mot.

— Quand tu lui en diras plus sur ces cauchemars dont tu ne veux pas discuter avec moi ?

Shane se crispa visiblement avant de frotter son visage barbu d'une main.

— Il n'y a pas de quoi s'inquiéter.

— Non, ce n'est *pas* rien. Tu lui as fait assez confiance pour le lui dire, mais pas à moi.

Il tendit la main vers le poing serré de Rafa.

— Bébé, ce n'est pas…

— Non !

Rafa recula brusquement et se cogna contre la porte.

— Pourquoi m'as-tu menti ? Cette nuit-là, quand tu as dit que tu étais malade et que tu t'es enfermé dans la salle de bain. C'était vrai ?

Il soupira et baissa les yeux, ce qui fut une réponse suffisante.

— Si tu fais des cauchemars, pourquoi ne pas m'en parler ?

— Parce que tu dois t'inquiéter de suffisamment de choses.

— C'est une excuse vraiment merdique.

— Baisse d'un ton ! lui intima Shane.

— Non !

Il haussa les sourcils et chuchota :

— Tu veux que ceux qui occupent les cabines autour vendent notre dispute aux médias ? Tu veux qu'ils l'enregistrent sur leur téléphone ?

Rafa lutta contre l'envie ridicule de le contredire, pour la gloire. Il s'obligea à inspirer profondément alors que le sang lui montait aux oreilles.

— C'est quand même une excuse merdique, murmura-t-il à travers ses dents serrées. Nous étions censés partager nos inquiétudes. C'est ce que font les partenaires. Tu crois que je ne peux pas le gérer ?

— Tu dois t'occuper de tant de choses, pour l'instant. La visite de tes parents, les cours à Cordon Bleu qui commencent bientôt. Je ne voulais pas te stresser avec cette…

Il agita la main.

— Ce truc. Je ne sais pas pourquoi ces cauchemars ont commencé. Je suis sûr qu'ils vont s'arrêter, maintenant que j'ai témoigné et que tout ça appartient au passé.

— De quoi rêves-tu ?

Il secoua la tête.

— De trucs stressants.

— Du kidnapping ?

— Oui. Et c'est *toi*, qui as été kidnappé, mais tu vas bien, donc ça n'a aucun sens que *je* fasse des cauchemars.

Il se pinça les lèvres et Rafa vit la culpabilité dans ses yeux.

Une partie de sa colère s'estompa, comme s'il baissait le feu sur une gazinière. Elle brûlait encore, mais avec moins de puissance.

— Moi aussi, je fais parfois des cauchemars. Et j'en ai parlé à une psy chaque semaine, pendant des mois. Tu devrais peut-être consulter quand on rentrera.

Shane balaya son conseil d'un geste de la main.

— Ça ira. Je n'ai pas besoin de parler à un psy.

En un instant, le feu reprit toute sa puissance.

— Mais tu parles sans problème à Darnell ? rétorqua Rafa.

— C'est un flic. Il comprend ce que c'est. Nous sommes de vieux amis.

— C'est tout ce que vous êtes ? Tu as couché avec lui quand tu es retourné à Washington DC ?

Shane cligna des yeux en le regardant. Sa bouche s'ouvrit et se referma avant qu'il chuchote d'une voix forte :

— Non ! Bien sûr que non.

— Mais tu l'as fait par le passé. Tu l'as baisé. Pourquoi devrais-je croire que tu ne l'as pas fait, cette fois-ci ? Et j'ai dû l'apprendre par *ma mère*, en plus !

L'humiliation le submergea à nouveau. Il savait qu'il devrait être capable d'en parler rationnellement, comme un adulte, mais ses nerfs étaient à vif.

— Attends, quoi ? répondit Shane dont les narines se dilataient. Ta mère a dit que j'avais couché avec Darnell la semaine dernière ? Si elle me fait suivre, son détective privé lui raconte des conneries.

Sa mâchoire se crispa et il cracha le reste de ses mots.

— Tu crois que je coucherais avec quelqu'un d'autre ? Tu crois que je ferais ça ? Sans parler du fait que je coucherais ensuite avec toi sans préservatif ?

Le tourbillon bordélique de colère et de confusion se troubla davantage à cause de la souffrance qui brillait dans les yeux de Shane. La culpabilité se joignit à la fête.

— Non. Je sais que tu ne le ferais pas.

Il passa une main dans ses cheveux trop courts.

— Merde, je suis... Pourquoi ne veux-tu pas me parler ? Pourquoi ne me dis-tu pas ce qu'il se passe vraiment dans ta tête ? Pourquoi ne peux-tu pas me le dire ?

— Tu as raison. J'aurais dû te parler.

Rafa donna un coup de poing dans sa propre cuisse.

— Oui, tu aurais dû ! Tu me dis que tu m'aimes, mais tu ne

me racontes rien ! Comme le fait que Darnell et toi, vous vous envoyiez en l'air, avant, hein ?

Shane leva ses paumes, exaspéré.

— C'est du passé. Honnêtement, je n'y ai jamais pensé. C'était insignifiant.

— Insignifiant ? demanda-t-il en élevant la voix avant de s'efforcer de baisser d'un ton. Je trouve ça assez pertinent, comme tu dormais chez lui.

— Nous ne sommes qu'amis, maintenant. Et nous n'avons jamais été plus que des sex-friends, par le passé. Ce n'était que du sexe.

— Eh bien, je suis navré, mais je ne peux pas me montrer aussi dédaigneux à ce sujet. Le sexe veut dire beaucoup pour moi. Ce n'est pas rien.

Shane libéra ses pieds de sous ses fesses et se leva maladroitement dans le coin à côté de Rafa.

— Le sexe avec toi est différent. Je suis amoureux de toi.

Il tendit la main, mais Rafa la libéra.

— J'ai demandé si Darnell était gay ou s'il fréquentait quelqu'un. Je t'ai donné l'opportunité de me dire la vérité et tu ne m'as rien dit sur ton passé avec lui.

Le regard de Shane s'enflamma.

— Si tu m'avais demandé directement si je l'avais baisé, tu aurais eu une réponse à la question que tu posais vraiment. Je ne peux pas lire dans tes pensées !

Ils étaient presque torse contre torse, à présent, et ils respiraient tous les deux difficilement. Leurs halètements résonnaient dans la tranquillité de la minuscule cabine. Rafa secoua la tête.

— J'ai besoin de... Je ne peux pas...

Il serra la main et tenta d'ouvrir la porte, mais bien sûr, il n'y avait pas de place. Il poussa Shane.

— Bouge ! Il faut que j'y aille. Je ne peux pas faire ça maintenant.

Shane l'attrapa par les hanches, son souffle chaud hérissant les poils sur la nuque de Rafa.

— Attends. S'il te plaît. Discutons-en.

Mais la panique s'empara de Rafa et il poussa en arrière avant d'ouvrir la porte sur quelques centimètres.

— Pas maintenant !

Shane soupira et battit en retraite sur son lit. Rafa put alors s'échapper. Dans le couloir, il repartit par le chemin qu'il avait déjà emprunté, ses poumons douloureusement comprimés. Ses tongs claquaient alors qu'il repartait au bout de la voiture et ouvrait la lourde porte. Il se rendit compte que Shane le suivait et il faillit commencer à courir, s'agrippant aux murs alors que le train cliquetait et le ballottait.

Dans la voiture suivante, un agent marchait plus vite dans le passage étroit. Il avait dû entendre Rafa ouvrir la porte et il se retourna pour s'approcher de lui. Quand ils se croisèrent à mi-chemin, l'homme – plus âgé, avec une calvitie, des cheveux blonds et des sourcils sombres – lui demanda :

— Tout va bien ?

Son regard se posa ensuite derrière Rafa tandis que la porte se fermait derrière lui dans un bruit sourd.

— Raf, l'appela Shanr doucement en avançant vers eux.

— Voulez-vous que je vous raccompagne dans votre cabine ? dit l'agent en fronçant les sourcils.

Rafa s'apprêtait à lui dire qu'il n'était pas un gamin et qu'il n'avait pas besoin d'une escorte, mais il s'arrêta et les mots s'étouffèrent dans sa gorge. Il réussit à hocher la tête et l'agent fit habilement passer le jeune homme devant lui pour arrêter la progression de Shane.

— Nous devons en discuter, dit calmement ce dernier en fusillant l'agent du regard.

Rafa avait le vertige. Ses pensées étaient trop enchevêtrées et contradictoires pour qu'ils les distinguent.

— Laisse-moi tranquille pour l'instant.

C'était salaud de se servir de l'agent pour bloquer Shane, mais Rafa ne pouvait le supporter.

— Vous avez entendu monsieur Castillo, dit l'agent. S'il vous plaît, retournez dans votre cabine.

— Vous vous f…

Shane referma brusquement sa mâchoire. Il inspira bruyamment par le nez.

— D'accord. On se reparle demain matin, Raf. Essaie de dormir un peu.

Sur ces mots, il tourna les talons et s'en alla, la porte de la voiture se refermant dans un bruit sec.

— Vous êtes sûr que tout va bien ? s'enquit l'agent.

— Ouais.

Rafa entra dans la voiture suivante, se sentant déjà démuni à cause de l'absence de Shane. Il marmonna à l'agent :

— Je vais bien. Merci.

— Je vous accompagne quand même, maintenant que j'ai fini ma patrouille.

Rafa voulut le contredire, mais il avait eu assez de dispute pour la nuit. Bouillonnant de confusion et de rancœur, il retourna dans sa cabine avec l'agent sur ses talons qui lui rappelait que sa vie ne serait jamais normale.

Chapitre 11

À CINQ HEURES, nombre de passagers s'agitaient et se préparaient pour l'excursion à Broken Hill. Shane regardait par la vitre la brousse sèche. Le soleil commençait à s'éclairer alors que le train continuait d'avancer. Il avait fait une nuit blanche et l'acide bouillonnait dans son ventre. Il n'avait même pas essayé de dormir après sa dispute avec Rafa.

Merde.

L'idée d'avouer à son petit ami qu'il avait couché avec Darnell par le passé ne lui était sincèrement pas venue. Bien sûr, maintenant, il réalisait à quel point il avait été stupide et irréfléchi. Pourtant la souffrance s'attardait. Suppurait. Comment Rafa pouvait-il croire qu'il le tromperait ?

Oui, Rafa manquait encore de confiance en lui, mais c'était tout de même douloureux. Ne savait-il pas que Shane l'adorait ? Plus que tout ou plus que quiconque sur cette planète ? Ne savait-il pas que Shane lui faisait confiance ? Ils partageaient une vie ensemble, maintenant.

Alors pourquoi ne lui as-tu pas dit la vérité sur les cauchemars ?

La culpabilité suppurait autant que la souffrance. Il avait envie de protéger Rafa, mais aussi lui-même. Il souhaitait simplement que ces putains de cauchemars s'arrêtent et s'en aillent, mais il devait peut-être d'abord les affronter.

Oui, il aurait dû dire la vérité à son petit ami. Il admettait son erreur. Mais que Rafa pense qu'il le tromperait était tout de même pénible. Ce n'était sans doute pas juste, mais ce manque de foi lui coupait le souffle. Une part de lui avait envie d'aller dans la cabine de Rafa et de l'obliger à en discuter, mais il valait peut-être mieux lui accorder du temps pour qu'ils pansent tous les deux leurs blessures.

Il imagina ce qu'il ressentirait si Rafa passait la nuit avec un homme avec qui il s'envoyait en l'air auparavant. Ce qui, bien sûr, le fit penser à Rafa avec un autre homme. Inutile de dire que son côté homme des cavernes n'aima pas *du tout* cette idée.

Il se rappela désagréablement les mois où ils avaient été séparés, quand il avait quitté la Maison-Blanche. Il avait examiné toutes les photos de paparazzis dans ces torchons qu'étaient les tabloïdes et son cœur souffrait quand il le voyait, tandis que sa tête analysait exagérément toutes les relations potentielles qu'il avait avec les hommes qui l'entouraient.

Une photo avait été prise lorsqu'il quittait un bar gay à Charlottesville. Au premier coup d'œil, le cœur de Shane s'était détendu. Ashleigh était aux côtés de son meilleur ami, riant, et Rafa souriait aussi. Mais le regard de Shane s'était ensuite focalisé sur le jeune homme juste derrière eux. La tête de Rafa était légèrement tournée vers ce garçon blond, musclé, du genre qu'on trouve dans les fraternités. Ce gars lui avait visiblement parlé et Rafa l'écoutait.

Il était embarrassant, maintenant, de repenser au temps qu'il avait passé à observer cette fichue photo. Il avait finalement fermé son navigateur et effacé son historique Internet, comme il avait un peu trop eu l'impression d'être un harceleur flippant. Il lui avait fallu plus d'efforts qu'il ne l'aurait imaginé pour ne pas chercher à nouveau cette photo le lendemain.

Il avait basé ses plans pour quitter son travail et prendre l'avion vers l'autre bout du monde sur la supposition que Rafa voudrait encore de lui. Mais le jeune homme était venu le trouver. S'étirant désormais sur le lit et fermant les yeux, alors que le train brinquebalait régulièrement, Shane se laissa porter jusqu'à ce moment, sur la plage.

Son cœur avait bondi et il avait dû faire de son mieux pour garder son calme et ne pas traverser la plage en courant afin de prendre Rafa dans ses bras. Celui-ci lui avait déclaré son amour et il se souvenait du goût de leurs lèvres – elles étaient sucrées, à cause du granité, et il y avait également un petit côté salé à cause de l'air marin. Ils avaient enfin pu finir dans un lit, ensemble. Un vrai lit, où ils avaient pu prendre leur temps sans avoir peur. Où Shane l'avait enfin baisé.

Ses testicules se crispèrent quand il se souvint de Rafa, à genoux, les fesses relevées, qui s'ouvrait avec ses mains et s'offrait, suppliait. Shane cracha dans sa paume et glissa la main dans le bas de son pyjama, se caressant alors qu'il se perdait dans ses souvenirs.

Après la dispute et la frustration non résolue, il mourait d'envie d'être soulagé et il devrait se contenter de se masturber. Il se rappela le plaisir, l'excitation, la nervosité et l'affection qui avaient défilé sur le visage expressif de Rafa la première fois. Le jeune homme avait été si serré et merveilleux, bien qu'il soit encore hésitant.

Tu me veux vraiment.

Shane plia les jambes et plongea les talons dans le matelas en donnant des coups de reins dans son poing. Il respirait plus fort et sa chair claquait. Il ne désirerait jamais un autre homme comme il désirait Rafa. Pas simplement avec sa queue, mais avec son cœur. Cette sensibilité le faisait souffrir. Rafa n'était pas seulement le premier homme qu'il baisait sans protection. Il était le premier homme avec qui Shane *faisait l'amour*, aussi mièvre que cela paraisse.

Il caressa ses testicules poilus avec son autre main, se souvenant de la sensation quand il avait joui en lui, sans rien entre eux, et chaque fois il imaginait laisser une partie de lui à l'intérieur, telle une empreinte.

Il aurait dû se lever et aller dans la cabine de Raf afin qu'ils règlent leurs problèmes, mais il était impuissant contre l'assaut des souvenirs et du plaisir. Il voulait simplement se détendre quelques minutes avant que la réalité ne s'écrase sur lui comme un seau d'eau froide.

Shane s'imagina que Rafa était là, qu'il avait besoin de lui, qu'il voulait qu'on s'occupe de lui.

Donne-moi ta queue. Baise-moi. Violemment. Penche-moi au-dessus de notre table. S'il te plaît.

Son membre tressaillit lorsqu'il se souvint que Rafa avait été si vulnérable et l'avait supplié de le baiser après cette scène horrible avec sa mère. Il se souvint ensuite de la vague de puissance ressentie à l'idée d'être son protecteur. Il jouit en haletant et imagina qu'il se vidait en Rafa et non dans sa main.

Ses jambes retombant, il tâtonna à la recherche de la serviette qu'il avait laissé pendre sur la poignée du placard étroit. Il devait se lever, s'habiller et descendre sur le quai pour l'excursion à Broken Hill, mais ses paupières devinrent lourdes après la nuit blanche. Il pourrait dormir dix petites minutes avant d'affronter la journée et les réconciliations qui devaient être faites.

— MERDE !

Shane bondit et cligna des yeux à cause des rayons du soleil qui filtraient par la vitre. Le train cliquetait et se balançait comme s'il ne s'était jamais arrêté, mais il avait dû rester à la gare de Broken Hill au moins une heure, ce matin. Shane attrapa son téléphone et grimaça en regardant l'écran. Il était plus de dix heures. Il avait non seulement manqué l'excursion, mais aussi le petit déjeuner.

Pourquoi Rafa ne l'avait-il pas réveillé ? Il avait peut-être voulu le laisser dormir. Ou il n'avait peut-être pas du tout eu envie de le voir et avait été soulagé que Shane n'ait pas fait son apparition. Les parents de Rafa avaient sûrement apprécié son absence.

— Merde, marmonna-t-il à nouveau.

Après avoir pris une douche dans la cabine exiguë au bout de la voiture et avoir eu mal aux coudes à force de les cogner sur les parois une centaine de fois, il redressa les épaules et afficha sa plus belle expression impassible et sereine. Il l'avait perfectionnée dans les services secrets au fil des ans et ressentit une partie de sa tension s'apaiser. C'était comme enfiler un vieux manteau familier.

Son visage ne flancha pas quand il hocha la tête en direction de l'agent, devant le salon platine. Il ne prit pas la peine de voir comment celui-ci lui répondit, mais il sentit le regard de l'homme sur lui quand la porte se referma.

À ce bruit sourd, tous les regards se tournèrent dans sa direction. Rafa et Matthew jouaient à ce qui ressemblait aux petits chevaux, même si Shane ne pouvait en être sûr, comme il n'y avait pas joué depuis des décennies.

Son regard se riva sur celui de Rafa, puis celui-ci détourna les yeux et fit rouler le dé. Assis avec leurs assistants, plus loin dans la voiture, Ramon et Camila l'observèrent avec une curiosité évidente, ils avaient clairement conscience que quelque chose clochait.

Shane hocha agréablement la tête dans leur direction et annonça à tout le monde :

— Bonjour. Je crois que le décalage horaire m'a rattrapé.

Encore.

Il alla s'asseoir sur le siège à côté de Rafa et ignora les regards. Hernandez n'était pas là et il maintint son regard loin de celui de l'agent qui était posté devant l'autre porte. S'éclaircissant la voix, Shane hocha la tête en direction de Matthew.

— Bonjour.

Matthew jeta un coup d'œil à Shane et Rafa.

— Bonjour. On se demandait ce qui t'était arrivé. Broken Hill n'était pas terrible, mais c'était sympa de descendre du train un moment.

— Je n'ai pas dormi de toute la nuit et je me suis dit que je pourrais faire une sieste. Je ne pensais pas qu'elle durerait des heures.

Gardant un ton calme, il se tourna vers Rafa.

— Pourquoi ne m'as-tu pas réveillé ?

Le jeune homme haussa les épaules, le regard rivé sur le jeu de plateau.

— Quand je ne t'ai pas vu, je me suis dit que tu ne voulais pas venir.

Il leva les yeux, le chagrin se lisant dans ses iris marron et ses joues rougissant.

— Que tu ne voulais pas me voir après ce que j'ai dit. J'ai un peu flippé et…

Il grimaça.

— C'est embarrassant.

Shane détestait le voir si malheureux.

— Bien sûr que je veux te voir. Je me suis réellement endormi. Je ne… te punissais pas.

Soupirant longuement, Rafa hocha la tête.

— D'accord.

— Que se passe-t-il entre vous ? demanda doucement Matthew. Il a à peine prononcé deux mots de toute la matinée.

Rafa fusilla son frère du regard.

— Ne te mêle pas de ça.

— Eh bien, Maman et Papa sentent qu'il y a de l'eau dans le gaz. Alors, embrassez-vous et réconciliez-vous.

Les épaules voûtées, Rafa leva les yeux vers Shane.

— On peut en discuter plus tard ?

Il se frotta le visage.

— Je n'ai pas dormi du tout et je… ne suis pas encore prêt.

Enfin, si tu veux rompre avec moi, j'imagine que je préférerais en finir maintenant.

Le cœur de Shane se serra. Se moquant de savoir qui les regardait, il caressa le dos solide de Rafa.

— Je ne veux pas rompre avec toi, murmura-t-il. Nous avons tous les deux commis des erreurs. Nous allons arranger ça. D'accord ?

Un soupçon de sourire se dessina sur les lèvres de Rafa.

— D'accord.

Matthew tendit la main vers le dé.

— Ravi que ce soit réglé.

— Pourquoi n'irais-tu pas faire une sieste ? suggéra Shane à Rafa.

Une part de lui voulait encore quitter le salon afin qu'ils puissent discuter en privé et régler véritablement la situation. Mais il pouvait attendre que Rafa soit reposé afin qu'ils démêlent ça rationnellement.

Rafa hocha la tête.

— Oui. Je crois que je vais y aller. Et tout à l'heure, on pourra parler. On est…

Il toucha sa cuisse de manière hésitante, sa paume telle un poids réconfortant.

— Tout ira bien pour nous ?

— Absolument, répondit Shane en lui déposant un baiser sur la tempe. Repose-toi, je vais voir si je peux nous trouver du café et des tartines.

Matthew jeta un coup d'œil au reste de la voiture.

— Une employée devrait bientôt revenir. Elle était là il y a une minute.

— Pas de problème, j'irai dans la voiture-restaurant. Je suis sûr que quelqu'un pourra m'aider, là-bas.

Restant calme et serein, Rafa serra l'épaule tendue de son petit ami.

— Dors bien.

Il avait envie d'aller se coucher avec lui et de le tenir dans ses bras, mais si Rafa avait besoin d'un peu d'espace, il le lui donnerait.

Il traversa le salon, hochant une nouvelle fois la tête en direction de Ramon et de Camila alors qu'ils le dévisageaient avec des regards perçants. Des tonnes de papiers étaient éparpillées sur la table basse entre eux et l'un des assistants leur parlait de leur apparition à Los Angeles avec Schwarzenegger.

L'agent au bout du salon, près du bar, se décala pour le laisser passer et Shane se dit qu'il devait imaginer le sourire narquois sur les lèvres de cet homme.

Il arriva dans la voiture-restaurant et son cœur plongea dans ses talons. Il avait trouvé Hernandez, elle était au milieu de la voiture avec d'autres agents, pour un genre de débriefing. L'agent blond de la veille dit quelque chose d'une voix trop basse pour que Shane l'entende et les autres se mirent à rire.

Ce fut comme s'il était de retour au lycée, et il eut beau s'intimer de passer au-dessus de ça, son visage rougit et l'humiliation l'étrangla. Ces gens avaient été ses collègues pendant la majeure partie de sa vie – bon sang, Hernandez avait même été son amie – et désormais, leur jugement et leur dérision lui faisaient sacrément mal.

Hernandez se mit face à lui, avec son expression moqueuse et ennuyée.

— Qu'est-ce que tu veux, Kendrick ?

Il répondit avant même de pouvoir s'en empêcher.

— Je veux que tu ailles te faire foutre, pour commencer.

Elle se redressa.

— Qu'est-ce que tu viens de dire ?

— J'imagine qu'il est encore grognon après la dispute avec son copain adolescent, dit l'agent blond avant de ricaner.

Ravalant sa remarque, selon laquelle Rafa n'était pas un adolescent, Shane avança vers eux tandis que Hernandez secouait la tête et qu'une veine palpitait dans sa tempe.

— Tu en as, du culot, Kendrick. Je n'arrive toujours pas à croire que tu montres ta petite gueule alors que Vénus et Vagabond sont ici. Tu nous mets dans l'embarras.

— Alors vous avez tous le droit de me juger et...

— Oh que oui, on a le droit ! répliqua-t-elle.

Elle aboya ensuite aux autres agents :

— Que tout le monde retourne à son poste. Chang, Miller, allez dormir.

Tandis qu'ils s'en allaient, une jeune femme travaillant dans le train arriva du côté de la cuisine dans la voiture-restaurant. Étant donné que Shane et Hernandez se tenaient au milieu de l'allée et se montraient quasiment les dents, elle s'arrêta.

— Oh ! Euh, je suis désolée. Je vais juste...

Elle repartit hâtivement vers l'endroit d'où elle était sortie.

— Comme je le disais, tu nous mets dans l'embarras, Kendrick. Sortir avec une personne que tu protégeais ? Le fils du président, rien que ça ? Il a presque la moitié de ton âge et je suis sûre que tu en as bien conscience. Tu es une honte pour les services secrets. J'aurais aimé qu'ils te virent, toi, l'irresponsable, avant que tu démissionnes.

— Je n'avais pas prévu de tomber amoureux.

Il grimaça intérieurement. Ce n'était pas la bonne défense.

La lèvre de Hernandez se retroussa.

— Seigneur, aie un peu de dignité. Épargne-moi les cœurs, les fleurs et les « tomber amoureux ». Tu étais là-bas pour faire ton boulot, pas pour te mettre à la colle avec le gamin.

Elle secoua la tête.

— Je n'arrivais pas à le croire quand la nouvelle est tombée. Je pensais que c'était un genre d'erreur. Le Shane Kendrick que je connaissais...

— Alors, tu avoues que tu me connaissais ?

Elle leva le menton.

— Bien sûr. D'accord, je l'avoue. Je pensais que tu étais un mec bien. Un agent fiable et capable. Un humain solide. J'imagine que tu m'as bernée.

Ça n'aurait pas dû être douloureux, mais cela l'était vivement.

— Je ne dis pas que je n'ai pas merdé.

Il haussa les épaules.

— Mais je le referais. Pour lui, je ferais n'importe quoi.

Elle ricana.

— Tu t'es entraîné devant le miroir ? Parce que je suis à deux doigts de te croire.

— Tu peux croire tout ce que tu veux.

— Merci de m'en donner la permission. Maintenant, je dois retourner bosser, puisque je n'ai pas balancé ma carrière aux ordures pour un cul.

Elle l'effleura en passant pour retourner dans le salon. Planté là, Shane inspira et expira profondément, ralentissant son cœur tambourinant alors que quelques minutes s'écoulaient. La jeune employée refit son apparition et s'éclaircit la voix.

— Bonjour. Puis-je vous aider ?

Sa voix était rauque.

— Un café, s'il vous plaît. Noir.

— Tout de suite. Voulez-vous manger quelque chose ? Je ne vous ai pas vu au petit déjeuner.

Elle joignit les mains devant sa jupe-tailleur bleu marine et le regarda sincèrement, comme si elle avait vraiment envie de l'aider.

Sa gentillesse tirailla le cœur de Shane et il ravala une boule ridicule dans sa gorge.

— Une tartine avec du beurre serait super. Merci.

Anticipant sa prochaine question, il ajouta :

— Du pain aux céréales, s'il vous plaît.

— Tout de suite ! Je peux vous l'apporter dans le salon.

L'idée d'affronter les Castillo à nouveau, si rapidement, l'envahit de terreur.

— Puis-je manger ici ? Ou vais-je gêner le passage ?

— Pas du tout ! Choisissez la table que vous voulez.

Les tables avaient déjà été mises pour le déjeuner, avec leur nappe blanche immaculée. Shane s'assit près d'une fenêtre et observa le paysage, qui commençait à dévoiler de petites collines. La terre n'était plus aussi rouge que lorsqu'ils avaient traversé le sud en direction d'Adélaïde à toute vitesse.

Il se dit qu'il ne devrait pas se préoccuper de ce que les services secrets et les agents pensaient de lui. Mais il pouvait se le répéter autant qu'il le voulait, il s'en inquiétait tout de même. Leur mépris lui faisait plus de mal que celui des autres. Après la dispute avec Rafa, c'était comme si on mettait du sel sur une blessure.

La fille revint non seulement avec du café fumant et une tartine beurrée, mais avec un bol de fruits fraîchement coupés. Il la remercia et prit sa nourriture, s'obligeant à en faire passer une partie, au moins. Son esprit tourbillonnait et il essaya de trouver une raison pour laquelle Rafa et lui avaient eu tant de mal à communiquer.

Il se maudit à nouveau de ne pas avoir parlé de son histoire avec Darnell à son petit ami. Bien sûr que Rafa se sentait menacé, quand il pensait que c'était un *secret* que Shane lui avait caché. Il l'avait en plus appris par sa mère. Shane resserra sa poigne autour de sa tasse de café. Camila avait certainement pris beaucoup de plaisir à le lui révéler.

Toute sorte de mots pour décrire Camila Castillo firent ricochet dans sa tête et il lutta pour les bannir. Elle n'irait nulle part et avoir de la rancœur à son encontre n'aiderait en rien. Être honnête avec Rafa pour les cauchemars était sa responsabilité et, bien sûr, le jeune homme avait été blessé d'entendre qu'il s'était confié à Darnell.

Oui, il était toujours vexé que Rafa l'ait accusé de le tromper, mais il avait été en colère. Shane devait croire qu'il ne le pensait pas vraiment. Désormais, ils devraient s'asseoir et en discuter. Identifier où ils s'étaient trompés et s'assurer que ça ne se reproduise pas.

Malheureusement, les heures suivantes ne lui permirent pas de se retrouver seul à seul avec son petit ami, car Rafa fit une sieste et mangea un déjeuner tardif. Les Castillo insistèrent ensuite pour faire une partie de Scrabble en famille. Shane fit comme si tout allait bien. Il feuilletait un magazine sans en lire un mot.

Lorsque le train s'approcha d'Adélaïde en milieu d'après-midi, le besoin de parler à Rafa – de s'assurer que tout allait bien, à cent pour cent – devint urgent et une pression grandissante appuya contre sa cage thoracique.

Hernandez entra dans le salon avec un employé plus âgé dans un uniforme complet, y compris la veste et le chapeau noir tout droit sorti du désert.

— Bonjour ! Ça va *bieng* ? Je voulais vous parler des options pour les excursions. Nous nous arrêterons dans peu de temps à Two Wells, à quarante bornes au nord d'Adélaïde. Il y a le tour de la Vallée Barossa, c't'après-midi, mais les gros bonnets pensaient que nous pourrions offrir quelque chose d'extraspécial pour la famille Castillo.

Ramon sourit.

— C'est très gentil, mais nous n'avons pas besoin d'un traitement de faveur.

— Vraiment pas, ajouta Camila. Mais à quoi pensiez-vous ?

— Eh bien, que diriez-vous d'un tour en hélicoptère ? Pour faire le tour de la région viticole. Ce serait tarpin bien.

Alors que le silence se prolongeait, Camila demanda :

— Ce serait quoi ?

L'homme se renfrogna.

— Pardon ?

— Maman, il veut juste dire que ce serait trop bien, expliqua Rafa.

— Absolument !

L'homme hocha la tête.

— Ensuite, vous dînerez avec tout le monde à Barossa et vous remonterez dans le train pour Adélaïde plus tard dans la soirée. Il y a de la place pour cinq, avec le pilote. Une personne devant et quatre derrière.

Camila rayonna.

— Eh bien, ça me semble merveilleux. Ça fait un moment que nous ne sommes pas montés dans un hélicoptère.

L'homme sourit.

— C'est ça, vous serez des experts. Mais j'ose dire que le paysage d'ici sera difficile à battre. Voir le coucher de soleil sur la vallée de Clare, c'est immanquable.

Ramon hocha la tête.

— Vous nous avez certainement convaincus.

Il regarda Hernandez.

— Vous êtes partante ?

Elle sourit.

— Oui. Je vais vous accompagner, vous, Camila et les garçons.

— Mais…

Rafa jeta un coup d'œil à Shane.

— Je ne veux pas y aller sans Shane.

Celui-ci agita la main.

— Non, non. Bien sûr que tu devrais y aller. Je vous verrai au dîner.

Un autre dîner guindé et gênant avec tes parents, hourra.

Matthew prit la parole.

— Je n'ai jamais aimé les hélicoptères. Je vais prendre le bus avec la populace et Shane peut prendre ma place.

— Vraiment, chéri ? *La populace* ? demanda Camila en haussant un sourcil et en regardant son fils. N'oublions pas nos manières. Et je suis sûre que tu aimerais regarder le paysage.

— Non, je n'aimerais pas, insista Matthew. Je n'ai jamais aimé être dans les airs. Les avions, je gère, mais les hélicoptères ? Difficilement. Tu sais que je ne les ai jamais aimés.

— Eh bien, c'est vrai, répondit Ramon en hochant la tête. Très bien. Shane, êtes-vous partant ?

Alors que Camila regardait son mari comme si une nouvelle tête avait poussé sur son tronc, Shane leur sourit.

— Toujours.

Peu de temps après, le train s'était arrêté et ils furent escortés vers un minibus Mercedes sous le soleil déclinant de l'après-midi. Shane et Rafa s'installèrent sur la banquette arrière, Hernandez et les trois autres agents occupèrent les sièges du milieu, quant aux parents de Rafa, ils étaient à l'avant. Ils discutèrent de la pluie et du beau temps avec le conducteur. Ils paraissaient enthousiastes et intéressés et Shane dut admettre qu'ils étaient des experts dans ce domaine.

Il cogna son genou contre celui de Rafa.

— Tu te sens mieux ? murmura-t-il.

— Oui, répondit Rafa en le gratifiant d'un petit sourire. J'avais vraiment besoin de faire une sieste et de manger un bon déjeuner.

Il prit la main de Shane et entrelaça leurs doigts. Ce dernier lui serra les doigts et ses poumons se gonflèrent un peu plus facilement, maintenant que son petit ami et lui se tenaient la main.

On va bien. On gère.

Ils régleraient ça plus tard. Pour l'instant, ils pouvaient profiter de la visite. Shane se concentra quand le conducteur parla dans la radio et leur montra les différents sites intéressants devant lesquels ils passèrent sur cette route incurvée. Des vignes et des arbres s'étiraient dans toutes les directions.

Lorsqu'ils montèrent à bord de l'avion, Hernandez s'assit à l'avant, à côté du pilote. Camila et Ramon s'installèrent sur les deux premiers sièges tandis que Shane et Rafa passaient derrière. La vue sur la Vallée Barossa depuis le ciel était réellement époustouflante. Les innombrables rangées de vignes créaient des formes géométriques au milieu des bandes de terres cultivables. Shane et Rafa se sourirent, se tinrent la main, et il se détendit pour profiter du paysage.

Le pilote d'âge moyen avec sa calvitie commença à parler et sa voix leur parvint aux oreilles grâce aux casques qu'ils portaient tous.

— Nous arrivons maintenant sur un cours de golf, à votre gauche. C'est évidemment l'un des meilleurs endroits pour repérer des kangourous, surtout en fin de journée. Nous avons une véritable canicule pour cette époque de l'année – nous sommes allés jusqu'à vingt-six degrés et nous ne sommes pas descendus plus bas que dix-sept degrés. Alors, ils profitent vraiment et se prélassent sur le golf en attendant que le soleil se couche.

— Quelqu'un sait ce que vingt-six et dix-sept font en Fahrenheit ? demanda Hernandez.

Le pilote rit avec bonhomie.

— Je dirais que c'est entre soixante-dix et quatre-vingts et nous descendons jusqu'à la soixantaine de degrés avec vos Fahrenheit déments.

— Habituellement, il fait plus froid pendant cette période de l'année ? s'enquit Camila.

— Oui, l'hiver peut être assez rude, ici, dans le sud de l'Australie. Ma dame ne quitte jamais la maison sans un pull ou une veste à cette époque. Mais le réchauffement climatique cause visiblement des ravages.

— Oh ! Je vois des kangourous !

Rafa attrapa le bras de Shane et montra la vitre sur la gauche.

Tout le monde fit des « ohh » et des « ahh », y compris Hernandez, qui aurait dû rester strictement professionnelle et impassible. Shane ne put s'empêcher de grommeler dans sa barbe, après la manière dont elle s'en était prise à lui, plus tôt. Enfin, il devait bien admettre que voir des kangourous sautiller sur la pelouse verte, le ressort incroyable de leurs pattes arrière les propulsant sans effort, était magique.

Alors qu'ils partaient vers le nord, au-delà de la Vallée Clare, le paysage devint plus brut et moins raffiné, mais il était toujours beau.

— Vous avez de la chance, dit le pilote. Nous avons eu

quelques pluies intenses, plus tôt dans la semaine, donc le petit lac dans la vallée entre les crêtes est beaucoup plus grand, en ce moment. Aucune route n'y mène, il est donc absolument immaculé.

Ils volèrent au-dessus des prairies menant à une région plus vallonnée avec davantage d'arbres. Lorsqu'ils surmontèrent une crête et virent le lac, le soleil déclinant scintilla sur la surface bleue et le cœur de Shane se serra devant cette pure beauté. Il observa Rafa et ils échangèrent un sourire fugace avant de se retourner vers les vitres.

Tout va bien. Nous allons bien.

Le pilote abaissa l'altitude de l'hélicoptère et le vent des rotors fit onduler la surface du lac.

— N'est-ce pas magnifique ? demanda le pilote. Je vous le dis, nous sommes peut-être en hiver, mais je crois que c'est le meilleur moment pour visiter la région. Si vous regardez sur la droite…

Un bruit métallique fit écho, puis un grand couinement provoqua des frissons dans la colonne vertébrale de Shane alors qu'ils faisaient une brusque embardée. Ils se mirent subitement à tourner sur eux-mêmes et l'hélicoptère trembla horriblement.

Shane tâtonna à l'aveugle pour attraper Rafa tandis que le monde devenait un brouillard terrifiant et éprouvant. Des cris résonnaient. Il s'agrippa au bras vibrant de Rafa alors que l'hélicoptère descendait en piqué.

Soudain, son estomac fut comme compressé dans une boîte de conserve et la pression devint insupportable. Toutefois, un autre instant plus tard, ils s'écrasèrent dans l'eau et l'impact fut assourdissant. Le métal se tordit et le verre se brisa. Shane s'agrippa à Rafa et refusa de le relâcher.

<h1 style="text-align:center">Chapitre 12</h1>

L A PRESSION TERRIBLE qui avait écrasé le torse et le ventre de Rafa se souleva, mais que… que se passait-il ? Il était sur le côté. Non, l'hélicoptère était couché sur le côté. Les fenêtres par lesquelles Rafa avait regardé étaient désormais au-dessus de lui. Tout tremblait, ses dents grinçaient et le rotor imposant brassait encore l'eau.

Sors !

Quelque chose s'agrippait douloureusement à son bras droit. Shane ! Shane était sous lui et de l'eau entrait dans l'hélicoptère, car une fenêtre s'était brisée. Rafa tira sur sa ceinture de sa main libre. Elle s'ouvrit et son petit ami le poussa ensuite.

— Tire sur le loquet d'urgence, le rouge, et pousse la fenêtre !

Le rotor flottait maintenant précairement à la surface. Le métal crissait et le bruit était insupportable. Rafa tâtonna pour attraper le loquet, tentant de se concentrer sur tout ce qui était rouge. Il glissa la main sur le cadre de la vitre. *Là* ! Il tira sur la poignée, mais rien ne se produisit.

— L'anneau jaune ! Soulève-le en premier !

Shane tendit la main, se levant sur son siège. Il tira sur un morceau de métal jaune et le jeta sur le côté avant de tirer sur le loquet rouge.

— Pousse la fenêtre !

Le cœur de Rafa tambourinait alors qu'il poussait sur le verre et bataillait contre la gravité. Il posa un pied sur le côté de son siège et l'autre lutta pour s'agripper. Il heurta ensuite quelque chose de solide. Shane tenait son pied dans ses mains et le soulevait.

Sa tête dépassait à peine de l'eau qui montait, à présent, et il soutenait toujours le poids de Rafa. Ce dernier donna un coup de poing dans la vitre et repoussa le verre avant de passer les mains autour du cadre et de sortir, grâce à Shane qui le propulsait.

Il tomba dans le lac, donnant des coups de pied et agitant les mains. Il se retourna vers l'hélicoptère qui avait presque entièrement coulé, à présent. Les immenses rotors ralentissaient, mais ils brassaient encore violemment l'air et l'eau, ce qui lui piquait les yeux.

Oh mon Dieu ! Shane ! Maman, Papa !

Il retourna vers la vitre alors que sa mère apparaissait, Shane l'aidant à se dégager et à sortir. Rafa la libéra et elle s'agrippa à lui, ses doigts s'enfonçant dans sa chair et son poids le faisant couler. Il mit la tête sous l'eau et donna des coups de pied frénétiques alors que ses poumons le brûlaient.

Tandis qu'il remontait à la surface, elle le lâcha et cria quelque chose qu'il ne put entendre à cause du sang battant dans ses oreilles et de l'horrible tourbillon des rotors en train de mourir.

Son père était à moitié sorti, à présent. Il était affalé, à peine conscient, et un morceau de métal terrifiant dépassait de son torse, juste sous l'épaule. Rafa attrapa ses bras et se débattit désespérément, ses pieds heurtant le côté de l'hélicoptère en train de couler alors qu'il libérait son père et que le shrapnel lui éraflait le cou.

Il retourna son père gémissant sur le dos et Camila s'agrippa à eux deux en pataugeant. Ses cheveux encadraient son visage pâle. Elle laissa échapper un bruit horrible, un hurlement aigu et désespéré. Rafa en fut traversé de frissons, mais il ne pouvait flipper.

— Maman, emmène Papa ! Sur le dos. Maintiens-lui la tête

hors de l'eau. Va sur la rive. Maintenant ! Vas-y !

Il se tourna vers Shane, mais il n'était plus là.

Non ! Non !

Dans un dernier grognement, les rotors s'arrêtèrent et l'hélicoptère plongea. Rafa prit une profonde inspiration et partit sous l'eau, les mains tendues alors qu'il retournait vers la vitre. Il faisait si sombre qu'il ne voyait pas Shane. L'eau paraissait trop épaisse et ses poumons le brûlaient déjà.

Il tâtonna désespérément, nageant plus profondément avant de trouver le rebord d'une vitre brisée. Le verre lui entailla la main. Il se retourna et quelque chose de tranchant lui érafla le ventre. Ses mains touchèrent ensuite de la chair et du tissu. *Oui* ! Il tira frénétiquement dessus et remonta vers la lumière distante sous la surface. Il prit une grande inspiration quand il l'atteignit.

Des cheveux tombant de son chignon, l'agent Hernandez était à peine consciente. Ses yeux s'ouvraient et se refermaient comme si elle avait été droguée et qu'elle essayait de résister. Du sang suintait d'une entaille sur son front et sa veste tailleur était froissée dans les mains de Rafa. Shane était derrière elle et il haletait, gardant la tête de la femme au-dessus de la surface. Le soulagement de Rafa, à l'idée qu'ils s'en soient sortis, fut de courte durée.

— Je vais chercher le pilote ! cria Shane. Emmène-la sur le rivage !

— Non !

La panique s'empara de Rafa et il attrapa son petit ami, ne voulant pas le voir disparaître à nouveau sous la surface, bien que ce soit horriblement égoïste.

Mais Shane était déjà hors de sa portée et Rafa devait tenir la femme dans ses bras pour l'empêcher de se noyer. Il se mit sur le dos et la fit rouler en même temps, passant un bras sur sa poitrine. Au moins, elle semblait respirer correctement. Il jeta un coup d'œil à ses parents. Sa mère maintenait son père à flot de la même façon.

Camila se débattait et nageait d'un seul bras pour rejoindre la rive la plus proche, qui semblait être à une cinquantaine de mètres, donc pas si loin. Elle grognait, montrait les dents et luttait avec Ramon. Le métal ressortant de sa poitrine scintillait au soleil et ses yeux étaient fermés.

— Rafa, allez ! cria-t-elle.

Il équilibra le poids mort d'Hernandez dans l'eau, et malgré la lourdeur de ses baskets quand il agita les jambes, Rafa regarda derrière lui à l'endroit où son petit ami avait disparu. Un rotor dépassait encore de l'eau et coulait lentement. Combien de temps Shane pouvait-il retenir sa respiration ? Et s'il ne remontait pas ?

Mon Dieu, s'il vous plaît ! S'il vous plaît !

Sifflant, Rafa savait qu'il était en train d'hyperventiler, mais il ne pouvait calmer sa respiration et un cri se bloqua dans sa gorge. Des bulles apparurent à la surface du lac et son cœur bondit.

Mais il n'y avait rien. Pas de Shane. Personne.

Non, non, non ! Shane ne pouvait pas mourir ! *Non* ! Les membres de Rafa tressautèrent à cause de son énergie frénétique pendant qu'il attendait. Il ne pouvait pas simplement rester là à regarder ! Mais s'il lâchait l'agent Hernandez, elle coulerait. *Merde* !

Éclaboussant puissamment la surface, Shane remonta et prit une inspiration désespérée, le pilote avachi dans ses bras. Des larmes coulèrent des yeux de Rafa et mouillèrent sa gorge. Shane allait bien. Rafa pouvait à nouveau respirer.

Il agita les jambes et se concentra pour raccompagner l'agent Hernandez jusqu'à la rive, tout en s'assurant d'avoir Shane dans son champ de vision. Ses parents étaient devant. Camila pataugeait au bord de l'eau alors qu'elle sortait Ramon. Elle était pieds nus. Son pantacourt et son chemisier trempés collaient à sa peau. Par-dessus le tambourinement de son propre cœur et de ses halète-ments, Rafa entendait sa mère grogner alors qu'elle avait du mal à porter le poids de Ramon.

La terre n'avait pas semblé si lointaine, aux yeux de Rafa, mais alors que les minutes s'égrenaient, il eut l'impression que cela prenait une éternité. Les cheveux de l'agent Hernandez entrèrent dans sa bouche. Il essaya de les cracher, mais avala accidentellement de l'eau avant de cracher et bafouiller. Au moins, c'était de l'eau pure et non salée.

Il se reconcentra sur Shane, qui était avec le pilote et qui… l'embrassait ? Rafa cligna des yeux devant ce spectacle et tenta de le comprendre. Shane pinça le nez du pilote et couvrit une nouvelle fois sa bouche, ce qui permit au jeune homme de comprendre ce qu'il se passait. *Du bouche-à-bouche.*

Merde, Rafa était-il sûr que l'agent Hernandez respirait encore ? Il tenta de bien observer son visage pâle. Ses lèvres étaient entrouvertes et là… ses paupières vacillèrent. Il la secoua légèrement, pour s'en assurer, et elle gémit. D'accord. Bien. Maintenant… Que faisait-il ? C'est vrai, il devait la raccompagner vers le rivage. Plongeant un bras dans l'eau et se propulsant, Rafa leva les yeux vers le ciel bleu.

Est-ce vraiment en train d'arriver ?

Il observa un nuage et jetait de temps en temps des coups d'œil derrière lui pour s'assurer qu'il allait toujours droit. L'eau ne semblait plus froide, mais il n'était pas convaincu que ce soit une bonne chose. Ses membres ne lui donnaient pas l'impression d'être rattachés correctement à son corps, comme s'ils avaient été desserrés et ne répondaient plus à ses ordres comme ils le devraient.

Néanmoins, il continua de se débattre, malgré son bras gauche engourdi autour de l'agent Hernandez. Il commençait à avoir des crampes dans le droit alors qu'il avançait dans l'eau. Centimètre par centimètre, les arbres se rapprochèrent et le lac gonflé allait jusqu'à trois mètres de leurs racines. Il vit Camila tirer Ramon sur le sol et ses grondements firent écho sur l'eau.

Il se rendit alors compte que tout était silencieux, à part le bruit des éclaboussures, celui de sa respiration difficile et du tambourinement de son cœur. Il y était presque. Il posa un pied et hurla quand il tomba sur un caillou. Il était étrange qu'il ne puisse pas franchement sentir ses jambes, mais qu'elles fonctionnent tout de même. Quand la pente du rivage arriva sous ses pieds, il se leva. L'eau était désormais au niveau de son torse et il sortit du lac en traînant l'agent Hernandez.

Il tomba sur les fesses sur la terre mouillée, l'eau s'agitant toujours autour des pieds de l'agent. Il réussit tout de même à la positionner en grande partie sur la terre ferme. Il n'aurait pas dû être si épuisé. Il avait certainement nagé bien plus longtemps, par le passé. Matthew était le nageur de la famille, mais Rafa avait toujours aimé l'eau, également.

Matty. Merci, mon Dieu, il n'était pas venu avec eux. Il allait bien. Il était en sécurité. *En sécurité.* Où était-il ? Il était sorti de l'eau, mais il ne pouvait que s'asseoir au bord du lac et frissonner tandis que le soleil se couchait sous la crête à l'ouest du lac, une incroyable traînée violette traversant le ciel bleu.

Le coucher de soleil est vraiment beau.

Secouant la tête, il eut du mal à se concentrer. *Secoue-toi ! Réveille-toi !* Il se frotta le visage et prit une profonde inspiration. L'agent Hernandez reposait lourdement sur ses jambes et geignait. Il enfonça ses talons dans la terre caillouteuse et réussit à la traîner sur quelques centimètres encore jusqu'à ce qu'elle soit complètement hors de l'eau.

Il se concentra sur Shane, qui était toujours dans le lac et qui marquait une pause dans sa progression pour souffler une fois de plus dans la bouche du pilote en lui pinçant le nez. Shane semblait avoir le contrôle de la situation. Il allait bien. Rafa se tourna ensuite vers ses parents, à six mètres environ, le long du rivage. Son cœur se serra et il eut une montée d'adrénaline qui lui offrit une clarté soudaine.

— Maman ! Arrête !

Rafa tituba. Son père était allongé sur le dos, à peine conscient, et il marmonnait. Le morceau de métal qui devait avoir une épaisseur de cinq centimètres au moins, était logé sous son épaule et ressortait sur une quinzaine de centimètres.

Camila s'était emparée de l'extrémité.

— Ce n'est pas censé être là ! Ce n'est pas normal ! Je dois l'enlever.

Elle tira dessus et Ramon *hurla*.

Rafa se fraya un chemin jusqu'à elle et lui ouvrit les mains. Heureusement, le métal n'avait pas trop bougé, bien que du sang recommence à suinter autour.

— Tu vas faire plus de dégâts en le sortant ! Laisse les médecins le faire.

Il avait regardé suffisamment d'épisodes de la vieille série *Urgences* avec George Clooney pour le savoir.

Assise par terre, les jambes pliées sous ses fesses et les pieds nus, elle dévisagea Rafa avant de regarder son mari. Elle était trempée et tachée de terre et de sang. Elle haletait doucement à travers ses lèvres entrouvertes, ses yeux ne se focalisant pas vraiment comme ils le devraient.

Avec une horrible sensation envahissante, Rafa réalisa que sa mère – connue pour son flegme, pour ses cheveux dont aucune mèche ne dépassait jamais et pour avoir la réponse à tout – était en état de choc.

Elle a besoin de toi. Reprends-toi !

Il prit sa main mollassonne.

— Maman, ça va. Tout va bien. Regarde-moi. *S'il te plaît.*

De son autre main, il releva son menton et souilla encore plus sa peau. Ses perles avaient disparu, la rangée s'étant probablement brisée quand elle s'était libérée de l'épave, car des marques de griffures ornaient son cou.

— Maman. Tu vas bien. Papa va bien. Ne touche pas ce morceau de métal. Ça va empirer la situation.

Ses doigts tressaillirent contre les siens et elle cligna des yeux. Elle hocha ensuite la tête et l'attira dans une étreinte, ses doigts plongeant dans son dos.

— Oh, mon chéri.

— Je vais bien, Maman. Nous allons bien.

Il l'enlaça fermement, se sentant toujours étrangement paralysé. Il savait qu'il était en état de choc et il devait reprendre ses esprits.

— Raf ! Tu es blessé ? cria Shane, non loin.

Rafa se tourna et le vit agenouillé par terre, les mains entrelacées alors qu'il effectuait des compressions thoraciques sur le pilote, dont le visage était horriblement gris. Quand Rafa tenta de répondre, sa voix se brisa. Il s'éclaircit la gorge.

— Je vais bien.

Il se tourna vers Camila.

— Tu es blessée, Maman ?

Il examina son corps, à la recherche de sang ou de blessure évidente. Son chemisier était déchiré et son pantacourt sale, mais elle allait visiblement bien.

Elle secoua la tête.

— Je vais bien. Ton père…

Ramon grogna et ses yeux s'ouvrirent péniblement. Rafa rampa pour être à côté de lui.

— Papa ? Tu vas bien. Détends-toi. On viendra bientôt nous aider.

Alors que les mots franchissaient les lèvres de Rafa, il réalisa qu'il ne savait pas du tout si c'était vrai. Toutefois, il essaya de sourire pour le bien de ses parents.

— Repose-toi. Ne bouge pas.

Il leva le haut de Ramon et chercha d'autres blessures, sans rien trouver d'évider mis à part l'immense morceau de métal qui l'empalait.

Donc, vous voyez, à part ça, nous allons bien.

Il ravala une bouffée hystérique et déchira une bande en bas du T-shirt de golf de son père. Du sang se déversait trop rapidement d'une entaille sur la tête de Ramon et son fils serra prudemment le bandeau de fortune autour de son crâne pour s'assurer qu'il était bien serré, mais pas trop.

— Reste là. Je vais voir comment va l'agent Hernandez.

— Je crois que le pilote est mort, marmonna Camila dont le regard vide était posé sur Shane qui effectuait un massage cardiaque.

— Ne bouge pas, Maman. Tout va bien. Tiens, prends la main de Papa.

Il entrelaça gauchement leurs doigts.

Camila baissa les yeux vers sa main, puis les releva vers Rafa. L'espace d'un instant, elle cligna des yeux et secoua légèrement la tête.

— Chéri ? Tu vas bien ?

Son regard sembla devenir plus clair.

— Tu es blessé ?

— Non, je vais bien.

— Tu saignes !

Elle regardait fixement ses bras.

Levant les paumes, il vit que du sang coulait des entailles sur ses mains ainsi que d'autres qu'il avait à l'intérieur des bras et dont il avait ignoré l'existence.

— Je vais bien.

Camila sortit son chemisier de son pantacourt et arracha l'ourlet avec une force surprenante. Le tissu se déchira dans un *crac* rauque. Elle banda l'une des mains de Rafa, puis l'autre, avant de hocher la tête.

— Tout va bien.

Il se leva et garda péniblement son équilibre avant de s'occuper de Shane et du pilote. Respirant difficilement tandis qu'il appuyait sur la poitrine de l'homme, son petit ami leva les yeux. Une blessure rouge marquait sa tempe et sa joue. Le sang suintait, mais ne coulait pas abondamment.

— Hernandez ?

— Je vais...

Rafa fit un signe de la main et continua sur quelques pas afin de dépasser Shane et de rejoindre l'endroit où il avait laissé la femme. Elle toussait. Rafa l'aida à rouler sur le côté gauche, se souvenant d'une leçon, à l'école, sur les premiers secours et la position latérale de sécurité. Il n'était pas certain que cela fasse une différence, comme il était complètement assommé, mais il se dit que ça ne pouvait pas faire de mal. Il priait pour ne pas se tromper.

Comme dans l'eau, l'agent Hernandez semblait avoir du mal à se réveiller totalement et elle était incapable de le faire. Son pantalon de tailleur était évidemment trempé et Rafa aurait aimé avoir une couverture à poser sur elle. Bien sûr, il n'y avait rien.

Il retira sa veste et l'essora malgré ses paumes qui le brûlaient. Il la pendit sur la branche d'un arbre, espérant qu'elle sécherait un peu et qu'elle pourrait servir de couverture plus tard. Il pria aussi rapidement pour que *plus tard*, ils soient secourus et mis en sécurité.

Ne voyant pas ce qu'il pouvait faire d'autre pour elle, il retourna vers Shane et le pilote, s'agenouillant à côté de ce dernier. Sous le crépuscule, son petit ami croisa son regard. Il compta dans sa barbe et arrêta les compressions afin d'incliner la tête du pilote et de souffler deux fois dans sa bouche. Il reprit les compressions et recommença à compter doucement.

— Je peux m'occuper de la respiration, dit Rafa d'une voix rauque.

Shane acquiesça et le jeune homme se mit en position.

Quand Shane arriva à trente, Rafa souffla deux fois dans la bouche du pilote, lui pinçant le nez et lui inclinant la tête en arrière. Les lèvres de l'homme étaient froides et caoutchouteuses. Sous la lumière faiblissante, la pâleur grise de son visage ne paraissait pas normale et l'instinct de Rafa lui donna envie de s'éloigner de lui.

Il eut la chair de poule, mais resta en place et souffla deux fois dans la bouche de cet homme sans vie chaque fois que Shane comptait jusqu'à trente. En plus de l'eau du lac, de la sueur perlait sur le front de Shane et coulait dans ses yeux.

— On devrait échanger, dit Rafa.

Shane acquiesça et le jeune homme s'occupa du prochain cycle, appuyant ardemment au rythme de la chanson *Staying Alive*.

— Je compte, dit Shane.

Ainsi, Rafa se concentra sur la chanson dans sa tête, répétant encore et encore le refrain. *Ah-ah-ah-ah*. Shane compta à voix haute jusqu'à vingt-cinq, avant de chuchoter jusqu'à trente. Ils recommencèrent ensuite le cycle.

Rafa ne savait pas combien de fois ils l'avaient effectué. Shane reprit finalement les compressions quand il fut essoufflé. C'était étonnamment épuisant – plus qu'il n'aurait jamais pu l'imaginer. Les yeux du pilote étaient fermés et il ne bougeait pas, ne toussait pas, ne se réveillait pas subitement pour cracher de l'eau comme les gens le faisaient dans les films.

Non, alors que l'obscurité s'installait et que la température baissait, le pilote resta simplement allongé là tandis qu'ils comprimaient encore et encore son torse. Les minutes s'écoulèrent avant que Camila parle, sa voix faisant sursauter Shane et Rafa.

— Il est mort.

Rafa s'occupait des compressions et il lui jeta un coup d'œil tandis que ses épaules le brûlaient. Elle secoua la tête.

— Sans un défibrillateur, c'est impossible. Ça fait trop longtemps, maintenant, de toute façon.

Shane soupira.

— Elle a raison. Il serait en mort cérébral, même si les secouristes arrivaient subitement. Ça fait quoi ? demanda-t-il en jetant un coup d'œil à Camila. Quarante minutes ?

— Oui, je crois, répondit-elle.

Rafa chantait encore dans sa tête tandis qu'il effectuait les compressions. *Ah-ah-ah-ah.* Shane couvrit ses mains et les éloigna lentement, entrelaçant leurs doigts.

— C'est bon, murmura-t-il. Nous avons fait tout ce que nous avons pu.

Baissant les yeux vers le pilote, sous la lumière de la lune qui s'élevait, Rafa pensa à la « dame » de cet homme et se demanda s'il avait des enfants. Il ne se rendit compte qu'il pleurait que quand sa vue se troubla. Shane l'éloigna ensuite du corps et ils s'étreignirent, serrés l'un contre l'autre.

Shane murmura dans son oreille.

— Ça va. Nous allons bien.

Ses bras se resserrèrent et il attira Rafa contre son corps. La ceinture de Shane s'enfonça dans son ventre. Le jeune homme haleta et sursauta à cause de la douleur inattendue. Les coupures sur ses mains et ses bras le picotaient maintenant, comme si elles avaient été gelées et fondaient chaudement.

S'agrippant aux épaules de Rafa avec des doigts crispés, Shane prit une inspiration tremblante.

— Quoi ?

Il le parcourut du regard, puis de ses mains.

— Bébé, tu es blessé ?

Rafa tâta doucement son ventre et leva son haut. Au-dessus de la ceinture de son jean se trouvait une longue entaille qu'il avait dû se faire en retournant dans l'épave de l'hélicoptère.

Shane s'agenouilla dans la terre et inhala avec force.

— Pourquoi n'as-tu rien dit ? s'enquit-il.

— Je crois que ce n'est pas si horrible.

— Qu'y a-t-il ? demanda vivement Camila, là où elle était assise auprès de Ramon à trois mètres de là. Monsieur Kendrick, qu'est-ce qui ne va pas avec Rafa ?

Shane soupira, tremblant, et l'air effleura le ventre de son petit ami. Il parla d'une voix autoritaire.

— Tout ira bien. Il a une entaille sur le ventre, mais elle est superficielle.

Il passa son haut par-dessus sa tête et l'appuya sur la blessure avant de déboucler sa ceinture d'une main et de la rattacher autour de ses hanches pour sécuriser la compresse de fortune.

Tandis que Shane déposait un baiser sur la peau nue au-dessus de l'entaille, Rafa lui caressa son crâne rasé et murmura :

— Je vais bien.

— Assieds-toi. Ici, contre l'arbre.

Shane se leva et le mena vers un arbre près de ses parents, afin de l'installer. L'écorce était rêche à travers le T-shirt de Rafa en train de sécher.

— Repose-toi, lui ordonna Shane.

Tandis que ce dernier examinait l'agent Hernandez et la rapprochait de leur petit groupe, Rafa observa ses parents. La tête de son père était désormais sur les cuisses de sa mère et elle lui murmurait quelque chose. L'air était encore figé et la surface de l'eau, vitreuse.

En regardant le lac, on ne pourrait jamais deviner le chaos et le désastre qui venait de s'y produire, qu'un hélicoptère venait de fendre puissamment le ciel et était désormais brisé et perdu dans les profondeurs. La surface était calme, comme si le chaos n'avait été qu'un rêve.

La crête de l'autre côté de la vallée était une ombre irrégulière contrastant avec les étoiles brillantes. C'était étrangement paisible et un oiseau de nuit criait au loin. *Immaculé*, comme l'avait qualifié le pilote, car aucune route ne permettait d'y aller ou d'en partir.

Rafa était réticent à l'idée de le dire à voix haute, mais demanda :

— Comment vont-ils nous trouver ?

Shane rapprochait encore prudemment l'agent Hernandez.

Elle ne s'était toujours pas réveillée quand Shane la tourna sur le flanc et colla ses genoux contre sa poitrine.

— Je ne crois pas que le pilote ait eu le temps de lancer un appel à l'aide, mais évidemment, nous serons très bientôt portés disparus, si ce n'est pas déjà le cas.

Camila hocha la tête en direction de l'agent Hernandez.

— Sa radio ?

Shane secoua la tête.

— Foutue. Elles ne peuvent pas rester immergées.

— Y a-t-il un GPS, un pistolet de détresse ou quelque chose dans l'hélicoptère ? demanda Rafa.

— Je n'en suis pas sûr, répondit Shane.

— Et nos téléphones ? demanda Rafa en grimaçant. Enfin, ils sont évidemment trempés. Je crois que le mien est au fond du lac.

— Le mien aussi, dit Shane.

Camila soupira.

— Le mien est dans mon sac, dans la voiture avec les autres agents. Je crois que ton père y a laissé le sien, aussi.

— Mais ils enverront tous les hélicoptères de l'État à notre recherche dans peu de temps, dit Shane en souriant maussadement. C'est l'un des avantages quand on s'écrase avec un ex-président.

— Ravi d'être utile, marmonna Ramon avant de tousser. De l'eau.

Rafa avança vers lui.

— Ce n'est rien, papa. Ce n'est rien.

Shane jeta un coup d'œil autour de son pied.

— Nous avons plein d'eau, mais comment la transporter ? marmonna-t-il dans sa barbe. S'il y avait un caillou assez grand et suffisamment creusé…

— J'imagine qu'on pourrait utiliser une chaussure ? suggéra Rafa. C'est assez dégueu, mais il doit rester hydraté.

Il délaça sa basket et la lui offrit.

Shane s'approcha du bord du lac et passa devant le corps du pilote. Il s'agenouilla, rinçant abondamment la chaussure de son petit ami et la frottant jusqu'à ce qu'il soit satisfait. Il la remplit ensuite et s'accroupit à côté de Ramon.

— Ouvrez la bouche.

L'homme s'exécuta, Camila soutenant sa tête.

Shane versa de l'eau fraîche dans sa bouche. Il retourna vers le lac afin de remplir la chaussure, mais Ramon dit qu'il en avait bu assez. Il offrit le reste à Camila, qui avala en silence. Elle sourit ironiquement.

— C'est étonnamment bon quand on sait à quel point les pieds de Rafa puent.

— Hé ! Ceux de Chris sont pires que les miens. Tu te souviens de la fois où il a retiré ses chaussures dans la limousine quand on rentrait à la maison après un événement et qu'on avait du mal à respirer ?

Mais de quoi suis-je en train de parler ? Tout était complètement irréel et il aurait aimé pouvoir se réveiller.

Camila réussit à rire assez sincèrement et caressa les cheveux de son époux, dont la tête était sur ses cuisses.

— Tu n'as pas tort, chéri.

— Devrions-nous essayer d'en donner un peu à l'agent Hernandez ?

Shane secoua la tête.

— Elle pourrait l'inhaler. Avec un peu de chance, ils nous trouveront bientôt et elle sera hydratée par perfusion.

Il jeta un coup d'œil au pilote.

— J'aimerais que nous puissions le couvrir. Mais j'imagine que ça n'a pas beaucoup d'importance pour lui.

— Pourriez-vous le mettre hors de portée de vue ? demanda doucement Camila. Pas trop loin pour que les animaux ne… Juste assez loin pour que nous ne soyons pas obligés de le voir ?

Shane hocha la tête et fit ce qu'elle lui demanda, décalant

prudemment le pilote sur la gauche, au-delà de l'arbre suivant. Rafa dévisagea sa mère et elle croisa son regard avant de froncer les sourcils.

— Je suis désolée si ça paraît insensible.

— En fait, je suis surpris que ça te dérange.

Merde. Avait-il dit ça à voix haute ?

Elle cligna des yeux en le regardant et son visage se creusa sous l'effet de la douleur, ce qui lui conféra un air beaucoup plus jeune.

— Tu crois vraiment que je n'ai pas de cœur ? Qu'un homme mort n'aurait aucun effet sur moi ?

— Je suis désolé. Ce n'est pas ce que je voulais dire.

Il déglutit difficilement.

— Vraiment pas.

Elle hocha la tête et la tourna vers le sol en lissant les cheveux de son époux, les épaules voûtées. Rafa voulait s'excuser davantage, mais il était si fatigué.

Il regarda Shane avancer vers le bord de l'eau et s'accroupir pour boire entre ses mains. Son torse nu scintillait sous la lune. Alors que la nuit tombait, il faisait de plus en plus froid et Rafa pria pour que les secours soient en route.

Rafa avait soif, également, mais il n'avait pas envie de quitter son père, pour l'instant. Shane remplit la basket et la lui apporta. Rafa fut heureux de boire. Il n'y avait aucun goût et l'eau était à la fois fraîche et pure. Au moins, ils ne s'étaient pas écrasés dans le désert. Son estomac se serra quand il songea qu'il aurait pu survivre à cette nuit sans eau.

Il retira son autre chaussure et essora ses chaussettes.

— Si nous les pendons à une branche, elles sécheront mieux.

— Bonne idée, répondit Shane en l'imitant. Remets tes deux chaussures. On se servira de celles d'Hernandez pour boire, comme elle ne marche pas.

Il s'agenouilla près de ses pieds et retira ses chaussures ainsi que ses chaussettes. Il pendit ces dernières pour qu'elle sèche. Camila lui passa celles de Ramon.

Shane s'installa contre l'arbre non loin, insistant en affirmant que l'écorce ne le dérangeait pas. Rafa se pencha, en sécurité dans le V formé par les jambes de son petit ami et les bras puissants enroulés autour de son torse. Shane traça le torse de Rafa du bout des doigts.

Ils restèrent en silence un long moment. L'agent Hernandez geignait parfois, puis perdait à nouveau connaissance. Rafa venait tout juste de fermer les yeux quand Ramon grommela.

— Comment ?

Shane sursauta légèrement.

— Chut. Repose-toi, dit Camila.

Elle caressa rythmiquement son corps pour le maintenir au chaud.

— Comment ? répéta-t-il.

La voix de baryton de Shane résonna contre le dos de Rafa.

— Vu la manière dont nous avons commencé à tourner sur nous-même, je crois que la queue des rotors a dû exploser. Nous étions si bas que le pilote n'a pas eu le temps de reprendre les commandes. Enfin, si nous avions été plus haut, nous n'aurions sans doute pas survécu à l'impact.

Le fait qu'ils aient échappé à la mort de peu était encore difficile à encaisser.

— Si ça a explosé, tu crois que c'était une bombe ou quelque chose de ce genre ? demanda Rafa.

Shane resserra ses bras et caressa la cage thoracique de son petit ami.

— J'en doute. L'équipe de protection rapprochée a dû inspecter l'hélicoptère. Je veux juste parler d'un problème mécanique. Un défaut catastrophique du rotor même.

Ils se turent tous à nouveau. Après un moment, un bruit lointain et palpitant devint plus fort. Shane se crispa.

— Un hélico, murmura-t-il.

Pourtant, le son ne devint jamais plus fort. Ils attendirent. Et attendirent. Mais personne ne vint et le temps s'écoula lentement.

La température avait clairement baissé, mais comme il n'y avait pas beaucoup de vent, ça n'était pas si mal.

— Merci, mon Dieu, il y a une canicule, chuchota Rafa.

— Hum. Nous devons tout de même faire attention à l'hypothermie, dit Shane.

Ils burent une nouvelle fois et Rafa se leva, rejoint par Shane au bord du lac. Il grimaça en s'agenouillant, sa jambe gauche le faisant souffrir. Il l'avait probablement cognée en sortant de l'hélicoptère.

— Tu vas bien ? dit Shane en passant un bras autour du dos du jeune homme. Laisse-moi regarder ton ventre.

Il pencha la tête pour tâter et palper.

— Ça a l'air d'aller. Le saignement s'est arrêté. Mais tu devrais te reposer.

— Laisse-moi boire avant que nous y retournions.

Il haleta légèrement quand il prit de l'eau entre ses mains, comme elle était glacée, à présent. Après avoir avalé quelques gorgées, il s'assit sur ses talons et regarda son petit ami, qui le tenait d'une main et le soutenait toujours. Il avait envie de dire tant de choses, mais il ne pouvait que l'enlacer et savourer la chaleur de son corps et de sa respiration.

Le pauvre pilote était mort et pourtant, dans les bras de Shane, bien qu'il soit mouillé et qu'il ait mal, Rafa se sentait merveilleusement protégé et aimé. Il ne pouvait nier qu'il était heureux qu'ils soient encore en vie et qu'il s'accrochait à cet espoir comme à un radeau de survie.

Chapitre 13

M ERDE. ILS NE seraient pas trouvés avant l'aube.

Ils ne seraient pas trouvés avant l'aube et son corps tout entier était douloureux. L'écorce de l'arbre lui griffait le dos, mais Shane n'avait pas bougé depuis que Rafa s'était réinstallé entre ses jambes. Il avait levé le haut de son petit ami afin qu'ils collent leur peau nue et partagent leur chaleur, en prenant soin de n'aggraver aucune de ses blessures. Les entailles sur les mains et les bras de Rafa semblaient heureusement superficielles et la coupure sur son ventre s'était stabilisée.

Ils n'étaient pourtant pas encore sauvés.

Tentant d'étouffer sa crise de panique, Shane s'était habitué à ce que chaque respiration lui fasse mal. Ses côtes étaient probablement couvertes d'ecchymoses, mais il ne pensait pas qu'elles étaient cassées. Peu importait qu'elles le soient, tant que Rafa était en sécurité dans ses bras. Mon Dieu, comme il était fatigué. Penser à leur lit chaud à Curl Curl le fit souffrir.

Tu y seras bientôt. Tu vas y arriver.

Il était plus de minuit, et malgré la palpitation distance de rotors d'hélicoptères, les sauveteurs ne s'étaient pas rapprochés. Shane savait que, dans le noir, il était presque impossible de repérer quoi que ce soit, même avec des projecteurs, sans que le site du crash soit visible ou que de la fumée signale leur position au loin avant le coucher du soleil. Toute l'équipe de recherche avait dû quadriller le parcours que le tour en hélicoptère couvrait habituellement.

Cela représentait tant de kilomètres.

Le pilote les avait emmenés au-dessus du lac, car son volume avait augmenté avec les récentes pluies, ce qui indiquait qu'il ne faisait pas partie du tour habituel. Quelle partie de son plan avait-il communiqué avec les autres employés de sa société ? Avait-il pris une décision de dernière minute ? Quelle souplesse les pilotes avaient-ils pendant ces visites ? La seule personne qui pouvait répondre à ces questions pour le moment était évidemment morte.

Parce que je ne l'ai pas sorti à temps.

Frissonnant, Shane frotta sa joue contre les cheveux de Rafa. Celui-ci s'assoupissait et il releva brusquement la tête.

— Désolé, murmura Shane.

Camila était encore éveillée. Elle surveillait son mari, bien qu'elle doive être épuisée. Ramon avait à nouveau perdu connaissance, marmonnant parfois et geignant péniblement.

Hernandez ne s'était toujours pas réveillée, mais Shane espérait que son corps la protégeait en l'empêchant de reprendre connaissance. Pourtant, l'hypothermie était une véritable inquiétude. Il ne gelait pas, mais il faisait assez frais, comparé à la chaleur de la journée, quand le soleil brillait.

Pourquoi ne l'ai-je pas sorti à temps ?

Fermant les yeux, il tenta de chasser les images de l'hélicoptère en train de couler. L'environnement était devenu étonnamment sombre quand l'hélicoptère avait plongé sous la surface et il avait dû tâtonner, les bras devant lui pour toucher l'endroit où le pilote devrait se trouver. La pression de l'eau, une fois que l'hélicoptère avait été complètement submergé, avait rendu ses mouvements indolents.

Son cœur avait bondi dans sa poitrine quand ses doigts s'étaient refermés autour du bras du pilote, mais il avait ensuite eu du mal à trouver le bouton de la ceinture. Ses poumons l'avaient brûlé à chaque seconde qui passait et la panique battait contre sa cage thoracique. Chaque instinct lui avait hurlé de remonter à la surface.

Il avait tout de même recherché le bouton pour ouvrir et quand il l'avait trouvé, il l'avait transpercé de ses doigts. Le besoin de respirer avait été si fort qu'il avait compris qu'il allait bientôt haleter involontairement et il serait alors mort s'il le faisait.

Il avait libéré le bras de l'homme et s'était désespérément débattu pour rejoindre la surface, les yeux ouverts, l'eau devenant plus claire et le soleil tel un éclat distant qu'il visait. Son crâne et ses poumons le faisaient souffrir. Quand il avait à nouveau respiré, l'oxygène avait été délicieux et lui avait donné le vertige.

Un sanglot s'était presque échappé de sa gorge, mais il n'avait pas eu le temps de célébrer sa survie, pas quand le pilote – dont il ne se souvenait pas du nom, honteusement – était mou et aréactif.

Il lui avait tout de même fait du bouche-à-bouche dans l'eau et l'avait ramené sur le rivage aussi vite que possible, tout en sachant que cet homme était déjà mort. Il n'aurait pas pu se regarder dans une glace s'il avait abandonné. Ainsi, même quand les compressions avaient fini par casser l'une des côtes, il avait continué.

Si j'avais détaché sa ceinture plus tôt...

Il frissonna à nouveau et Rafa se crispa.

— Qu'y a-t-il ?

— Rien.

Son pouls palpita et il prit une lente inspiration, savourant toujours l'oxygène et ignorant la douleur palpitante dans ses côtes. Ils pouvaient peut-être faire un feu...

— Tes parents n'ont pas commencé à fumer, n'est-ce pas ? Si nous avions un briquet, nous pourrions faire un feu.

Camila répondit d'une petite voix nerveuse.

— Non. Je ne crois pas que l'agent Hernandez fume, non plus. Peut-être... Eh bien, peut-être que monsieur Moir fumait ?

L'espace d'un instant, Shane fut incapable de parler.

— C'était son nom ? demanda-t-il d'une voix rauque.

— Oui. Il a dit Rich Moir.

Rich Moir. Il était d'âge moyen, autour de la cinquantaine. Ses parents étaient-ils toujours en vie ? Était-il père ? *Pourquoi ne l'ai-je pas sorti à temps ?* Il avait dit à Rafa qu'ils avaient fait tout ce qu'ils avaient pu, mais si Shane avait été plus vite, *meilleur…*

— Nous devrions vérifier ses poches, chuchota Rafa.

Shane l'embrassa sur le sommet du crâne.

— Je vais le faire. Je vais aussi vérifier avec Hernandez.

Il se leva et frotta ses mains sur ses bras et son torse, ignorant la douleur dans ses côtes.

Il vérifia tout d'abord les poches de l'agent, ainsi que son pouls, qui était régulier. Elle n'avait pas de briquet dans son pantalon ou dans la veste de son tailleur, qui était encore un peu mouillé. Prenant une profonde inspiration, alors que ses côtes protestaient, il s'approcha de Rich Moir.

La poche pectorale de la chemise blanche à manches courtes de l'homme était vide. Shane coinça ses doigts dans une poche du pantalon, puis dans les autres, y compris celles à l'arrière. C'était une invasion horrible, mais cela devait être fait.

Elles étaient vides. Il ne restait que les vestiges mouillés d'un mouchoir en lambeaux. Il observa le bazar blanc dans sa main et le secoua, avant d'essuyer sa paume sur son pantalon. Des brindilles craquèrent et il leva les yeux, découvrant que Rafa approchait.

Shane avait envie de lever les bras et de lui cacher ce cadavre, aussi idiot que ce soit.

— Tu as trouvé quelque chose ? demanda Rafa.

Shane secoua la tête.

— Va te reposer. Je vais voir si je trouve du bois sec. Pour faire un feu de la bonne vieille manière.

— Je vais t'aider.

— Non, tu dois…

— J'ai besoin d'aider !

Le regard de Rafa scintilla sous la lumière de la lune. Il baissa la voix.

— Je ne suis pas inutile. Ne me traite pas comme si c'était le cas.

— Ce n'est pas…

Shane se frotta le visage, frissonnant alors qu'une brise faisait onduler la surface du lac.

— Je suis désolé. Je veux simplement prendre soin de toi.

Rafa s'agenouilla à ses côtés et passa les bras autour du dos de Shane pour le caresser.

— Je sais. Et je t'aime pour ça. Mais je vais bien.

Son regard se posa sur l'homme décédé et il frissonna.

— Je sais que je ne suis pas entraîné pour ces trucs-là, comme toi, mais je peux aider. Ils ont besoin qu'on les aide.

On. Shane hocha la tête.

— Tu as raison.

Il avait beau avoir envie de protéger Rafa et de tout faire seul, son petit ami était un dur à cuire. C'était un homme et ils étaient partenaires. Et comme il restait assis là, près du corps froid d'une personne qu'il n'avait pas sauvé, c'était un soulagement de ne pas être seul. Un soulagement de sentir les mains fortes et chaudes de Rafa contre lesquelles s'affaler quelques instants pour respirer.

Shane hocha ensuite la tête.

— Voyons voir si nous pouvons faire un feu.

Ils s'aventurèrent vers les arbres, marchant d'un pas lourd pour effrayer toute créature qui rôderait dans les parages. Ils donnèrent des coups de pied dans le sol et trouvèrent des brindilles qui paraissaient sèches, alors pourquoi pas ? Ça valait la peine d'essayer. Retournant vers les autres après avoir réuni des brindilles et des feuilles, ils créèrent un petit foyer.

Shane s'accroupit et commença à frotter deux brindilles, en ancrant une et faisant tourner l'autre entre ses paumes comme il avait vu quelqu'un le faire à la télé.

— Je ne crois pas que ça va fonctionner, remarqua Camila.

— Moi non plus, répondit-il.

Rafa soupira.

— Le verre à moitié plein, les gars.

Shane ne cessa d'essayer, même si ça ne servait apparemment à rien. Ses mains étaient douloureuses, mais il n'arrivait même pas à produire la plus légère des volutes de fumée. Il se rassit sur ses talons, une douleur tiraillant son torse à chaque inspiration.

— Seigneur. C'est plus difficile que ça en l'air.

— Laisse-moi essayer, dit Rafa.

Shane eut envie de protester en disant que les mains de Rafa étaient entaillées, mais il se mordit la langue et le regarda faire tourbillonner une brindille contre une autre sur un tas de petits morceaux de bois sec.

Rafa grimaça.

— Waouh. C'est vraiment difficile.

— Ne rouvre pas ces entailles, lui lança vivement Camila.

Marmonnant dans sa barbe, Rafa continua d'essayer. Shane grimaça en l'observant, sachant à quel point c'était douloureux, mais il n'abandonna pas avant de longues minutes.

Finalement, le jeune homme se rassit sur ses talons et respira difficilement.

— Merde. C'est trop difficile.

— Surveille ton langage, dit sa mère d'un air absent.

Rafa et Shane échangèrent un regard avant de rire. Ce fut follement douloureux de rire, mais son cœur chantonna en voyant un sourire sur le visage de son petit ami, même quelques instants alors que dans l'horrible réalité, ils étaient à des kilomètres de tout sauvetage.

Leur rire s'interrompit quand Ramon geignit subitement et se débattit sur le dos. Camila l'immobilisa et tenta de l'apaiser. Rafa se rapprocha et tint les jambes de son père.

— Ça va, Papa. Tout va bien. On est là.

S'ils ne viennent pas demain matin...

Shane tenta de chasser sa peur.

— Nous devons supposer qu'ils ne nous trouveront pas avant demain matin. Nous devons nous regrouper pour éviter l'hypothermie.

Camila soupira, tremblante.

— Mais il doit aller à l'hôpital !

Il étant évidemment son époux. Elle agita une main en direction de Ramon.

— Il a besoin de médecins ! Comment est-ce arrivé ? Pourquoi ne nous cherchent-ils plus ?

— Je suis sûr qu'ils cherchent encore, répondit Shane en tentant d'avoir l'air rassurant. Ils pourraient arriver d'une minute à l'autre.

— Alors pourquoi n'arrivent-ils pas ? hurla-t-elle tandis que sa voix se brisait.

— Ils vont venir, Maman. Tout va bien.

S'agenouillant à ses côtés, Rafa la prit dans ses bras. L'espace d'un instant, elle demeura parfaitement rigide, mais elle céda ensuite et s'effondra contre son fils, un sanglot s'échappant de ses lèvres pincées. Il la serra contre lui.

Ramon marmonna des mots que Shane ne comprit pas et gigota frénétiquement en tendant la main vers le métal empalé en lui. Avant que Shane ne puisse arriver, Camila avait plongé sur son époux et interrompu le mouvement de ses mains.

— Non, chéri, le sermonna-t-elle en reprenant visiblement le contrôle.

Elle renifla fortement avant de secouer la tête.

— Vous avez raison, monsieur Kendrick. Nous devons rester au chaud.

Tandis que Ramon se taisait pour le moment, elle se mit à genoux et Shane se rendit compte qu'elle était pieds nus. S'il l'avait remarqué plus tôt, il ne l'avait pas retenu. Dans l'obscurité, son vernis à ongles paraissait noir, mais il était probablement rouge.

— Où sont vos chaussures ? demanda-t-il.

— Quoi ?

Elle le regarda impassiblement avant de répondre.

— Oh. Dans le lac. Elles sont tombées presque immédiatement, je crois. Les Jimmy Choo ne sont pas faites pour nager.

Shane attrapa les chaussettes qu'ils avaient pendues à une branche. Après quelques heures, elles étaient encore humides, mais plus sèches que mouillées, ce qui n'était pas rien.

— C'est mieux que rien.

Il lui tendit ses chaussettes blanches de sport.

Après avoir observé les chaussettes comme s'il s'agissait de créatures extraterrestres, Camila hocha la tête et les saisit, avant d'enfiler ce morceau de coton trop grand.

— Merci.

Shane jeta ses chaussettes à Rafa, avant de poser la veste d'Hernandez sur elle et d'enfiler ses chaussettes sur ses pieds froids. Il fit passer une autre tournée d'eau avec la chaussure en cuir trempé. Ramon était trop inconscient pour boire, à présent. Il grognait et criait des inepties pendant que Camila l'apaisait et lui caressait les cheveux.

Shane se demanda s'ils devraient se déplacer vers les arbres pour être plus protégés, mais le vent était heureusement resté calme. Seule une légère brise soufflait sur l'eau et il n'avait pas envie de prendre le risque de déplacer Hernandez et Ramon encore plus.

De plus, ils avaient beau avoir une chance sur un million qu'un autre hélicoptère les trouve dans l'obscurité, ils seraient plus facilement vus au bord d'un lac plutôt que dissimulés par la canopée, plus profondément dans les bois.

Faisait-il tout ce qu'il pouvait ? Faisait-il tout ce qu'il *fallait* ? Rafa avait dit que Shane était entraîné pour ça, mais les services secrets ne l'avaient pas initié à la survie en milieu sauvage. Il connaissait les premiers secours, mais voilà tout. Il savait qu'il était important de rester au chaud et de frotter de la peau contre de la peau était le meilleur moyen. Toutefois, l'idée de se dénuder avec la mère de Rafa n'était pas franchement plaisante. Il n'opterait pour cette suggestion qu'en dernier recours.

Il aurait dû regarder plus d'émission de Bear Grylls.

Le sol était en terre, en cailloux et en brindilles, mais ils n'avaient rien sur quoi s'allonger. Avec Hernandez et Ramon geignant au milieu, Camila s'allongea à côté de son mari, se blottit contre lui. Shane poussa Rafa à se rapprocher de Hernandez et le prit en cuillère, levant son haut afin que leur peau puisse être collée.

Ça ne peut pas être réel.

Ça l'était pourtant. Ils étaient coincés. Il y avait un homme mort, hors de leur champ de vision, et si les sauveteurs ne venaient pas demain matin, Hernandez et le père de Rafa pouvaient mourir. Bon sang, ils pouvaient tous mourir.

Les poumons de Shane se comprimèrent. Les « et si » s'insinuèrent dans son esprit comme avec une mitrailleuse. Il fut douloureux de retenir sa respiration, mais il ferma les yeux, soupirant lentement. Il devait rester calme. Il n'avait pas d'autre option.

Nous avons de l'eau. Nous pouvons tenir pendant des semaines avec de l'eau. Ils nous trouveront bien avant ça. Il le faut. Ils le feront. Tous les hélicoptères d'Australie viendront, si nécessaire.

Shane serra Rafa contre lui et tenta d'ignorer les plaintes fiévreuses de Ramon. Recroquevillé ainsi, partageant sa chaleur, ils ne pouvaient faire qu'une chose : attendre.

ILS ÉTAIENT TOUJOURS coincés dans la nuit infinie, mais au moins, une aube grisâtre s'élevait quand Shane entendit Camila se lever, puis disparaître au milieu des arbres. Elle réapparut quelques minutes plus tard et il se demanda si Camila Castillo avait déjà uriné dans les bois par le passé. C'était hautement improbable. Blotti contre un Rafa assoupi et tremblant, cette pensée le fit rire.

Presque.

Il était toujours en cuillère, fermement contre son petit ami, et s'assurait qu'il ait aussi chaud que possible. L'élévation et la rechute de sa poitrine pendant sa respiration le rassuraient. Le dos nu de Shane était gelé et il fit rouler ses chevilles avant de replier ses pieds glacés dans ses baskets humides pour maintenir l'afflux sanguin.

À côté de Rafa, Hernandez respirait encore fortement, avec un pouls stable. Elle était presque inconsciente, bien qu'elle laisse échapper quelques murmures et frissons. Sur le dos, Ramon avait gémi et crié quasiment toutes les deux minutes, sa femme et son fils l'apaisant.

L'homme était devenu plus calme, maintenant. Sous la lumière de la lune, Shane voyait qu'il respirait régulièrement, malgré le terrible shrapnel qui s'élevait et retombait à chaque inspiration et expiration. Il n'avait visiblement pas percé ses poumons ni aucun organe majeur, mais l'état de choc et le risque d'infection étaient évidemment élevés.

Rafa venait tout juste de s'endormir et Shane le serra contre lui en regardant Camila s'approcher de l'eau et frotter ses bras vigoureusement à travers son chemisier fin. Au moins, ils semblaient relativement protégés, dans la vallée. Le vent était toujours comme un courant d'air sur l'eau alors que la nuit s'écoulait dans une lenteur abrutissante.

S'assurant que Rafa soit à l'aise pendant sa sieste – enfin, autant que possible, Shane s'éloigna de lui et rejoignit Camila au bord du lac. Il réveillerait bientôt son petit ami et l'obligerait à se lever ainsi qu'à bouger pour être certain qu'il ait assez chaud.

Il frotta ses bras nus, ses paumes étant toujours douloureuses après sa tentative infructueuse pour faire du feu. Accroupi à côté de Camila, il l'imita et mit ses mains en coupe dans l'eau fraîche pour boire.

— Cette nuit n'en finira jamais, chuchota-t-elle.

— On en a clairement l'impression. Savez-vous quelle heure il est ? demanda-t-il en hochant la tête vers la délicate montre dorée autour de son poignet.

— Malheureusement, elle n'est pas waterproof. Mais le ciel semble s'éclaircir un peu, n'est-ce pas ?

— Un peu. L'aube est en chemin. Nous allons y arriver.

Elle demeura silencieuse quelques instants, buvant encore un peu d'eau et frissonnant.

— Je suis ravie que vous soyez là, dit-elle ensuite d'une petite voix.

L'espace d'une seconde, Shane ne fut pas certain de l'avoir correctement entendue.

— Je...

Camila sourit tristement.

— Moi non plus, je ne pensais pas que ce jour arriverait. Mais c'est un réconfort de vous avoir ici et de constater que vous prenez les choses en main. Après toutes ces années, nous nous sommes habitués à nous reposer sur les services secrets. C'est un soulagement de vous avoir avec nous.

Elle frissonna et inspira à travers ses dents serrées.

Sans se laisser le temps de penser aux pour et aux contre, Shane passa un bras autour de son dos et le frotta.

— Merci, chuchota-t-elle en s'appuyant sur son flanc, en s'asseyant sur ses pieds toujours dans des chaussettes et en croisant les bras. À vrai dire, je crois que je ne serais pas sortie de cet hélicoptère sans votre aide, monsieur Kendrick. Ramon n'en serait assurément pas sorti. J'essayais de le soulever et l'eau me passait au-dessus de la tête...

Elle trembla.

— Je croyais que c'était la fin. Et vous êtes arrivé. Nous serions morts, sans vous. Alors merci. Sincèrement. Et merci d'avoir sorti Rafa en premier.

— Inutile de me remercier.

Elle le regarda calmement.

— Si, je le dois.

Elle scruta l'horizon en fronçant les sourcils.

— Que se passera-t-il s'ils ne nous trouvent pas, aujourd'hui ?

— Ils nous trouveront, répondit-il en frottant régulièrement son dos.

— Vous êtes confiant.

— Eh bien, c'est plus ou moins le pire cauchemar des représentants des relations publiques du gouvernement australien. Un ex-président et une ex-première dame périssent lors d'un séjour touristique ? Ça ferait une mauvaise pub pour le tourisme.

Elle rit d'un air maussade.

— Ce n'est pas faux.

— Et perdre une personne qu'on protège, c'est la pire crainte des services secrets. Ils doivent être en train de remuer ciel et terre pour vous trouver, Ramon et vous. Faites-moi confiance.

— Vous avez dû avoir peur, dit-elle après quelques instants. Quand vous vous êtes fait tirer dessus et que Rafa a été enlevé.

Il se figea, son bras sous les omoplates de la femme. Il déglutit péniblement. Des images de boue, de pluie, de feux arrière disparaissant dans l'obscurité envahirent son esprit.

— Oui, marmonna-t-il d'une voix rauque.

— Si cette balle vous avait tué… Vous pensez que ces hommes auraient fini par laisser Rafa partir ?

Il aurait peut-être dû lui raconter un joli petit mensonge, mais quelle en serait l'utilité ?

— Non.

Elle frissonna contre lui et il recommença à lui frotter le dos, tentant de ne pas imaginer que Rafa aurait souffert si Shane était mort et que les kidnappeurs s'en étaient sortis librement. Auraient-ils commencé à couper des morceaux de son cadavre pour les envoyer au président ?

Il ferma les yeux un moment et un frisson le saisit. Son bras cessa de bouger. Camila pinça ensuite son genou. Il observa son regard calme, la lune se reflétant dans ses yeux.

— Vous l'avez ramené, chuchota-t-elle. C'est fini, maintenant.

— Mais s'il lui arrive autre chose ? rétorqua-t-il avant de pouvoir s'en empêcher. Mes parents…

Ferme-la. Arrête de parler. Camila Castillo n'a pas envie d'entendre parler de ton angoisse.

— Ça a dû être horrible, de les perdre de cette façon.

Il était étrange d'entendre une compassion sincère dans sa voix. La voix de Shane se brisa et les larmes lui montèrent aux yeux. Seigneur, il ne pouvait *pas* commencer à pleurer. Ne se faisant pas confiance pour parler, il hocha la tête.

Ils étaient partis depuis des années – et il était adulte –, mais la peine causée par leur perte enflait douloureusement. À cet instant, leurs conseils et leur amour lui manquèrent intensément et il eut l'impression de prendre un coup de couteau dans le ventre.

— À votre avis, que penseraient-ils de Rafa et vous ?

Il était éprouvant de penser qu'ils n'auraient jamais la chance de rencontrer l'homme que Shane aimait de tout son cœur et il ne put donc répondre, la boule dans sa gorge étant trop immense.

Les sourcils froncés, Camila tourna la tête pour le regarder de plus près. Elle cligna des yeux, une surprise évidente se lisant sur son visage.

— Je suis sûre qu'ils l'adoreraient. Tout le monde l'adore.

Elle reposa son regard sur le lac et adopta un ton hautain.

— Et pourquoi ne l'adoreraient-ils pas ? C'est un merveilleux jeune homme. Évidemment, il a des parents parfaits.

Riant et sanglotant en même temps, Shane se rendit compte qu'elle essayait de faire une blague. Et mon Dieu, il lui en était follement reconnaissant. Il prit une profonde inspiration, la menace des larmes faiblissant comme une vague qui retournerait vers l'océan.

Après s'être éclairci la voix, il serra légèrement ses épaules pour la remercier.

— Je suis sûr qu'ils l'auraient adoré. J'aimerais… tant de choses.

— Vous êtes un homme intelligent, dit-elle brusquement de son ton redevenu implacable. Vous savez que ce n'était pas votre faute. Arrêtez de vous torturer avec ce qui aurait pu se passer. Nous voulons tous protéger nos êtres chers. Laisser mes enfants vagabonder dans le monde était beaucoup plus facile quand ils étaient protégés par les services secrets.

— Je ferai tout ce qui est en mon pouvoir pour protéger Rafa. Toujours.

Elle demeura silencieuse un moment.

— Je le sais, dit-elle avant de secouer la tête. Je dois dire que vous êtes surprenant.

Ce fut agréable de rire et le doux gloussement réchauffa sa poitrine. Il recommença à lui caresser le dos lentement.

— De votre part, c'est un appui retentissant.

— Ne nous laissons pas emporter, monsieur Kendrick. Mais je dois admettre que…

Shane attendit. Il aurait aimé ne pas se préoccuper autant de ce qu'elle allait dire. Après quelques instants, il pensa que, peut-être, elle ne dirait rien du tout.

— Mon petit garçon a grandi, murmura-t-elle enfin. Rafa et vous, vous allez bien ensemble.

— Merci.

Il ne savait pas quoi dire d'autre. Pendant quelques minutes, ils restèrent assis en silence au bord de l'eau, sous les étoiles infinies.

— C'est vraiment beau, ici, chuchota-t-il.

Elle leva les yeux, comme si elle remarquait le ciel nocturne pour la première fois.

— J'imagine que oui.

Ramon cria. Shane et Camila se levèrent d'un bond et retournèrent vers les autres pour en revenir aux choses sérieuses. Rafa était réveillé et parlait à son père en lui tenant la main. Il leva les yeux alors que Shane et Camila le rejoignaient et il fronça les sourcils.

Son petit ami lui sourit et l'embrassa sur la tempe. Avec Camila, ils ne cessèrent de veiller sur Ramon et Hernandez, tous rassemblés et priant pour que l'aube arrive.

Chapitre 14

R AFA RESSERRA LA couverture orange autour de son corps et s'agrippa à la main de Shane tandis que l'hélicoptère partait pour Adélaïde. Le soulagement, quand ils avaient entendu le *tac-tac-tac* des rotors à l'aube, avait été un déferlement agréable, mais alors même qu'un appareil avait finalement volé à basse altitude au-dessus de la vallée, il ne s'était pas autorisé à souffler avant qu'un secouriste les ait rejoints sur la côte.

D'autres hélicoptères et d'autres personnes étaient ensuite arrivés. Le vent dans ses yeux et le brouhaha avaient fait tambouriner son cœur. Et maintenant que Shane et lui étaient à l'arrière d'un hélicoptère – des secouristes s'occupant de l'agent Hernandez sur une civière devant eux et ses parents dans un autre appareil –, Rafa se crispa à nouveau.

La bile lui monta à la gorge et il regarda par la vitre, se souvenant du moment où l'autre hélicoptère avait commencé à tourner de façon incontrôlable. Il se rappelait cette horrible pression en lui, alors qu'ils descendaient en piqué, comme s'il allait se faire écraser. Cela aurait été le cas, s'ils avaient été en train de voler plus haut.

— Tout va bien. Nous n'allons pas nous crasher à nouveau, dit Shane comme s'il lisait dans ses pensées.

Rafa grogna et cria par-dessus le bruit de l'hélicoptère.

— Ne nous porte pas la poisse !

Shane frotta ses articulations contre sa tête.

— Je touche du bois.

Rafa fut obligé de rire. Il se sentit ensuite coupable en regardant les secouristes examiner l'agent Hernandez, toujours inconsciente. Il avait essayé de lui tenir chaud, pendant la nuit, frottant ses mains entre les siennes et s'appuyant contre elle. Son pouls lui avait paru régulier, chaque fois qu'il l'avait cherché sur son poignet, mais il n'était pas franchement un expert.

Il était étrange de penser qu'ils avaient réellement été trouvés. Shane lui avait assuré qu'ils seraient secourus une fois que le soleil serait levé et ça avait effectivement été le cas. Rafa serra sa main, pensant à la dernière fois où Shane et lui avaient été secourus après avoir échappé à la mort de peu.

Mon Dieu. Le mot « soulagement » n'était pas assez fort pour décrire ce qu'il avait ressenti quand Shane avait soulevé le couvercle de cette boîte et l'avait attiré dans ses bras.

— Tout va bien, répéta Shane.

— Je sais. Tu es là.

Shane l'embrassa tendrement et Rafa s'appuya contre lui, fermant les yeux pour le reste du vol alors que le paysage qui défilait le faisait légèrement flipper.

À l'hôpital, les gens et les bruits redevinrent confus et il détesta être séparé de Shane pendant que les médecins l'examinaient. Les infirmières nettoyèrent et bandèrent quelques-unes des entailles sur son cou, ses mains et ses bras, mais la plupart guérissaient déjà. La plaie superficielle sur son ventre n'avait pas besoin de points de suture.

Bien qu'il soit incroyablement courbaturé et qu'il ait l'impression de pouvoir dormir pendant des jours, il allait bien. Il mourait de faim et pourtant, bizarrement, il n'avait pas faim. Ce dont il avait vraiment envie, c'était d'une longue douche chaude.

Il détestait porter une blouse d'hôpital et être déplacé en fauteuil roulant, mais ils insistèrent pour lui faire d'autres examens afin d'être certains qu'il ne souffrait pas d'autres blessures. Alors qu'il remontait sur le fauteuil roulant après s'être levé pour une radio, il demanda :

— Des nouvelles de mon père ?

— Tout ira bien pour lui. Ne vous inquiétez pas, lui répondit l'aide-soignant, un jeune garçon souriant.

Il serra amicalement l'épaule de Rafa. Celui-ci espérait qu'il ne lui racontait pas des bobards. Il mourait d'envie d'être avec Shane et sa famille, mais il laissa les employés de l'hôpital effectuer tous les examens, les tests et les palpations qu'ils souhaitaient. Ce qui prit une *éternité*.

Finalement, ils l'emmenèrent dans la chambre de sa mère. Il était à peine arrivé dans l'embrasure de la porte que Matthew l'enlaçait de son bras valide. Rafa l'étreignit fermement, tentant de faire attention à son écharpe.

— Merde, Raf. J'ai eu tellement peur.

Tremblants, les doigts de Matthew s'enfoncèrent dans son dos à travers le fin peignoir de l'hôpital qu'on lui avait donné pour qu'il le passe par-dessus sa blouse.

Rafa inhala le parfum de son frère, qui sentait la sueur et le café.

— Je sais. Moi aussi.

— Merde. Je suis content que tu ailles bien.

Portant un peignoir moelleux par-dessus sa blouse d'hôpital, Camila intervint en s'asseyant sur son lit.

— Surveille ton langage.

Ils l'ignorèrent.

— Tu vas bien, Matty ?

Les cernes noirs sous ses yeux étaient immenses et ses cheveux étaient gras et décoiffés.

— À part le fait que j'ai cru que vous étiez morts, toute la nuit, je vais super bien. Ade et Chris sont en chemin. Ils sont en train de flipper, évidemment. Merde, je n'arrive pas à croire que papa a été *empalé*.

— Je dois dire qu'il l'a assez bien encaissé, en fin de compte.

Rafa se tourna vers Camila.

— Maman, qu'on dit les médecins ? Tu vas bien ?

Il s'assit au bord du lit et lui prit la main.

Elle la serra fermement.

— Je vais bien. J'ai mal aux côtes et j'ai beaucoup de bleus, mais rien de trop sérieux. Ils ont réussi à sortir le morceau de métal du torse de votre père en toute sécurité. Le chirurgien est censé venir d'une minute à l'autre pour nous donner des nouvelles.

Il soupira.

— D'accord.

Merci, mon Dieu.

— Et toi ?

Elle fronça les sourcils et tenta de soulever son peignoir.

— Ton ventre ?

— Maman ! s'écria-t-il en repoussant ses mains. Je vais bien, merci. Je n'avais même pas besoin de points de suture. Ils ont fait des radios et tout, mais je suis sûr que tout est parfait.

Elle hocha la tête.

— J'ai parlé au médecin, il veut qu'on passe la nuit ici, en observation. Monsieur Kendrick aussi, j'imagine. Ils préparent la chambre d'à côté pour vous deux.

Rafa avait beau détester l'idée de rester toute la nuit à l'hôpital, au moins, Shane et lui pourraient être ensemble. Et remarquablement, cela ne semblait pas déranger sa mère.

— Merci.

— Ils partagent une chambre alors qu'ils ne sont même pas mariés ? la taquina Matthew. C'est assez scandaleux, Maman.

Elle lui lança un regard impatient.

— C'est un hôpital. Il y aura deux lits.

— Comment va Shane ? demanda Matthew à Rafa.

— J'ai des ecchymoses sur les côtes et quelques égratignures, dit Shane depuis l'embrasure de la porte. Ça aurait pu être bien pire.

Il portait également un peignoir miteux sur sa blouse et les mêmes chaussons bas de gamme que son petit ami.

— Ils me gardent pour la nuit, juste au cas où.

Matthew l'étreignit d'un bras.

— Je suis ravi que tu ailles bien, mec.

— Merci. C'est bon de te voir.

Shane donna une légère claque dans le dos de Matthew.

Le regardant, Rafa se dit qu'il ne se lasserait jamais de ce spectacle. *Il va bien. Nous nous en sommes sortis.* Il se leva et prit la main de Shane, s'assurant que ses blessures soient mineures.

Le chirurgien arriva, il s'agissait d'une femme d'âge moyen en tenue colorée. Un agent la fit entrer et resta à ses côtés.

— Nous avons eu une chance incroyable que le shrapnel ne touche pas une artère ou ne perce pas ses poumons. Nous le gardons en soins intensifs, pour l'instant, mais il est stable. Il s'en est bien sorti pendant l'opération. Il a cependant un traumatisme crânien et aura besoin de se reposer. Il faudra du temps, mais nous espérons une guérison totale.

Rafa soupira à nouveau.

— Pouvons-nous le voir ?

— Dans quelques heures et une personne à la fois. Si vous voulez bien m'excuser, je dois me préparer pour mon prochain patient.

— Et Hernandez ? demanda Shane à l'agent qui s'attardait devant la porte.

— Elle a une blessure à la tête et quelques côtes cassées. Mais elle va s'en sortir.

Rafa soupira.

— Merci, mon Dieu.

— Les services secrets font venir sa famille ? demanda Shane.

— Oui. Ses parents sont en route.

L'homme donna l'impression de vouloir dire autre chose à

Shane, mais il tourna les talons et partit en fermant la porte derrière lui.

Dans le silence qui suivit, Matthew alla s'asseoir au bord du lit de Camila, tandis que Rafa et Shane tiraient des fauteuils à côté d'elle. Il s'éclaircit la gorge.

— Alors, j'ai entendu dire que vous étiez des héros.

— Hein ? répliqua Rafa. *Moi* ? Non, c'était Shane.

— Vous étiez tous le deux des héros, insista Camila. Vous avez tous les deux été admirables.

Elle prit la main de Rafa.

— Tu as été si courageux, mon chéri. Tu as vraiment grandi.

— Tu es carrément le chouchou, maintenant. Le pauvre Chris a été rétrogradé.

Camila soupira, exaspérée.

— Je vous aime tous de la même manière ! Pourquoi dois-tu insister sur ce faux-semblant selon lequel Christian serait notre préféré ?

Rafa et son frère échangèrent un coup d'œil amusé et il s'apprêtait à la taquiner davantage quand il rendit compte qu'elle sanglotait et que des larmes lui montaient aux yeux. Il lui serra les doigts.

— Maman, Maman, tout va bien. On t'embête, c'est tout.

Matthew la dévisagea, les yeux écarquillés, et tendit la main pour saisir la sienne.

— C'est juste une blague.

Elle prit une inspiration tremblante et cligna rapidement des yeux.

— Je détesterais que vous le pensiez sincèrement. Votre père et moi, nous vous aimons tous tellement. Plus que vous ne pourrez jamais l'imaginer. S'il vous plaît, croyez-le.

— Nous le croyons, répondit Rafa. Et nous aussi, nous vous aimons.

Il se pencha et l'embrassa sur la joue.

— Je crois que l'épuisement te rattrape, constata Matthew. Tu as besoin de te reposer.

Il jeta un coup d'œil à Shane et Rafa.

— Vous aussi, vous devriez vous reposer. Nous le devrions tous.

Une infirmière tapa sur la porte entrouverte.

— Je n'aurais pas dit mieux. La chambre d'à côté est prête. Et si vous vous remplissiez un peu la panse avant de faire une bonne sieste ?

— On ne peut pas voir mon père, d'abord ? demanda Rafa.

— Ça prendra des heures, mon petit. Il va bien, ça ne lui servirait à rien que tu dormes debout.

Il se leva, à contrecœur. Au moins, Shane et lui pouvaient être dans la même chambre.

— Je crois que je ne peux pas dormir.

L'infirmière lui sourit gentiment.

— Essayez, au moins.

QUAND RAFA SE réveilla, il faisait nuit, dehors. Il souffrait de la tête aux pieds et son corps était raide, comme s'il avait été tabassé. Une petite veilleuse était allumée au-dessus de sa tête et il battit des paupières en la regardant d'un air groggy. Où… ?

Tout lui revint ensuite vivement, comme dans un film qu'on regarderait en accéléré – le train, l'hélicoptère, le lac. Ils étaient blottis ensemble, attendaient les secours, son père criait. L'hôpital.

D'accord, apparemment, Rafa avait réussi à dormir, finalement. Mais quelle heure était-il ? Se frottant les yeux, il se concentra sur le lit de Shane.

Le lit vide.

Son cœur se serra et Rafa bondit.

— Shane ?

Ses pieds nus heurtèrent le sol et il traversa la pièce jusqu'à la petite salle de bain. Déserte.

— Shane !

Et s'il s'était passé quelque chose ? Shane avait peut-être une blessure terrible qu'ils n'avaient pas repérée. Où était-il ? Et si…

— Là, là.

Une vieille infirmière rondouillette apparut dans l'embrasure de la porte.

— Qu'est-ce qui t'affole, mon petit ? Tout va bien.

— Où est Shane ? Il est censé être là !

Sa poitrine était trop comprimée et sa gorge s'était asséchée.

La femme saisit doucement le bras de Rafa.

— Calme-toi, minot. Il se porte comme un charme. Il est allé s'asseoir auprès de l'agent qui était avec vous dans l'hélico. Il ne voulait pas te réveiller.

Rafa s'obligea à respirer et le sang se hâta dans ses oreilles. *Shane va bien. Il est en forme. Tout va bien.* Il acquiesça péniblement.

— Désolé, marmonna-t-il.

— Ne le sois pas. Vous avez passé un très mauvais moment. Tout va bien.

— Comment vont ma mère et mon père ?

— Elle dort enfin. Ton père va bien. Tu veux lui jeter un petit coup d'œil ? Il est tard, mais ils te laisseront entrer quelques minutes.

— Oui, je veux le voir.

Son pouls accéléra à nouveau. Le besoin de voir son père vivant et en sécurité tambourina en lui.

Ils le laissèrent aller au chevet de Ramon. Des machines bipaient et il était inconscient, mais son teint paraissait plus sain. Rafa n'avait pas réalisé à quel point son visage avait été pâle.

Lorsqu'il serra la main de son père, celui-ci ouvrit les yeux. Au début, Rafa ne fut pas certain qu'il le voie correctement, sous cette faible lumière, mais il serra ensuite faiblement les doigts de son fils.

— Rafalito, murmura-t-il d'une voix rauque.

— Oui, c'est moi. Je suis là, Papa.

Les larmes inondèrent ses yeux.

Son père le regarda comme s'il avait tant de choses à dire, mais que les mots étaient trop difficiles. Rafa s'agrippa à sa main.

— Ce n'est rien, Papa. Je sais. Je sais. Je t'aime.

Les larmes coulèrent sur les joues de Ramon et Rafa l'embrassa sur le front.

— Mon Rafalito, dit-il alors que ses paupières s'alourdissaient.

Il se rendormit et la gentille infirmière raccompagna Rafa dans sa chambre, même s'il aurait préféré rester planté là toute la nuit, pour s'assurer que rien ne dégénérait.

Shane n'était toujours pas de retour et, pour être certain que tout allait bien, Rafa se faufila dans la chambre de sa mère, plongée dans l'obscurité. Matthew était endormi sur un lit de camp, au pied du lit. Il était appuyé sur des oreillers et ronflait légèrement.

Rafa rejoignit le lit sur la pointe des pieds, ses petits chaussons restant discrets sur le lino. Tandis qu'il s'approchait, il se rendit compte que Camila était éveillée et observait Matthew. Elle tourna la tête et fronça les sourcils. Elle avait apparemment pris une douche et séché ses cheveux, qui étaient lisses et peignés. Ce fut curieusement rassurant.

— Tout va bien ? chuchota-t-elle en tendant la main.

Il la saisit et se percha au bord du matelas, hochant la tête.

— J'ai vu Papa quelques minutes, dit-il à voix basse. Ils disent qu'il va assez bien. Je voulais juste prendre de tes nouvelles.

Elle sourit.

— Je vais bien, chéri. Tu devrais dormir.

— Toi aussi.

Il serra sa petite main sèche.

— Je dormais, mais quelque chose m'a réveillée, expliqua-t-elle avant de soupirer. Je suis soulagée que tu ailles bien. C'est assez irréel que nous ayons survécu.

— Oui. J'aurais aimé que le pilote s'en sorte aussi.

Le visage de Camila se pinça.

— Je sais. Ça paraît injuste. Mais tu as tant fait pour le sauver. Je suis très fière de toi.

Il haussa les épaules.

— Je n'ai pas fait grand-chose. Shane…

— Ne te sous-estime pas. Tu m'as empêchée d'enlever ce morceau de métal, dit-elle alors que sa voix se chargeait d'émotions. J'aurais pu tuer ton père. J'étais incapable de réfléchir, mais tu as pris les choses en main. Merci.

— Je…

Il rougit, tant ces louanges lui faisaient plaisir.

— Merci. Tu t'en es très bien sortie, Maman. Tu as ramené Papa sur le rivage. Ce n'était pas facile.

— Toutes ces longueurs que j'ai faites dans notre piscine intérieure depuis que nous avons quitté la Maison-Blanche ont payé, chuchota-t-elle.

Dans le silence qui s'abattit sur eux, Rafa jeta un coup d'œil à son frère qui semblait toujours endormi.

— C'est étrange d'être ici, murmura-t-il. C'est comme si nous étions dans un rêve exécrable.

— Oui. Oh, comme j'ai hâte de retrouver mon propre lit.

Éclairée par la faible lumière provenant du couloir, elle parut clairement mélancolique, une émotion que Rafa n'associait pas à sa mère.

— Oui. Mon lit me manque.

Tout comme les câlins avec Shane.

— C'est…

Elle lui serra la main.

— C'est une maison adorable, que vous vous êtes trouvée. Et

je suis vraiment désolée pour mon comportement déplorable, l'autre soir.

Elle s'était déjà excusée dans le train, bien que brièvement. Le premier instinct de Rafa fut de lui dire que ce n'était pas grave. Il voulait la réconforter et lui assurer que ce n'était pas important. Mais…

— C'était vraiment nul. Ça m'a fait beaucoup de mal. Mais je te crois, quand tu dis que tu es désolée.

Les larmes luirent dans ses yeux et elle ne lui lâcha pas la main.

— Je n'ai jamais voulu te faire de mal, chéri. Je ne t'en ferai plus jamais. Je sais que nous ne serons probablement pas d'accord sur tout, mais s'il te plaît, crois-moi.

— Je te crois, chuchota-t-il alors que sa gorge se serrait et que ses yeux le brûlaient.

— C'est difficile quand tes bébés grandissent. Tu es un jeune homme fort et courageux et je t'ai sous-estimé. Je sais qu'on ne profite pas de toi. Je le vois, maintenant. Je vois à quel point tu es heureux.

Rafa hocha la tête, trop ému pour dire quoi que ce soit. Il se pencha et embrassa sa mère sur la joue.

Ils sursautèrent tous les deux quand Matthew chuchota :

— Ne t'inquiète pas. Je suis toujours dans la merde et j'ai besoin d'être guidé par mes parents.

Ravalant ses larmes, Rafa rit légèrement.

— Merci de prendre une balle pour le groupe. Mais tu t'en sortiras très bien. Si c'est ce que tu souhaites, tu retourneras dans la piscine et tu déchireras tout sans même t'en rendre compte.

Camila tendit sa main gauche vers le lit de camp et Matthew la saisit.

— Ton frère a raison. Et surveille ton langage.

Ils s'esclaffèrent, et quand Rafa retourna dans sa chambre, il ne pouvait s'arrêter de sourire.

Shane n'était pas encore de retour, mais avant que Rafa parte à nouveau à sa recherche, un nouveau téléphone portable vibra sur la table à côté de son lit. Il supposa que l'un des assistants de ses parents l'avait laissé pour lui et, avec un peu de chance, il n'y aurait pas de journaliste à l'autre bout du fil.

— Allô ?

— Oh, merci mon Dieu. L'un des sbires de ta mère nous a donné ce numéro.

La voix rassurante d'Ashleigh l'envahit d'une affection brûlante.

— Je suis avec Hadley. Je peux mettre le haut-parleur ?

— Oui, vas-y. C'est bon d'entendre ta voix. Nous allons tous bien.

— Ça me fait aussi du bien de t'entendre, chéri. Tu te rends compte que tu me donnes des cheveux blancs avec toutes ces « aventures » que tu vis ?

Il imaginait les guillemets sarcastiques qu'elle mimait.

— À moi aussi, ajouta sa belle-sœur. Pendant un moment, on a pensé au pire.

— On a eu beaucoup de chance.

Il s'assit avec précaution au bord du lit, les ecchymoses sur son corps palpitant maintenant que l'état de choc s'était estompé.

— C'est clair. Enfin, même si on oublie le crash… vous avez dormi dans la nature australienne. Vous auriez pu être mangés par des dingos. Ou des kangourous. On ne peut pas leur faire confiance, si tu veux mon avis. Tous leurs petits bonds. C'est suspect.

Il réussit à sourire. C'était typique d'Ashleigh d'essayer de le faire sourire même dans les pires moments.

— Au moins, vous n'êtes restés coincés qu'une nuit, dehors.

— Une nuit dans la nature, c'est *largement* suffisant, si tu veux mon avis, dit Hadley. Surtout dans un pays avec des araignées et des serpents venimeux.

— Il y en a quelques-uns aux États-Unis aussi.

Rafa sourit.

— C'est l'une des nombreuses raisons pour lesquelles je vis sur l'île de Manhattan, répondit Hadley. Ici, je dois juste me contenter de rats qui font la taille de chihuahuas.

Rafa gloussa. Il avait toujours apprécié sa belle-sœur.

— J'ai hâte de voir Chris et Ade, demain. Vous me manquez aussi.

— Je sais. Si nous n'étions pas au milieu de ce shooting, je serais là, expliqua Hadley.

— Si tu n'allais pas bien, je dirais à Miranda de s'enfoncer ses Manolo là où le soleil ne brille pas et je prendrais le premier avion, renchérit Ashleigh.

Il rit.

— Ne fais pas ça, Ash. Attends, tu loupes le boulot, là ? Je ne sais pas quelle heure il est.

— Il est tôt, le matin, ici, dit sa meilleure amie. Je dois bientôt aller au boulot. Je dors dans la chambre d'amis de Chris et Hadley. Je devais être avec des gens qui t'aiment et aiment aussi tes parents. Et on n'a pas pu dormir avant de t'avoir parlé et d'entendre de ta bouche que vous alliez bien.

— Il vaudrait mieux que je dorme quelques heures avant de devoir y aller, dit Hadley. Repose-toi, Raf. Transmets mes amitiés à Shane. Je t'aime.

Rafa la salua et Ashleigh enleva le haut-parleur.

— Salut, chéri. Sérieusement, arrête de passer à deux doigts de la mort, d'accord ?

Il sourit.

— Je vais faire de mon mieux.

— Toi et le bel étalon, vous allez bien ?

Rafa rit à nouveau et, mon Dieu, c'était si agréable.

— Oui. Merde, tu me manques vraiment.

— Hé, c'est *toi* qui as décidé de déménager à l'autre bout du monde.

Elle soupira d'un air théâtral et son ton devint ensuite sérieux.

— Est-ce que tu vas vraiment, *vraiment* bien ?

— Oui. Je vais vraiment bien. Je suis fatigué, mais ça va. Ces derniers jours ont été… difficiles.

Il avait l'impression que cela faisait une éternité qu'il était descendu du train.

— Avant le crash, Shane et moi, nous nous sommes sérieusement disputés et…

— Oh, oh. À propos de quoi ?

Il soupira.

— Je me suis comporté comme un idiot. Je l'ai accusé de me tromper.

— *Quoi* ? Il ne l'a pas fait, hein ? Parce que je devrais venir jusqu'en Australie et botter le cul musclé de ce bel étalon !

— Non, il ne l'a pas fait. Je n'avais pas confiance en moi. Nous devons encore discuter de tout ça. L'accident a plus ou moins été la priorité.

— Oui, c'est souvent le cas avec la vie et la mort. Ça remet les choses en perspective.

— Oui. Une part de moi veut juste oublier cette dispute stupide et ne pas l'évoquer.

— Je te comprends, chéri. Mais en parler, c'est une bonne idée. La communication et tout le reste. J'ai entendu dire que ça faisait des merveilles. Enfin, je n'en sais rien, puisque mes parents ne me parlent de rien d'autre que de la météo. Ils ont fait ça, hier, quand ils ont entendu parler de l'accident. J'imagine que ce n'est pas rien. Mais c'est comme s'ils voulaient avoir cette relation superficielle dans laquelle je ne dis jamais que je suis queer. Ou je n'y fais même pas allusion.

— En fait, ils veulent que tu retournes dans le placard.

— Ouais. Donc c'est hors de question. Et va parler à Shane. N'enferme pas tes sentiments. Quelque chose comme ça. Je suis restée debout toute la nuit, mes analogies sont assez faibles, là.

— Je suis désolé que tu te sois tant inquiétée. Tu peux prendre une matinée de congés ?

— Mon Dieu, comment Miranda s'en sortirait-elle ? Ça ira. J'ai juste besoin d'un grand café. Peut-être cinq. On se parle demain, d'accord ? Je t'aime.

— Je t'aime aussi. Je suis… Merci d'être mon amie depuis le jour où nous nous sommes rencontrés. J'ai tellement de chance.

— Eh merde, ne me refais pas pleurer. Mes yeux sont déjà assez gonflés. Mais, pareil pour toi.

Ils raccrochèrent et Shane refit son apparition quand Rafa était dans la salle de bain. Il ouvrit la porte, que son petit ami avait laissée entrouverte.

— Raf ?

— Salut.

Il cracha le dentifrice dans le lavabo et sourit à Shane dans le miroir, son estomac se retournant dans une vague d'affection.

— J'imagine que les services secrets ont déposé nos affaires.

— Génial. On peut enlever ces vêtements d'hôpital.

Shane retira son peignoir et sa blouse, les laissant tomber par terre et refermant la porte de la salle de bain derrière eux. Il s'appuya contre le dos de Rafa et embrassa sa tempe. Seule la fine blouse du jeune homme les séparait.

— Comment va l'agent Hernandez ?

— Elle dort. Ils pensent qu'elle devrait guérir complètement. Elle ne voudrait probablement pas de moi auprès d'elle, mais… Tu t'es vite endormi et je devais être sûr qu'elle allait bien. Des nouvelles de ton père ?

Il se pencha et fit couler l'eau dans la douche, sans cesser de toucher le bras de Rafa d'une main, comme s'il ne supportait pas de le lâcher.

— J'ai pu le voir quelques minutes. Il s'est réveillé et m'a re-connu. Donc c'était une bonne chose.

Rafa se tourna pour s'appuyer contre le lavabo. Il soupira

longuement.

— Je sais que mes parents me rendent fou, mais s'il leur arrivait quoi que ce soit…

— Je sais.

Shane s'approcha à nouveau, glissant les mains sur la fine blouse de Rafa pour le caresser.

— Bien sûr que tu le sais. Désolé.

Il déposa un baiser dans le cou de Shane et l'étreignit fermement. Quand celui-ci grimaça, il atténua la pression de ses bras.

— Oups. J'avais oublié tes côtes.

Sous les vives lumières, ils laissaient tous les deux apparaître leurs bleus et preuves de souffrances. Il traça du doigt les marques sombres sur le torse de Shane.

— C'est bon.

Shane se pencha en arrière et l'embrassa tendrement, malgré leurs lèvres sèches. Il tira sur les liens qui fermaient la blouse de Rafa et la fit glisser sur son corps en la laissant tomber dans un coin.

— Tu es partant pour une douche ? Ça pourrait aider.

— Oui.

Il s'étira et grimaça.

— J'ai l'impression que quelqu'un s'en est pris à moi avec un sac rempli de cailloux.

— Idem.

Shane s'écarta pour passer une main sous le jet de la douche.

— Avec un peu de chance, ça va nous détendre.

L'eau chaude coulait et la petite salle de bain était envahie de vapeur. Rafa n'eut alors qu'une seule envie : se placer sous le pommeau de douche. Les infirmières devraient probablement refaire quelques pansements sur ses entailles après cela, mais il espérait que ça ne les dérangerait pas.

Pourtant, une petite voix qui ressemblait à celle d'Ash, lui rabâchait qu'ils devaient discuter. Il avait retardé l'échéance, dans le train, et devait assumer. Après avoir réglé la situation avec sa mère, il se sentait beaucoup mieux et il ne pouvait retarder plus longtemps son explication avec Shane. Il avait besoin qu'ils soient à cent pour cent sur des bases solides.

Il avait envie de dire tant de choses, mais il ne savait pas par où commencer. Les mots s'accumulèrent sur sa langue et il tenta de trouver les bons.

— Raf ? Qu'y a-t-il ?

— Je suis vraiment désolé, laissa-t-il échapper alors que Shane fronçait les sourcils.

Son petit ami secoua la tête et continua de se renfrogner.

— Pour quoi ?

— L'autre soir. Dans le train. Je suis désolé d'avoir cru une seconde que tu aurais pu me tromper. Je sais que tu ne le ferais jamais.

— Ah. C'est vrai, répondit Shane en souriant à moitié. On dirait que c'était il y a une éternité.

Il prit les joues de Rafa en coupe avec ses mains rugueuses.

— Ce n'est rien, chéri. J'aurais dû te parler de mon histoire avec Darnell. J'ai merdé. Honnêtement, je n'y ai pas pensé. La dernière fois que j'ai couché avec lui, c'était avant d'entrer dans ta protection rapprochée. Quand je t'ai rencontré, même si nous n'étions pas encore ensemble, je ne voulais être avec personne d'autre. Je t'avais dans la peau.

Son cœur bondissant, Rafa s'agrippa aux biceps de Shane. Ils s'embrassèrent, ardemment et passionnément au début, puis doucement, se mordillant et se léchant tendrement jusqu'à ce qu'ils soient obligés de reprendre leur souffle.

Shane appuya son front contre le sien.

— Mais j'aurais dû te le dire, chuchota-t-il. Et j'aurais dû être honnête à propos des cauchemars. Je voulais te protéger, plus que n'importe quoi d'autre, et ce n'était pas juste.

Sa gorge douloureusement serrée, Rafa fut tenté de laisser cette conversation où elle en était et de se placer sous le jet d'eau. *Non. Exprime-toi librement.*

— J'aime que tu veuilles prendre soin de moi. Mais quand tu refuses de me parler de choses qui comptent, j'ai l'impression… d'être seulement assez bien pour baiser, pour surfer et pour traîner, et pas assez pour que tu me fasses véritablement confiance.

Les larmes le brûlèrent tandis qu'il essayait de garder le contrôle.

— Ça me donne l'impression d'être si *petit*.

Sa voix se brisa sur ce dernier mot.

— Oh, chéri.

Shane enroula ses bras autour de Rafa et murmura contre ses cheveux.

— Je suis vraiment désolé. Je ne veux plus jamais que tu ressentes ça.

Reconnaissant, Rafa s'appuya contre lui. Leurs peaux étaient chaudes et merveilleuses. En sécurité dans l'étreinte de Shane, il remercia silencieusement le ciel parce qu'ils étaient en vie et ensemble. Il prit une profonde inspiration.

— De quoi rêvais-tu ?

Shane soupira et demeura silencieux un moment, les bras fermement enroulés autour du dos de Rafa.

— Parfois de l'incendie et de mes parents. D'autres fois, je rêvais de la boue et de la pluie, sur l'aire de repos. Je t'imaginais hors de portée, criant mon nom. Tu souffrais, parce que je n'arrivais pas à t'atteindre. J'ouvrais la boîte dans laquelle tu étais coincé et…

Sa voix devint rocailleuse.

— Je l'ouvrais et je te trouvais mort à l'intérieur. Avec les yeux écarquillés. Et ta peau froide, quand je te sortais de là. Parce que c'était trop tard. Parce que je t'avais laissé tomber.

Il s'agrippa à Shane, leurs corps nus et entrelacés tremblant malgré la vapeur qui s'élevait autour d'eux dans la petite salle de bain. Les carreaux devenaient glissants sous les pieds de Rafa.

— Je suis là. Tout va bien.

— Tu t'en sortais si bien, je ne voulais pas te mettre en colère.

Il effleura la joue de Rafa avec le dos de ses doigts et son regard fut tendre.

— C'est toi qui as été kidnappé. Qui a été terrorisé. Mais tu es si fort. Je pensais que si tu ne faisais pas de cauchemars, je n'avais aucune excuse. Je suis censé être…

Son regard dériva.

— Le grand dur à cuire ?

Shane croisa le regard de Rafa, penaud.

— Oui.

— Ma psy dit que je suis « résilient ». J'imagine que je le suis, mais ça ne veut pas dire que rien ne me dérange jamais.

— Tu es vraiment résilient. Ça ne cesse jamais de m'émerveiller.

Rafa poursuivit.

— Mais je ressens quand même des choses. Ce qu'il s'est passé était terrifiant. Enfin, même ce mot ne semble pas suffisant. Quand je me suis réveillé dans cette boîte…

Il déglutit difficilement, une sensation terrible saisissant son estomac quand il s'en souvint.

— Je n'avais jamais su ce qu'était réellement la peur. J'ai eu peur de beaucoup de choses, mais quand tu penses que tu vas mourir, ça doit être une réaction au niveau cellulaire.

Il frissonna.

— C'était la même chose dans l'hélicoptère. Je savais qu'on était en train de s'écraser et c'était juste…

Il glissa les mains sur les bras et dans le dos de Shane, s'assurant qu'il était réel et prenant soin de ne pas trop appuyer.

Celui-ci s'agrippa à sa taille. Son souffle était chaud sur ses lèvres.

— Je croyais que c'était la fin pour nous.

— Tu m'as encore sauvé.

— Non. Tu serais sorti tout seul.

Il songea à l'eau qui montait et à ses parents.

— Peut-être. Mais je ne sais pas pour Maman, Papa ou l'agent Hernandez. J'y serais retourné pour eux. Nous serions peut-être tous morts. Ça ne m'a toujours pas l'air réel.

— Tout va bien, dit Shane en se blottissant contre son cou. Tu vas bien.

Les souvenirs l'assaillirent – des images ainsi que des sensations violentes et brutales.

— Dans cette boîte, l'une des pires choses était de penser que tu t'étais fait tirer dessus. Mais tu es venu me chercher. Je serais sans doute mort, autrement.

Un frisson traversa visiblement le corps de Shane.

— Je ne sais pas ce que j'aurais fait. Qui je serais, maintenant. J'aurais une vie très différente.

Il resserra ses bras autour du dos de Rafa, les poils de son torse étant rêches et rassurants.

Rafa passa les bras autour de sa nuque et l'embrassa tendrement avant de frotter sa joue contre celle de son petit ami pour se délecter de la griffure de leurs barbes.

— Nous sommes ici. Nous sommes en vie. Tout ira bien. Tu n'as pas toujours besoin d'être le dur à cuir.

Une pensée remonta à la surface et il hésita.

— Suis-je trop…

Il eut du mal à trouver le bon mot.

Shane se pencha en arrière et fronça les sourcils.

— Tu es parfait.

Rafa fut obligé de rire.

— Je ne le suis pas, et toi non plus. Mais quand on est ensemble… Tu sais, comme quand tu prends le contrôle et que tu me baises ? Est-ce que ça affecte ta manière de me voir ?

— Qu'est-ce que tu veux dire ?

— Genre… J'avais peur que tu aies envie d'un… Je ne sais pas. D'un homme. D'un grand homme viril, comme Darnell.

— Ah. Tu sais, certains mecs musclés n'aiment rien de plus que de se mettre à genoux et de supplier pour qu'on leur donne notre queue. Les stéréotypes sont des conneries. Tu es le meilleur, tu es l'homme le plus courageux que je connaisse.

Il fronça les sourcils.

— Quand je suis retourné aux États-Unis, la semaine dernière et que tu as eu envie de me prendre… C'était pour ça ?

Rafa sentit ses joues rougir, mais il maintint son regard rivé sur celui de Shane.

— Oui. J'ai découvert ton passé avec Darnell. J'étais jaloux et blessé et j'avais envie de…

Il agita une main.

Shane haussa un sourcil.

— De revendiquer ton droit ?

Il rit et la chaleur envahit une nouvelle fois son visage.

— Oui. Je voulais prouver que nous sommes égaux, j'imagine.

— Nous sommes toujours égaux, peu importe quelle queue finit dans quel cul. Si tu veux qu'on échange plus souvent, on peut le faire.

— Parfois, peut-être ?

Il se mordit la lèvre et tenta de trouver les bons mots. Ses membres étaient lourds et il suivait la colonne vertébrale de Shane de haut en bas.

— J'aime être en toi. Me sentir si proche de toi. Mais quand tu me prends… C'est difficile à décrire. Prendre ta queue me donne l'impression d'être complet. *Normal.* Comme si j'étais censé être ainsi. Être cette personne que j'ai refoulée toutes ces années. Enfin, *je* savais qui j'étais, mais je devais le cacher à tout le monde, sauf à Ash.

— Je comprends, dit Shane en lui pinçant doucement les fesses. Tu es si fort et si beau. Je suis incroyablement chanceux de t'avoir.

— Parfois, je n'arrive toujours pas à le croire, dit-il avant de grimacer. Mon Dieu, quand je pense que je me suis branlé dans ces toilettes, sur cette aire de repos. Je n'aurais jamais cru que nous finirions ainsi.

Passant les mains entre leurs corps, il caressa les poils sur le torse de Shane.

— Je n'arrive pas à croire que je peux te toucher. Que tu me désires réellement.

Shane prit son visage en coupe.

— Je te veux pour toujours.

Son cœur gonflant sous l'effet de l'affection, Rafa répondit.

— Je te veux aussi. Et j'adore que tu me protèges. Tu l'as toujours fait et je sais que tu le feras toujours. Mais je veux aussi te protéger. Nous sommes ensemble, dans cette histoire.

— Absolument.

Un petit sourire étira les lèvres de Shane.

— Essayons de nous projeter dans un avenir où nous ne sommes pas à deux doigts de mourir.

Un rire parcourut le corps de Rafa dans un doux moment de relâchement.

— Oui, nous avons eu notre dose d'expériences de mort imminente. Ça ira.

Shane rit avant de grogner et de poser une main sur son flanc.

— Note à moi-même : ne pas rire pendant un petit moment. Bref, on est en train d'utiliser toute l'eau chaude de l'hôpital. Il vaudrait mieux qu'on prenne cette douche.

Rafa entra dans la cabine et se plaça sous le jet, soupirant grâce à l'eau chaude.

— Tu peux t'appuyer contre moi.

Attrapant les doigts de Rafa, Shane entra après lui et se blottit contre son corps.

Rafa songea brièvement au gamin malheureux et désespéré qu'il avait été sur l'aire de repos, il aurait aimé voyager dans le temps pour lui dire que cette douleur vaudrait la peine.

Chapitre 15

RAVALANT UN GROGNEMENT, Shane cligna des yeux dans l'obscurité. Dans la chambre d'hôtel, il voyait la faible lumière sur le contour des rideaux occultants, ainsi que sur une bande de deux centimètres où ils étaient restés éloignés. Rafa était allongé sur le ventre, à ses côtés. Il était endormi et ses lèvres étaient entrouvertes.

Rafa, Camila et lui avaient été autorisés à sortir de l'hôpital après cette nuit agitée. Bien sûr, ils n'étaient allés nulle part, ce jour-là, restant auprès de Ramon qui poursuivait sa guérison. Mais il avait été merveilleux de dormir, la nuit dernière, dans un vrai lit, avec Rafa à ses côtés.

Il avait beau vouloir serrer son petit ami contre lui et ne plus jamais le lâcher, l'ibuprofène extra-fort commençait à perdre de son effet et ses côtes douloureuses protestèrent. Même sous cette faible lumière, il distinguait les ecchymoses sombres éparpillées sur le corps de Rafa et, mon Dieu, il les détestait. Elles ne devraient pas lui donner l'impression d'avoir échoué, et il lutta contre cet instinct.

Le vol d'Adriana et Christian avait été retardé par une tempête, mais ils arriveraient bientôt. Shane devrait probablement réveiller Rafa afin qu'ils retournent à l'hôpital, mais quelques minutes de plus ne lui feraient pas de mal. Rafa paraissait si paisible et Shane l'enviait.

Il avait beau essayer de se vider la tête et de se détendre, cette même pensée faisait écho. Initialement, après leur sauvetage, il avait réussi à mettre le souvenir de la peau froide et grise de Rich Moir de côté. Il arrivait à compartimenter et à se concentrer sur Rafa, les Castillo et Hernandez.

Mais maintenant, il sentait des côtes craquer sous sa paume, des lèvres poisseuses et sans vie sous les siennes. Les bouffées d'air avaient été inutiles.

Son cœur se serra et il bougea sur le matelas, incapable de retenir un grognement douloureux quand il essaya d'adopter une position différente. Ronflant légèrement et faisant claquer ses lèvres, Rafa se réveilla et marmonna avant de cligner des yeux en le regardant.

— Hum ?

Le jeune homme s'étira. Ses membres nus glissèrent sur les draps dans un doux bruit de frottement. Quelques ecchymoses commençaient à prendre une faible teinte violette.

— Ça va ?

Shane ouvrit la bouche pour dire que oui, bien sûr, il allait bien. Pour dire qu'il n'y avait pas de quoi s'inquiéter. Il s'interrompit. Sa gorge était sèche.

— Je n'arrête pas de penser au pilote.

Rafa sembla parfaitement éveillé en un instant. Il s'approcha de lui et posa une main sur son torse.

— Tu as fait tout ce que tu pouvais. Tu l'as sorti. Nous autres, nous n'aurions pas réussi à le faire.

Il passa un pied au-dessus du mollet de Shane et le caressa lentement.

— Nous avons fait de notre mieux. Nous étions en état de choc, l'hélicoptère coulait et... Je ne sais pas. J'aurais peut-être pu faire quelque chose différemment.

— Comme quoi ? Non. Tu n'as rien fait de mal.

— Donc, si *moi* je n'ai rien fait de mal, pourquoi ce serait *ton* cas ? Pourquoi dois-tu te maintenir à un autre niveau ?

Il souffla et sourit légèrement.

— D'accord, je vois ce que tu veux dire.

— J'aimerais bien te dire que tu peux sauter d'un gratte-ciel en un seul bond, mais tu n'es pas Superman. Alors, ne va pas te terrer dans ta Forteresse de Solitude mentale.

— C'est très profond.

Le rire de Rafa effleura l'épaule de Shane.

— C'est ce que je pensais.

Il glissa légèrement son doigt vers le bas du ventre de Shane.

— Comment tu te sens ? Physiquement, je veux dire ?

À nouveau, il dut retenir sa réponse spontanée et ne pas insister sur le fait qu'il allait bien.

— Je suis courbaturé. Et toi ?

— Oui, pareil, mais c'est un peu mieux qu'hier.

Il se rapprocha et déposa un baiser sur le téton gauche de Shane.

— Et si je t'embrassais pour tout arranger.

— Hum. Tu es sûr d'être partant ?

— La question est : l'es-tu ?

Rafa tendit la main et traça la courbe du membre mou de Shane.

Il gloussa, tentant de ne pas grimacer à cause de la palpitation sous ses côtes.

— Je suis sûr de pouvoir être convaincu.

— J'en ai vraiment envie, chuchota Rafa, comme s'il lui disait un secret.

Il caressa les testicules de Shane et la peau sensible. Celui-ci frissonna.

— Je veux te goûter. Inhaler ton parfum. Te faire jouir. Je veux juste... te sentir. Savoir que nous sommes toujours en vie. Vraiment le *sentir*.

Shane effleura la tête de Rafa, ses cheveux courts rebiquant.

— Oui. S'il te plaît.

Ses dents dévoilèrent un sourire dans la pénombre de la chambre d'hôtel et Rafa embrassa le corps de Shane, ses lèvres sèches effleurant à peine son torse. Il grimpa entre ses jambes et les écarta. Shane fut bien trop heureux de plier les genoux et de les laisser s'ouvrir.

Au début, Rafa toucha à peine son sexe. Il taquina la traînée de poils descendants et blottit son visage pour y déposer des baisers. Il décrivit aussi des cercles à l'intérieur de ses cuisses.

Le ventre de Shane tressaillit, tandis que son membre tressautait et se durcissait. Il gémit légèrement.

— C'est bon, bébé.

Rafa s'agrippa à la verge grandissante de Shane et glissa ses lèvres dessus, puis en fit de même avec ses joues rêches. Son souffle chaud sur le gland provoqua la chair de poule à Shane, qui gémit à nouveau.

— C'est si bon.

Il releva impatiemment les hanches.

— Que veux-tu ?

Rafa ouvrit les mains sur ses cuisses et fit attention à ses bleus quand il pencha la tête pour embrasser ses testicules.

— Oh, merde.

Pour une raison qu'il ne pouvait nommer, Shane se sentait étrangement vulnérable, ainsi exposé. Les mots se coincèrent dans sa gorge.

Rafa murmura dans un souffle chaud.

— Dis-le-moi.

Clairement, il avait besoin de l'entendre et Shane n'avait jamais été timide pendant leurs ébats. Pourtant, actuellement, il ne pouvait que gémir.

— J'aime tes couilles poilues, marmonna Rafa. Tu es si torride.

Il le lécha à nouveau et donna des coups de langue jusqu'à ce que Shane tremble.

Relevant la tête, le jeune homme se lécha les lèvres.

— Tu as besoin de moi ?

— Toujours.

Il traça ses taches de rousseur du doigt.

— Plus que tu ne peux l'imaginer.

— Dis-moi. Dis-moi ce dont tu as besoin.

Shane savait que c'était plus que du sexe. Il prit une profonde inspiration et ignora ses côtes enflammées.

— J'ai besoin de ta bouche. J'ai besoin que tu me suces.

Il avait envie de s'agripper à la tête de Rafa pour l'attirer vers le bas, mais il maintint ses mains le long de son corps, même si ses doigts le démangeaient.

— S'il te plaît. J'ai besoin de toi, chéri. De personne d'autre. Jamais. Rien que toi.

Il l'avala presque jusqu'à la base et cette pression chaude soudaine fit haleter Shane. Rafa griffa les cuisses de son petit ami avec ses ongles émoussés, suçant ardemment pendant que de la salive débordait de sa bouche. Il inclina la tête. Ses lèvres et sa langue trouvèrent tous les endroits qu'il fallait.

L'adrénaline transperça Shane comme du feu dans ses veines, chassant toute douleur dans ses côtes. Son sexe était comme un nerf à vif, envahi de sensations vibrantes, et ses testicules se contractèrent.

— Oh, bébé, grogna-t-il.

Le reste du monde et toute douleur latente disparurent. Il ne restait que la bouche de Rafa sur lui. Quand Rafa leva ses yeux fiévreux, Shane tendit la main pour lui caresser le visage. Voir son membre étirer les lèvres mouillées de son petit ami et le remplir, pendant que de la salive coulait sur son menton, lui donna le vertige et lui procura une puissante sensation de *normalité* qu'il ne pouvait expliquer.

— Tu es si bon, Raf. Oh, mon Dieu.

Ses testicules se crispèrent, il se cambra et…

Rafa se retira, serrant la base de sa verge. Son torse s'élevait et retombait alors qu'il reprenait son souffle. Il sourit malicieusement tandis que Shane grognait, frustré.

— Tu as besoin de jouir ? lui demanda innocemment Rafa.

— Maintenant, tu vas me torturer ? grommela-t-il.

— Pas longtemps.

Il embrassa la fente sur le gland de Shane. Sa langue le taquina et propulsa des étincelles sur sa peau.

— Dis-moi ce que tu veux. Dis-moi ce qui te passe par la tête. Je veux tout savoir.

Il glissa les paumes sur les cuisses tremblantes de Shane.

— Je te promets que je te le dirai.

Il caressa la tête de Rafa et les boucles lui manquèrent.

— Pour l'instant ? Je veux jouir. Je veux jouir dans ta bouche, bébé. Je veux que tu l'avales. Si profondément…

Rafa, dont les narines se dilatèrent, prit Shane presque jusqu'à sa gorge et le suça avec force en plongeant les ongles d'une de ses mains dans la cuisse de Shane, ce qui lui provoqua une faible douleur lancinante s'associant au paradis qu'était sa bouche chaude.

Shane jouit en criant et entortilla ses doigts dans les cheveux courts de Rafa. L'extase bouleversa son corps. Ses muscles se contractèrent quand il se vida et il adora la vue de son petit ami avalant chaque goutte possible.

Relevant la tête et se rasseyant sur ses talons, le jeune homme inspira. Sous cette faible lumière, Shane voyait à quel point son visage était rouge et il remarqua quelques gouttes blanchâtres qui avaient éclaboussé la commissure de ses lèvres.

— Si beau, murmura Shane.

Un sourire s'étira sur les lèvres de Rafa et il sortit sa langue pour essuyer le sperme restant. Son membre suintant était au garde-à-vous. Shane était totalement impuissant sur le matelas, mais il avait besoin de voir Rafa jouir. Il tendit une main mollassonne.

— Rapproche-toi.

Rafa secoua la tête.

— C'est ce que tu veux ? Je ne crois pas que tu aies *réellement* envie de me branler, là.

Il rit légèrement, malgré ses côtes.

— D'accord, tu m'as bien eu. J'ai besoin de te voir jouir, mais je n'ai pas l'énergie de t'aider.

Rafa sourit.

— Heureusement que je suis plus jeune, hein, le vieux ?

Il enroula une main autour de sa longueur et commença à se caresser.

— Tes entailles ?

— Je les sens à peine.

Il se mordit la lèvre et ferma les yeux.

— Oh merde. Je vais jouir.

Rafa était si beau quand il se menait vers la jouissance.

— Tu es si canon, chéri, murmura Shane. Regarde-toi. Tu veux jouir sur moi. Je veux que tu le fasses. Éclabousse-moi.

— Oui, geignit Rafa.

— J'aime te voir comme ça.

Une autre vérité se déversa et ses souvenirs affluèrent librement.

— Ce jour-là, sur l'aire de repos, j'avais tellement envie de te regarder. Je voulais faire tomber la porte de ce cabinet et te voir sortir ta verge. T'embrasser et te baiser contre le mur, plonger ma queue en toi et te remplir. Te faire jouir plus fort que jamais. Être ton premier et te montrer à quel point ça pouvait être bon. Te montrer ce que tu méritais.

— *Shane*, gémit Rafa alors que ses halètements s'élevaient dans l'air.

— J'ai besoin que tu jouisses. S'il te plaît.

Criant, Rafa s'effondra vers l'avant et se retint avec sa main gauche sur le matelas tandis que son membre se déversait sur le ventre de Shane. Tremblant, il se masturba, les yeux fermés, et la sueur luisit sur son front quand un autre ruban blanc couvrit la peau de Shane.

Celui-ci posa une paume sur sa joue.

— C'est ça. C'est si bon.

Rafa s'effondra entre les jambes de son petit ami, la bouche ouverte sur son ventre, son souffle chaud et mouillé. Après quelques instants, le frottement râpeux de sa langue se fit ressentir sur le ventre de Shane quand il lécha sa semence.

— Tu vas me faire goûter ?

Sur lui, Rafa se dandina et soutint son poids de chaque côté des épaules de Shane tout en capturant sa bouche dans un baiser passionné et obscène pour partager la saveur salée.

Ils grognèrent tous les deux et Shane posa sa langue sur la sienne, le léchant et le suçant. La chaleur, la sueur et le sperme envahirent ses sens jusqu'à ce qu'il soit obligé de haleter.

Rafa s'affala à côté de lui et son torse se souleva difficilement. Un sourire illumina son visage parfait.

— Je t'aime. Je me sens si bien avec toi.

— Idem.

Il se décala pour embrasser une nouvelle fois Rafa et le serrer contre lui, mais il ne put dissimuler sa grimace pendant son mouvement.

— Quand je serai guéri, je te baiserai jour et nuit.

— On aura le temps de manger ? s'enquit Rafa en riant. Ou est-ce qu'on s'enverra tout le temps en l'air ?

— Eh bien, comme tu es un chef talentueux, on trouvera le temps de se préparer des repas. On doit garder des forces, après tout.

— Je ne suis pas encore chef, répondit-il d'un air dédaigneux.

— *Si*, tu l'es. Tu n'as peut-être pas encore ton diplôme, mais tu es un chef.

Rafa ouvrit la bouche, comme pour le contredire, mais il la referma ensuite. Il soupira.

— Tu as raison. Je le suis. Je suis un bon chef.

— Tu es un chef merveilleux. Un homme merveilleux. Et il faut que tu le croies.

Rafa déposa un baiser sur l'épaule de Shane et ils profitèrent de quelques minutes de paix supplémentaires.

— OH, MON Dieu !

Adriana s'élança sur Rafa en traversant la chambre d'hôpital. Il l'attrapa, lui coupant le souffle. Il grimaça avant de l'étreindre. Shane eut envie de lui crier d'être prudent, mais il se mordit la langue. Oui, Rafa était couvert d'ecchymoses et souffrait, mais il pouvait supporter une étreinte enthousiaste de sa sœur.

Ramon était dans le lit, au centre de la pièce, son dos légèrement relevé pour qu'il puisse s'asseoir. Il était pâle. Les œufs et la salade de fruits sur son plateau étaient à moitié mangés, mais il avait l'air en bien meilleure forme que précédemment.

Camila était assise sur une chaise en plastique et en métal à côté de lui. Elle était clairement fatiguée, mais ses cheveux étaient brillants et bien coiffés. Son chemisier et son pantalon étaient repassés. Son collier de perles caractéristique était à nouveau autour de sa gorge. Il se demanda combien elle en avait, mais c'était étrangement rassurant de la revoir sur son trente et un.

Rafa se démêla des bras de sa sœur et enlaça Christian et Matthew qui attendaient non loin.

— C'est si bon de tous vous revoir, dit Rafa. Papa, comment te sens-tu ? Tu as l'air en bien meilleure forme !

Shane resta dans l'embrasure de la porte tandis que les Castillo discutaient entre eux. Ramon insista et affirma que ça n'avait pas été si horrible. Matthew répondit que ce n'était que des conneries et Camila le sermonna pour son langage. Rafa et Adriana se joignirent à la conversation et Shane sourit discrètement, alors qu'il arrivait à peine à distinguer un seul mot.

Il avança dans la pièce et hocha la tête en direction des agents impassibles postés là. Il ferma la porte derrière lui. Christian le regarda et avança dans sa direction. Il tendit la main et serra celle de Shane avec enthousiasme.

— J'ignore si nous avons été convenablement présentés. Mais bien sûr, Raf m'a beaucoup parlé de toi.

Shane sourit.

— De même pour toi.

— J'ai entendu dire que mon frère et toi, vous avez été les héros de l'histoire.

— Nous n'avons fait que ce qui était nécessaire. Enfin, Rafa a été merveilleux.

— Je le crois, répondit Christian. Je crois qu'il est le plus courageux d'entre nous.

Shane s'apprêtait à le confirmer, mais Adriana se jeta sur lui. Pour une femme minuscule, elle était étonnamment forte et il inspira vivement, la douleur enflammant son torse quand elle l'étreignit.

— Ade, il a mal aux côtes ! Vas-y doucement, dit Rafa d'où il était perché sur le bord du lit de son père.

Elle le relâcha et couvrit sa bouche d'une main.

— Je suis vraiment désolée !

Elle tapota ses cheveux bruns, qui étaient attachés en queue de cheval.

— C'est une bonne première impression. Je suis mal fagotée et je te blesse.

Son visage se froissa.

— Mon Dieu, je pue probablement, aussi. J'ai désespérément besoin d'une douche.

— Je sais ce que c'est, après ces vols excessivement longs.

Shane lui sourit.

— Tu es toute belle.

C'était vrai. Son jean moulant et son chemisier étaient parfaitement corrects, à ses yeux, et son sourire de cent watts lui rappela celui de Rafa.

Il tira sur l'ourlet de sa chemise noire, qu'il avait enfilée au cas où la presse serait là pour prendre des photos. Il n'avait pas envie d'avoir l'air négligé dans les médias, si des clients potentiels le voyaient. Rafa portait un T-shirt vert et un jean sombre, et il avait lancé quelques sourires nerveux aux photographes, devant l'hôpital, s'agrippant à la main de Shane et ignorant la myriade de questions criées.

Adriana se mordit la lèvre.

— Je ne t'ai pas fait trop mal, n'est-ce pas ?

— Pas du tout, mentit Shane.

Ses côtes le feraient souffrir, quoi qu'il fasse.

Elle sourit.

— C'est si bon de te rencontrer enfin en vrai ! Un véritable héros !

— Pas vraiment.

Sa peau le démangeait, à cause de tous les regards sur lui. Cette sensation lui rappela ses premiers jours de travail, quand il avait eu hâte d'impressionner les autres.

Assise, avec ses longues jambes gracieusement croisées dans son pantalon de créateur, Camila dit :

— Oui, je leur racontais que Rafa et vous, vous aviez pris la situation en main et aviez sauvé nos vies.

Il gloussa.

— Nous avons fait ce que n'importe qui aurait fait. Je suis sûr que vous vous en seriez sortis.

Il n'en était pas sûr du tout, à vrai dire, mais ces louanges faisaient vaciller son estomac et il rougit. Il ne le méritait pas. Il n'avait pas sauvé le pilote.

— Un conseil ? Accepte les félicitations de ma mère quand tu les obtiens, dit Adriana.

— Eh bien… merci, dit Shane en s'éclaircissant la voix.

— Tu as été si courageux, Rafalito, dit Ramon en gratifiant son fils d'un sourire radieux. Nous ne pourrions pas être plus fiers de l'homme que tu es devenu.

Il s'adressa ensuite au reste de la fratrie.

— Vous auriez dû le voir. Il a fait un massage cardiaque et s'est occupé de nous avec Shane.

Il jeta un coup d'œil à l'intéressé avant de se tourner à nouveau vers Rafa.

— Ils vont bien ensemble.

Le cadet, dont la pomme d'Adam rebondissait, ouvrit, puis ferma la bouche.

— Je t'aime, Papa, murmura-t-il d'une voix chargée d'émotions.

Le cœur de Shane enfla et ils sursautèrent tous quand on frappa à la porte. Christian ouvrit et ils dévisagèrent tous l'un des assistants des Castillo. Le jeune homme battit solennellement des paupières, ses joues rosissant tandis qu'il baissait les yeux vers son pantalon et sa chemise impeccables comme s'il s'attendait à y voir une immense tache.

Christian lui sourit gentiment.

— Dennis. Entrez.

— Bonjour.

L'air petit et studieux, Dennis les gratifia d'un sourire hésitant.

— Vous vouliez des informations sur le pilote, donc…

Du pouce, il alluma son portable et lut quelques points clés.

— Sa femme s'appelle Janice, cinquante-trois ans. Sa mère est encore en vie. Elle habite à Alice Springs. Deux enfants, Rebecca et Thomas, étudiants à l'université. Un à Adélaïde, un à Melbourne.

— Vous avez envoyé une couronne de fleurs ? demanda Camila, sans attendre la réponse. Et vérifiez si la famille voudrait nous rencontrer.

L'estomac de Shane se crispa quand il y pensa. *Janice, Rebecca et Thomas.* Des noms sans visage, des gens qui souffraient parce qu'il n'avait pas été assez rapide. Si seulement il avait pu atteindre Rich Moir une minute plus tôt… Quelques secondes plus tôt, même…

— Savent-ils ce qui a provoqué l'accident ? demanda Camila.

— Pas officiellement. Un défaut de conditionnement de la queue du rotor semble probable, vu ce que vous avez décrit. Ils sortiront l'épave du lac, aujourd'hui. Ils ont dû rapatrier de l'équipement spécial, là-bas. Les enquêteurs du bureau des transports arriveront prochainement à l'hôpital et voudront tous vous parler.

Shane grogna intérieurement. Bien sûr, il répondrait à toutes leurs questions, mais il aurait aimé se retrouver à nouveau sous la couette, à l'hôtel, avec Rafa. Ils ne seraient que tous les deux, en paix, avec les rideaux tirés.

Dennis partit et Adriana se lança dans une histoire dans laquelle elle avait failli manquer le vol depuis Los Angeles à cause de la circulation, ce qui l'avait rendue follement inquiète. Le reste des Castillo hocha la tête, l'écouta et rit. Camila le faisait avec une patience clairement à toute épreuve, tout en restant affectueuse. Elle caressait paresseusement le bras de son mari et jouait avec ses doigts, comme si elle voulait simplement le toucher et que rester assise auprès de lui ne suffisait pas. Shane se surprit à sourire en la regardant.

Il était encore étrange d'être avec la famille de Rafa et de ne pas se caler dans un coin. Après tant d'années à, eh bien, *rôder*, son instinct était de rester en retrait, surtout avec les Castillo. Mais Rafa se leva et saisit la main de Shane quand sa sœur parlait.

Ramon et Camila ne semblaient pas gênés qu'ils se tiennent la main – enfin, ils maintenaient leur regard rivé sur Adriana, il était donc difficile d'en être certain. Shane ne pouvait s'empêcher de sentir qu'il n'était pas à sa place, comme s'il s'incrustait lors d'une réunion familiale.

Il se demanda s'il était normal de se sentir ainsi avec sa belle-famille. Il gloussa ensuite intérieurement. Rafa et lui n'étaient pas *mariés*, même si cette idée réchauffait sa poitrine. C'était idiot, comme Rafa était encore si jeune. Ils ne pouvaient certainement pas penser au mariage jusqu'à ce qu'il finisse les cours et s'installe en tant que chef.

— Shane ?

Rafa serra ses doigts et le regarda impatiemment.

Son estomac se retourna quand il se rendit compte que les Castillo le regardaient tous. Il sourit, la chaleur montant dans son cou.

— Désolé. J'étais perdu dans mes pensées, dit-il en ayant du mal à trouver une explication. Je me demandais comment allait Hernandez. Je devrais aller la voir. Pour que vous passiez du temps tous ensemble.

Rafa fronça les sourcils.

— Tu n'es pas obligé de partir.

— Je sais, mais je veux vraiment savoir comment elle va.

— Sachez que vous êtes…

Camila sembla chercher les mots justes.

— Eh bien, vous êtes le bienvenu, ici, Shane.

Il battit des paupières et les autres en firent de même.

— Je… euh… Merci.

Alors que Rafa souriait, que son visage se fendait d'un sourire sincère, Matthew siffla légèrement.

— C'est *Shane*, maintenant. C'est un sérieux progrès.

Camila soupira et leva les yeux au ciel. Ramon gloussa.

— Je saisirais l'occasion pour m'enfuir, Shane, si j'étais vous. Transmettez mes amitiés à l'agent Hernandez. Nous la verrons plus tard.

— Je le ferai.

Il gratifia Rafa d'un clin d'œil et celui-ci souriait encore quand Shane ferma la porte derrière lui.

Il soupira, ignorant la douleur dans ses côtes. Les autres agents postés devant la porte lui jetèrent un coup d'œil en biais.

— Hernandez est toujours dans la chambre trois cent douze ? demanda-t-il, la tête haute.

Il se prépara à une attitude méprisante. Néanmoins, l'un d'eux se contenta de hocher la tête. Les regards qu'ils rivèrent sur lui, alors qu'il parcourait le couloir, ne parurent pas hostiles. La porte était entrouverte et il passa la tête à l'intérieur en frappant doucement. Hernandez, pâle et toute petite dans ce lit, lui sourit doucement.

— Kendrick. Entre.

Un autre agent était assis près du lit et il poussa sa chaise dans un crissement.

— As-tu déjà rencontré Kendrick ?

— Pas formellement, dit l'homme en tendant une main. O'Leary.

Nous ne nous sommes pas formellement rencontrés parce que vous avez tous agi comme si j'étais une merde à l'instant où vous êtes arrivés. Shane lui serra cependant la main et hocha la tête.

— Comment tu te sens ? demanda-t-il à Hernandez.

— Beaucoup mieux qu'avant. Je suis en vie. Grâce à Vaillant et toi, apparemment.

Il agita la main.

— Ce n'était rien.

— Ce n'était pas rien, putain, Kendrick. D'après ce que j'ai entendu, je serais morte, si vous ne m'aviez pas sortie avant que l'hélicoptère coule.

— Rafa a nagé en t'emmenant jusqu'au rivage.

Le visage de l'agent se froissa et elle frissonna.

— Je ne me souviens de rien. Ce n'est pas agréable, cette impuissance. Mais vous avez tous les deux surveillé mes arrières.

Il haussa les épaules.

— J'aurais fait la même chose pour n'importe qui.

— Je sais. C'est la raison pour laquelle tu es une personne loyale, dit-elle d'une voix rauque. Et tu *étais* mon ami, à l'époque. Je suis désolée de t'avoir réservé un accueil si froid.

Il lui lança un petit sourire.

— J'accepte tes excuses.

— Vaillant est un bon gamin. Je devrais dire Rafa. J'imagine que je ne devrais pas non plus le qualifier de gamin. Vous êtes clairement fous l'un de l'autre, donc, tant mieux pour vous. Tu as toujours été un agent exemplaire, Kendrick.

— Jusqu'à ce que je ne le sois plus, renchérit-il avec un sourire ironique.

Elle rit.

— J'imagine que j'étais simplement déçue. Nous l'avons tous été. Ça a causé du tort aux services secrets. Nous étions amers.

— Je comprends. Fais-moi confiance, je ne m'étais pas attendu à tomber amoureux d'une personne que je protégeais. Pas le moins du monde. Mais il en vaut la peine. Il vaut tout le reste.

— Bien, intervint O'Leary. Dieu seul sait que les services secrets peuvent être un boulot ingrat.

Hernandez tendit la main vers un verre d'eau. Shane et O'Leary bougèrent en même temps pour l'aider.

Elle les fusilla du regard.

— Détendez-vous. Je peux boire sans qu'on m'aide.

Elle s'exécuta et leva la tête et les épaules, avant de s'affaler en grimaçant.

— Mais ces étourdissements peuvent aller se faire foutre.

— Je vais te laisser te reposer.

Après avoir débattu un moment, Shane s'agrippa à son avant-bras et prit soin de ne pas gêner la perfusion.

— Prends soin de toi. C'était bon de te revoir.

— Toi aussi, Kendrick. Essaie de ne plus t'attirer d'ennuis, bon sang.

— Je vais essayer. J'essaie toujours.

Shane continuait de sourire quand il arriva dans le couloir. Il n'avait fait que quelques pas quand une femme l'appela d'une voix tremblante.

— Monsieur Kendrick ?

— Oui.

Il s'arrêta et observa la femme. Elle avait la cinquantaine, était petite et rondouillette. Ses cheveux courts étaient teints d'une couleur rousse qui ne paraissait pas naturelle. Ses yeux étaient rouges et gonflés. Un jeune homme maussade dont le visage était couvert de taches de rousseur se tenait à ses côtés.

— Puis-je vous aider ? demanda Shane.

— Je suis… mon mari…

Son estomac se retourna.

— Madame Moir ?

Elle hocha la tête.

— Appelez-moi Jan. Voici notre garçon, Thomas.

De nouvelles larmes se déversèrent de ses yeux marron.

— J'imagine qu'il est seulement le mien, maintenant.

Le fils serra les épaules de sa mère alors qu'elle tremblait.

— Toutes mes condoléances. Je suis… Appelez-moi Shane, s'il vous plaît.

Il se redressa. Si cette femme avait besoin de lui hurler dessus et d'évacuer son chagrin, il la laisserait volontiers faire. C'était le moins qu'il puisse faire.

— Je suis désolé de n'avoir pas réussi à le sauver. J'ai essayé, mais…

Jan rejeta la tête en arrière.

— Pourquoi seriez-vous désolé ? C'était mon Rich qui pilotait.

Elle secoua la tête et essuya ses larmes.

— Il aimait tellement ça, ce casse-pieds. Il me rendait toujours nerveuse, mais il était chez lui, dans le ciel. Il était si doué pour voler, dit-elle alors que sa voix se brisait. Je ne sais pas comment ça a pu arriver.

— Je crois que la queue du rotor a eu un problème. Ce n'était pas sa faute. Il était un excellent pilote. Il avait parfaitement le contrôle. Et…

— Quoi ? demanda Thomas dont le corps était crispé. Ils ne veulent pas nous le dire.

— Nous volions à basse altitude, au-dessus du lac. Il y a en-suite eu un crissement de métal, très soudain. Nous avons commencé à tourner sur nous-mêmes. Nous étions trop proches de l'eau pour qu'il ait le temps de se redresser. J'ignore si cela aurait été possible, même si nous avions été plus haut. Je ne crois pas que cela ait été sa faute.

Jan fut secouée par un sanglot. Elle hocha ensuite la tête et renifla.

— Nous craignions que vous soyez tous en colère. Que vous lui en vouliez. Je voulais juste que vous sachiez qu'il était un bon pilote. Un homme bien. Il prenait toujours tant de précautions ! Il n'a jamais été imprudent, n'est-ce pas, Tommy ?

— Jamais. C'était un maniaque de la sécurité.

Thomas se pinça les lèvres, essayant clairement de ne pas pleu-rer.

— Ça nous rendait fous, avant. Franchement, qui organise des exercices incendies dans sa propre maison ?

Il rit et ses yeux scintillèrent.

Jan hocha la tête.

— C'était mon Rich.

Les yeux de Shane le brûlaient et il déglutit difficilement.

— Je suis vraiment désolé.

— Ils ont dit que vous aviez essayé de le sauver, dit-elle en reniflant. Que vous l'avez extirpé du… de l'épave ?

Il hocha la tête.

— Il ne respirait plus. Rafa et moi, nous lui avons fait un massage cardiaque pendant un long moment, mais… C'était trop tard. Peut-être que si j'avais réussi à le faire sortir plus tôt… Mais c'était lui, qui était le plus loin de moi et…

Il leva les mains, impuissant, avant de les laisser retomber le long de son corps.

— Je suis désolé.

Jan tendit la main et lui attrapa le bras.

— Vous n'avez aucune raison d'être désolé. Rich connaissait les risques. N'allez pas vous crucifier sur cette croix. Quelqu'un a besoin de ce bois.

— C'est ce que j'essaie de lui dire, dit Rafa derrière Shane.

Celui-ci lui sourit, reconnaissant et soulagé de l'avoir à nouveau à ses côtés. Il eut envie de l'attirer dans une étreinte et de l'embrasser pour se rappeler que son petit ami était en un seul morceau, mais il posa une main dans le creux de ses reins quand il lui présenta Jan et Thomas.

Rafa serra la main de la femme avant de la prendre entre ses deux paumes.

— Je ne peux vous dire à quel point je suis désolé. Votre fille est ici, également ?

— Elle est partie chercher ma grand-mère, expliqua Thomas. Leur vol atterrit plus tard dans la journée. C'est un véritable choc, bien sûr.

— Bien sûr, répondit Rafa. Je sais que ma famille a hâte de vous rencontrer. Êtes-vous d'accord ?

Jan et son fils échangèrent un regard et elle acquiesça.

— Nous ne savions pas si vous étiez en train de maudire le nom de Rich.

Rafa prit une brusque inspiration.

— Non ! Bien sûr que non. Ce n'était pas sa faute.

Elle hocha la tête et recommença à pleurer.

— Vous avez toujours eu l'air d'être un si gentil garçon. Soyez béni.

Rafa l'étreignit. Shane l'aimait tant que sa poitrine explosa.

— PARFOIS, LE room-service et les trucs qui explosent à la télé sont les seules prescriptions du médecin pour guérir.

Rafa soupira, satisfait, et laissa tomber sa serviette sur l'assiette posée en équilibre sur ses cuisses.

— C'est bizarre si des explosions me réconfortent, étant donné les circonstances ?

À côté de lui, sur le matelas où ils étaient appuyés contre la tête de lit, Shane l'embrassa sur la joue.

— Non. Parce que cette pagaille n'est pas réelle et que nous savons que Captain America va sauver tout le monde.

Il tapota son ventre.

— Ta sauce à la viande est meilleure, mais les pâtes font du bien.

Rafa se blottit contre lui, la tête sur son épaule, et ils regardèrent Chris Evans combattre les méchants à la télé. Ils avaient déjà vu ce film, mais cette familiarité était apaisante.

— Je suis ravi que nous ayons pu rencontrer sa famille, dit Rafa après quelques minutes. Rich Moir, je veux dire.

— Oui, moi aussi.

La culpabilité n'avait pas disparu comme par magie, mais il ressentait surtout de la tristesse, à présent.

— Ils sont généreux. Étant donné que nous avons tous survécu, à part lui, je ne sais pas si je le serais, à leur place. Ça doit sembler si injuste.

— J'imagine que c'est la vie. Elle est totalement injuste. Ça te fait penser que tout peut disparaître si facilement. Tu peux tout perdre sans en être averti.

Il frotta sa joue contre l'épaule de Shane.

— Mais tu le sais déjà, ça.

— Oui.

Ignorant les protestations de ses côtes, il passa un bras autour de Rafa et l'attira encore plus près de lui.

— Parfois…

— Hum ?

Il inspira et expira lentement.

— Parfois, je me dis… Pourquoi *leur* maison ? Pourquoi mes parents ont-ils eu ce défaut de câble électrique sur lequel un entrepreneur a merdé des années plus tôt ? C'était comme une bombe à retardement dans les murs qui attendait juste d'exploser. Pourquoi est-ce arrivé au milieu de la nuit ? Quand je n'étais pas là pour les aider ?

Il soupira.

— Je sais, ce n'était pas ma faute. Je me demande toujours pourquoi. Mais je sais qu'il n'y a pas de réponse. Ainsi va la vie.

Il songea à Alan, à Julianna et à leurs enfants condamnés.

— C'est une question de malchance, la plupart du temps.

Rafa caressa la cuisse de Shane dans son pyjama en flanelle.

— C'est vrai. C'est la raison pour laquelle nous devons profiter au maximum de chaque jour.

Il gloussa.

— Je sais que c'est super cliché, mais c'est vrai. Je suis si content d'être là, avec toi. Je t'aime.

— Je t'aime aussi, bébé.

Il embrassa le sommet du crâne de Rafa.

Ils regardèrent le film pendant un moment, dans un silence douillet.

— Je pense vraiment que Bucky et lui devraient finir ensemble, dit Rafa. Leur amour est clairement précieux.

— Clairement, confirma Shane alors que son nouveau portable se mettait à vibrer sur la table de nuit.

Le visage de Darnell s'afficha sur l'écran pour signaler un appel vidéo entrant.

Rafa lui jeta un coup d'œil et mit sur pause le film trouvé sur la VOD.

— Je vais aller…

Il récupéra son assiette et commença à descendre du lit.

— Passe-lui le bonjour de ma part.

Shane tendit la main vers son bras.

— Reste. S'il te plaît ?

Il fit glisser un doigt sur l'écran tandis que Rafa, hésitant, s'installait à nouveau sur les oreillers. Shane sourit à son téléphone.

— Salut, mec.

— Salut, le plus grand héros de l'Amérique. Un autre jour, un autre sauvetage théâtral. Comment vas-tu ?

— Bien.

Shane tourna le téléphone et le tint afin que Rafa et lui soient tous les deux dans le cadre.

— Raf et moi, on se détend à l'hôtel. On regarde Captain America 2.

— Quand est-ce que Bucky et lui finiront ensemble ? Parce que ce truc, avec la petite-nièce de Peggy, ça ne fonctionne pas, selon moi. Steve et Bucky sont faits pour être ensemble.

Rafa s'esclaffa.

— Je… euh… C'est ce que je viens de dire.

— Tu sais ce qu'on dit sur les grands esprits, répondit Darnell en souriant. Comment vas-tu ? Et tes parents ?

— Bien. C'est mon père qui est dans le pire état, mais il ira bien. Ils le laisseront sortir dans quelques jours, avec un peu de chance, et mes parents engageront une infirmière à domicile pour qu'elle s'occupe de lui.

— Ravi d'apprendre qu'il est en voie de guérison. Le crash était effrayant, d'après ce que j'ai entendu.

Darnell secoua la tête.

— Quand on a appris pour la première fois que vous étiez portés disparus, j'ai vraiment cru que vous étiez morts. Je suis ravi de m'être trompé.

L'affection pour son ami réchauffa Shane et il sourit en adoptant un ton léger.

— Heureusement que tu te trompes souvent.

Le rire de Darnell explosa, rauque et joyeux.

— N'est-ce pas la vérité ?

Il tourna la tête et s'adressa à quelqu'un d'autre.

— Oui. J'arrive.

Il se remit face à la caméra.

— Désolé. J'ai un suspect à interroger. Je vais travailler toute la nuit. Mais vous savez ce qu'on dit : les criminels ne dorment jamais.

Rafa rit, hésitant.

— Les gens disent vraiment ça ?

Darnell grimaça.

— C'est le cas, maintenant. Prenez soin de vous. Rafa, ne le laisse pas trop ruminer.

— Je ne rumine pas ! protesta Shane.

— Bien sûr, je te crois. Des milliers de personnes ne te croiraient pas, mais moi, si. À plus tard.

L'appel prit fin et Shane éteignit son portable.

— Il est sympa. Il peut sans doute nous rendre visite, un jour. Ce serait cool d'apprendre à mieux le connaître.

— J'aimerais bien.

Shane se blottit contre la joue de son petit ami, se délectant de son contact et inhalant son odeur unique.

— Devrions-nous reprendre l'aventure de Captain ?

— Hum ? Ou alors, on pourrait prendre un bain. Se masturber mutuellement. Rien de trop éprouvant.

Il sourit légèrement.

— J'ai toujours envie de te toucher, genre, constamment. Pour qu'on se souvienne qu'on est en vie.

Il rit.

— C'est stupide. Je suis sûr que ça finira par s'estomper.

Shane l'embrassa, goûtant l'ail, les tomates et les oignons fumés quand leurs langues entrèrent en contact. Il sourit contre les lèvres de Rafa.

— Je n'espère pas.

Épilogue

Huit mois plus tard.

LORSQU'IL PASSA AU-DESSUS de la déferlante en nageant, Rafa sourit malgré ses épaules douloureuses, car il était incapable de résister à une dernière vague. Ils étaient maintenant au mois de février, les enfants étaient de retour à l'école et la plage était beaucoup moins bondée. Il n'y avait pas un seul nuage dans le ciel et son visage le tiraillait à cause du sel et du soleil. Sa combinaison lui offrait une haute protection contre les UV, mais il avait beau se tartiner le visage de crème solaire, ses taches de rousseur ressortaient tout de même.

Néanmoins, Shane adorait les embrasser, donc ça n'était pas totalement négatif. Ses boucles mouillées retombant sur son visage, Rafa se retourna et attendit la bonne vague. Il observa Shane, sur la plage, qui tirait sa combinaison jusqu'à sa taille et séchait son torse poilu avec une serviette.

Ça, c'est un friand.

Il rit dans sa barbe. C'était ainsi que sa camarade Ling, qui inventait toujours son propre argot, qualifiait Shane. Damo — curieusement le surnom pour Damien — avait été d'accord avec elle, bien qu'il ne soit pas gay.

Mais j'ai des yeux, mon pote.

Les pieds pendant de chaque côté de sa planche, Rafa rit une nouvelle fois dans sa barbe. Il avait des *amis*. En plus de ses sessions Skype hebdomadaires avec Ashleigh, il s'était fait des amis dans la vie réelle au Cordon Bleu. Une fois qu'ils avaient découvert qu'il savait réellement cuisiner et qu'il ne voulait aucun traitement de faveur, tout s'était mis en place. Il avait hâte de retourner en cours, la semaine prochaine, pour le début du prochain trimestre.

Ling l'avait également aidé à obtenir un boulot dans un restaurant français chic du centre-ville de Sydney. Ils étaient en bas de l'échelle et passaient des heures à couper des légumes pendant leur service, mais Rafa adorait ça. Tous ses rêves devenaient réalité.

Il jeta un coup d'œil par-dessus son épaule et vit qu'une vague arrivait rapidement. S'allongeant sur le ventre et agitant frénétiquement les bras, il réussit à l'avoir. À la dernière seconde, il se rendit compte qu'un autre surfeur prenait cette vague, à sa gauche. Il sembla sortir de nulle part et il jura d'une voix forte en tanguant, puis en tombant dans le rouleau.

Rafa réussit à garder son équilibre et surfa sur la vague pour rejoindre le rivage. Dans les eaux peu profondes, il se retourna pour retrouver l'autre surfeur et s'excuser. Il espérait pouvoir le reconnaître et…

Un grand jeune homme d'une vingtaine d'années se précipita vers lui et Rafa recula instinctivement, les mots s'emmêlant sur sa langue.

— Je… Je… Merde, je suis désolé !

Des cheveux mouillés et abîmés collant à son crâne, l'homme poussa Rafa avec deux mains musclées en visant son torse. En un clin d'œil, Rafa se retrouva les fesses par terre, avec de l'eau jusqu'à la taille. Son cœur tambourinait.

— C'était ma putain de vague !

— Je ne vous avais pas vu ! Je suis désolé.

L'homme se pencha au-dessus de lui, long et maigrichon qu'il était, et serra les poings. *Il* se retrouva ensuite sur les fesses. Shane grognait presque et ses muscles étaient contractés sur son large torse nu alors qu'il se plaçait entre Rafa et l'autre surfeur.

— Ne t'approche pas de lui.

Un autre surfeur apparut, ses cheveux roux luisant presque au soleil.

— Recule, Wazza. Ça arrive, les accidents.

L'intéressé se leva.

— Ce petit salopard m'a pris en traître ! dit-il avant de jeter un coup d'œil à Shane. Et il a besoin que son vieux se batte à sa place.

Il récupéra sa planche tandis que Shane le fusillait du regard.

— Reste loin de mes vagues, ordonna-t-il à Rafa. Putain de touriste.

Le roux leva les yeux au ciel.

— Il surfe sur cette plage depuis des mois, crétin.

Shane tremblait quasiment. Sa mâchoire était contractée, mais il laissa Wazza s'en aller d'un pas lourd et s'accroupit aux côtés de Rafa.

— Tu es blessé ?

— Quoi ? Non.

Les joues rouges, Rafa chassa gentiment les mains de Shane et se leva, sa planche cognant contre son mollet, sécurisée par le lien autour de sa cheville.

— Ce n'est rien. Je vais bien.

— Il emboucane toujours les autres, dit le roux. Ne t'inquiète pas pour lui. C'est un vrai pignouf.

Rafa chercha dans son dictionnaire mental d'argot australien, qui se remplissait constamment, mais il ne trouva rien. Il avait déjà entendu le terme par le passé, mais ne comprenait pas vraiment le sens.

— Pignouf ?

— Ouais, tu sais. C'est un…

Le roux agita la main avant de hausser les épaules.

— Un vrai pignouf.

Ça ne l'éclaircissait en rien, mais Rafa hocha tout de même la tête.

— Merci de ton aide.

— Quand tu veux, mon pote. À plus !

Il courut dans l'eau et commença à nager sur sa planche.

Shane observait toujours Wazza avec les poings serrés, comme si ce mec allait revenir avec un flingue. Rafa lui donna un coup de coude en riant.

— Je crois que la menace est contenue. Prêt à rentrer à la maison ?

— Oui.

Shane ne cessa d'observer Wazza tandis qu'ils récupéraient leurs affaires, regardant de temps en temps par-dessus son épaule alors qu'ils parcouraient les quelques pâtés de maisons jusqu'à leur bungalow. Il avait travaillé de longues heures, toute la semaine, planifiant la sécurité pour un grand dîner organisé par l'un de ses clients. Il avait été merveilleusement détendu, tout à l'heure, sur la plage, et Rafa détestait voir ses épaules si contractées.

Dans la cuisine, ils burent un verre d'eau, leur combinaison autour de leur taille. Shane était silencieux et nerveux. Rafa lui enfonça donc un doigt dans le torse.

— Crache le morceau.

— Ce salopard pensait que j'étais ton père.

Il grimaça avant de glousser.

— Ce n'est pas génial pour mon ego, je l'admets. J'avais envie de lui arracher ses dents tordues.

— Vraiment ? le taquina Rafa. Ça ne se voyait pas.

Il passa les bras autour de la taille de Shane et l'embrassa légè-rement.

— Je me moque de ce que pensent les autres. Surtout un pignouf du nom de Wazza. Peu importe ce que ça veut dire.

Ils rirent et s'embrassèrent malicieusement. Rafa s'appuya contre la chaleur de Shane et se frotta contre son torse poilu.

Prenant le visage de son petit ami entre ses mains calleuses, Shane approfondit le baiser et les lents tourbillons de désir dans le ventre de Rafa s'enflammèrent. Ses testicules commencèrent à le picoter par anticipation et leurs langues se rencontrèrent dans une danse tordue.

Brisant le baiser pour inspirer, Rafa plongea sa bouche dans le cou de Shane. Il le mordilla et suçota la peau sensible, ce qui le fit gémir. Il prit ensuite le lobe d'oreille entre ses dents avant de chuchoter :

— Donne-moi tout, *daddy*.

Ils rirent à nouveau tous les deux et enlevèrent leur short en souriant. Tandis que Rafa observait le corps musclé et poilu de Shane, ainsi que son membre épais, il frissonna dans un élan de plaisir.

Il est vraiment à moi.

Poussant une pile de vaisselle sale dans un cliquetis, Rafa se pencha au-dessus du plan de travail de la cuisine.

— Prends-moi. Violemment.

— Tes désirs sont des ordres, bébé.

Les doigts de Shane étaient fermes sur ses fesses alors qu'il les écartait et crachait sur l'orifice du jeune homme.

Le bord du plan de travail s'enfonçait dans le bas de son ventre tandis que sa verge était coincée contre les placards, en dessous. Ce n'était pas franchement confortable, mais cela l'excitait curieusement. Il écarta les jambes et poussa vers l'arrière.

— Donne-moi tout.

Shane cracha à nouveau et la salive coula sur la raie de Rafa. Il s'agenouilla ensuite dans un bruit sourd et plongea le visage dans les fesses de son petit ami, sa barbe rêche et sa langue humide frottant son orifice en décrivant des cercles et en poussant à l'intérieur.

— *Merde*, haleta Rafa. Oh, oui.

Le souffle chaud de Shane parcourut sa peau.

— Tu veux ma queue ? Tu en as besoin ?

— Oui !

Sa main droite était serrée autour du bord de l'évier et s'y accrocha alors qu'il poussait ses fesses en arrière. Son menton se retrouva sur le plan de travail.

Crachant davantage pour faire suinter son orifice, Shane le dévora. Il plongea ensuite un doigt et le prit avec.

— Mais ce n'est pas tout. Tu es ma traînée, n'est-ce pas ?

Son membre palpitant, Rafa gémit.

— Oui.

Être ainsi penché et exposé, supplier un homme de lui donner sa queue, c'était comme si ses fantasmes les plus fous devenaient réalité. Et il ne le demandait pas à n'importe quel homme : à l'homme de ses *rêves*. Et ils n'étaient pas n'importe où : dans leur cuisine, dans leur maison.

Soudain, ses yeux s'embuèrent de larmes et il ne put respirer tant sa gorge était serrée. Il déglutit difficilement.

— Donne-moi ton sperme, Shane. S'il te plaît. Baise-moi et remplis-moi.

— Tu es une vraie traînée. Si canon.

Shane se leva et fouilla dans un placard non loin. Il ouvrit ensuite Rafa et le pénétra de son gland lubrifié.

— Tu es si beau. J'aime voir ma queue en toi.

Cela le brûla merveilleusement et Rafa appuya une joue contre le plan de travail.

— Tout entier. S'il te plaît.

Grognant, Shane se mit en place et Rafa hurla. Il enfonça ses orteils dans le lino et contracta ses muscles. Son homme commença à le prendre, décrivant de violents va-et-vient alors que leur peau claquait.

Rafa aurait probablement une ecchymose, là où le plan de travail s'enfonçait dans le bas de son ventre, et il s'en moquait parce que plus rien n'avait d'importance à part le feu dans ses fesses et dans ses veines pendant que Shane le baisait comme il en avait besoin.

Il se balança contre le plan de travail à chaque coup de reins, son membre si dur qu'il était sur le point d'exploser. Shane posa ses mains rêches sur les épaules de Rafa. Il saisit ensuite ses poignets et tira ses bras en arrière, au niveau de ses hanches, comme son petit ami l'aimait. Il ne s'accrochait à rien et c'était comme s'il était suspendu, totalement impuissant, pendant que Shane le pénétrait.

Rafa savait qu'il n'était pas impuissant – Shane arrêterait immédiatement s'il le lui demandait –, mais la sensation d'être si complètement pris par un inconnu, ses bras bloqués alors qu'il acceptait ce membre épais, était comme un merveilleux abandon.

Faire ainsi confiance à Shane pour qu'il prenne le contrôle l'excitait terriblement. Tout comme le fait que Shane lui fasse également confiance à ce point-là. Il le voyait comme un égal, peu importait quelle queue était dans quel cul.

— J'aimerais que tu aies deux queues pour que tu puisses me prendre la bouche en même temps, dit Rafa à travers ses dents serrées en sursautant à chaque coup de reins.

Shane rit vivement, essoufflé.

— Moi aussi, dit-il en martelant les fesses de Rafa. Tu sens comme je vais profondément ? Tu aimes ça ?

— *Oui*. Je veux ton sperme. Je veux tout.

— Il est à toi, chéri.

Il lâcha le poignet droit de Rafa, mais celui-ci garda son bras en arrière, son torse et sa joue restant collés au plan de travail. Shane passa la main en dessous et le masturba, étalant le liquide suintant de son gland sur sa longueur.

— Tu dois d'abord m'en donner un peu. Allez. Sois un bon garçon.

Grognant, Rafa se crispa pour se préparer à la jouissance. La pression dans ses fesses et sur son membre l'écrasait. Se faire appeler « garçon » l'avait déjà dérangé par le passé, mais désormais, avec Shane, cela l'excitait terriblement.

Il gémit en jouissant après quelques caresses supplémentaires. Il trembla, à cause des pulsations de son doux orgasme. Il ferma les yeux et vit des étoiles. Le plaisir l'enflamma de l'intérieur et il ouvrit la bouche dans un cri silencieux.

Tremblant toujours, il sursauta, surpris, lorsque les doigts de Shane glissèrent dans sa bouche et l'emplirent. Ils étaient mouillés de la semence de Rafa et il les suça avidement, gémissant autour alors que Shane continuait de le prendre. C'était le meilleur aperçu qu'il pourrait avoir d'un amant possédant deux verges et son membre se déversa une nouvelle fois quand Shane toucha sa prostate.

Il était si rempli et il serrait si fort le membre de son petit ami. Shane murmura son nom en se vidant en lui et Rafa suçota ses doigts, sa bouche et ses fesses tachées de sperme. C'était sale et *parfait.* Il grogna, impuissant, tandis que Shane se penchait au-dessus de lui et déposait des baisers mouillés sur sa colonne vertébrale.

Lentement, Shane retira ses doigts et son membre. Rafa geignit et respira difficilement. Ses genoux étaient en coton et il fut soulagé quand Shane le souleva du plan de travail de ses mains fortes, le retourna et le serra contre lui.

— Je t'aime, murmura-t-il contre ses boucles.

— Je t'aime. Je veux…

Il ravala ses mots. Il avait trouvé le plan parfait pour ce week-end, alors il vaudrait mieux ne pas tout révéler maintenant. Il se pencha contre Shane, reconnaissant.

— Douche ? Tu vas devoir me porter.

Riant et grognant, Shane tapota les fesses de son petit ami.

— Il va falloir qu'on y aille tous les deux en boitillant. Je pourrais mettre mon dos à la poubelle, après ça.

Lorsqu'ils se furent douchés et qu'ils eurent enfilé un short et

T-shirt, Rafa mourait d'envie de lui poser la question. Les mots étaient impatients sur sa langue, suspendus à ses lèvres. Il attendit que Shane sorte de la chambre pour glisser le petit écrin dans sa poche.

À chaque battement de son cœur, il avait l'impression que c'était le bon moment. Il avait prévu d'organiser un dîner français et chic, samedi : de la bisque de homard, du coq au vin et une galette à la poire et à la vanille, mais ça n'avait aucune importance.

C'était le moment.

Il avait préparé de la viande pour burger, ce matin, et alors que Shane faisait chauffer le barbecue, Rafa prépara une salade et sortit les ingrédients pour des gâteaux au chocolat au cœur coulant. Ils étaient beaucoup trop faciles à faire, mais Shane adorait le chocolat visqueux.

— Peut-être que la simplicité est le maître-mot, marmonna Rafa en attrapant les œufs.

Est-ce vraiment le bon moment ? L'excitation et la nervosité le faisaient frémir.

Il apporta les steaks sur une assiette et deux bières. Alors que la viande cuisait et que le soleil déclinait, ils restèrent dans un silence agréable au milieu de leur jardin et sirotèrent leur bière. Un oiseau cria et la brise rafraîchissante de la nuit, avec son odeur d'eau salée, ébouriffa les boucles de Rafa. Le bœuf assaisonné d'oignon crépita et le ciel fut traversé d'une traînée d'un rouge profond.

Le cœur de Rafa tambourina et il prit une profonde inspiration.

— Le temps ne s'arrange pas, hein ? demanda Shane en frottant sa hanche et en l'embrassant sur la joue. Tu veux qu'on regarde *Master Chef* ?

Il ne put qu'acquiescer, craignant que sa voix ne soit rien d'autre qu'un couinement. Shane fronça les sourcils.

— Ça va ?

Il posa une paume sur les fesses de Rafa.

— Je n'ai pas été trop violent ?

— Non, dit-il d'une voix rauque avant de vider sa bière.

Il réussit à soupirer et Shane lui sourit.

— Le temps ne s'arrange pas, non.

Dans le salon, ils mangèrent leur burger et de la salade pendant que les gâteaux au chocolat cuisaient. Rafa mâchait et avalait, tentant de se détendre grâce à la nourriture et à son émission préférée. Apparemment sans succès. Alors qu'il apportait le dessert, Shane soupira.

— Bon, qu'est-ce qu'il y a ? On dirait que tu es sur le point de vomir.

Rafa avait le vertige.

— Je vais peut-être le faire.

— Quoi ?

Shane fronça les sourcils de cette jolie façon qui lui était propre.

— Tu es malade ?

Il posa sa bière et commença à se lever, mais Rafa lui tendit la petite assiette avant qu'il le puisse. Shane la saisit et baissa les yeux vers le gâteau au chocolat rond et la fourchette argentée. Il s'y reprit ensuite à deux fois quand il remarqua l'anneau doré placé sur le côté de l'assiette.

— Je veux... ce que je veux dire, c'est : veux-tu m'épouser ? lança Rafa.

Shane cligna des yeux en le regardant. Puis il observa à nouveau la bague et le chocolat gluant qui s'en approchait. Il releva la tête vers son petit ami.

— Tu veux te marier ?

Oh, mon Dieu. Ce n'était peut-être pas le bon moment, après tout. Était-ce une énorme erreur ?

— Eh bien, ouais. Si tu en as envie. Ce n'est peut-être pas le cas ? Nous n'en avons jamais vraiment parlé et j'imagine que c'est assez stupide, comme je te fais ma demande.

Arrête de radoter !

— Si tu n'en as pas envie, c'est cool.

Ses joues le brûlaient et il ne cessait de serrer et desserrer ses mains, gigotant alors qu'il se tenait à côté du canapé.

Shane récupéra la bague et la tint délicatement entre ses doigts. Lorsqu'il releva les yeux, un immense sourire fendait son visage.

— Évidemment que je le veux. J'envisageais de te le demander, mais je me suis dit que je devrais attendre que tu en aies fini avec les cours.

Soulagé, Rafa soupira et s'assit sur la table basse, ses genoux heurtant ceux de Shane. *Il veut m'épouser* !

— Raf ? Tu es toujours avec moi ?

Shane posa les mains sur ses genoux.

— Ouais. Tu sais, j'y ai pensé, à ça, à attendre que je finisse les cours, mais pourquoi ? Faisons-le. Organisons une petite cérémonie sur la plage. Nous aurons le temps, pour que ce ne soit pas trop proche des Jeux olympiques. Matty doit évidemment venir et il nage si merveilleusement bien qu'il rejoindra l'équipe. On trouvera un moyen de s'arranger avec son entraînement et le planning de mes parents. On préviendra ma famille bien à l'avance. Et nos amis, bien sûr. Ash, Darnell et Henry, particulièrement.

Il jacassait et prit donc une inspiration.

— Inutile de faire dans le sophistiqué. Et je ne vais pas laisser mes parents inviter tous leurs amis politiques. Aussi gentille que soit la Première ministre australienne, elle ne vient pas à notre mariage.

— Ils ne vont pas apprécier. Le mariage de Chris n'était-il pas quasiment un dîner d'État ?

— Si, et il est hors de question que je laisse cela se reproduire. On le fera à notre manière et mes parents peuvent faire avec.

— Eh bien, c'est notre slogan officieux.

Le cœur de Rafa était sur le point d'exploser.

— Exactement. Que tous les autres aillent se faire voir avec leurs opinions. Je veux un petit mariage sur la plage et je ne veux pas attendre.

Il haussa les épaules et lui lança un sourire taquin et malicieux.

— Tu ne rajeunis pas.

Éclatant de rire, Shane l'attira dans ses bras et Rafa se retrouva quasiment au-dessus de lui. Son souffle lui taquina l'oreille.

— C'est vrai. Marions-nous.

La joie débordait du corps de Rafa. Ils s'embrassèrent jusqu'à être essoufflée, puis Shane lui donna l'anneau doré et tendit sa main gauche en disant :

— J'imagine que nous ne sommes pas censés faire ça avant la cérémonie, mais voyons si elle me va.

Rafa avait secrètement mesuré le doigt de son petit ami quand celui-ci s'était rapidement endormi après un marathon d'ébats. Il souffla joyeusement quand la bague glissa parfaitement, bien qu'elle soit un peu bloquée par la seconde articulation de Shane avant de trouver sa place.

Shane la regarda.

— Elle est belle. Mais tu dois aussi en avoir une.

Il sortit l'autre anneau de sa poche et le tendit.

— Je me suis dit que ce serait cool si elles étaient assorties.

Shane traça le contour de son doigt, passant au-dessus de la gravure superficielle identique sur les deux bagues.

— On dirait une vague.

— Oui. Elles ne sont pas super chères, mais je trouvais ça cool. Elles nous correspondent, tu vois ? Mais si tu ne les aimes pas…

Shane l'embrassa, avec ses lèvres douces et son amour, puis glissa l'anneau autour du doigt de Rafa.

FIN

Bonjour ! Je vous remercie d'avoir lu ce livre et j'espère qu'il vous a plu. Je vous en serais très reconnaissante si vous pouviez prendre quelques minutes pour laisser votre avis sur Amazon, Goodreads, BookBub, sur les réseaux sociaux, ou vous le voudrez. Juste quelques petites phrases qui pourront aider d'autres lecteurs à découvrir le livre. Je vous souhaite beaucoup de fins heureuses !

Keira

<3

Ps : Continuez à lire pour avoir un avant-goût d'une autre romance MM brûlante !

Un prisonnier vierge s'abandonnera-t-il au toucher immoral d'un pirate ?

Nathaniel Bainbridge a l'habitude de se cacher, que ce soit pour dissimuler ses problèmes avec la lecture ou son désir interdit envers les hommes. Sous la coupe de son père autoritaire, le gouverneur de l'Île Primevère, il vogue en direction de la jeune colonie, où il acceptera contre son gré un mariage respectable qui s'avérera bénéfique financièrement pour sa famille. Mais les pirates les assaillent et il est kidnappé contre une rançon par le Faucon des Mers, un brigand légendaire du Nouveau Monde.

Amer et las, Faucon entretient des rêves futiles dans lesquels il abandonne la mer pour une vie tranquille, mais les hommes comme lui ne méritent pas la tranquillité. Il a un compte à régler avec le père de Nathaniel – dont la trahison l'a poussé à devenir pirate – et il est certain que le fils est tout aussi méprisable.

Pourtant, alors que les jours passent sur le navire exigu, l'esprit fougueux et l'innocence charmante de Nathaniel le séduisent et l'envoûtent. Faucon sait qu'il doit garder ses distances, mais son envie d'enseigner à Nathaniel le plaisir que les hommes peuvent partager devient incontrôlable. Il ne prévoit aucunement de ressentir pour lui autre chose que du désir…

Nathaniel se rend compte que la réputation terrifiante du Faucon des Mers n'est en grande partie qu'une pure invention et il perçoit l'homme solitaire sous le mythe, prêt à s'abandonner corps et âme à son prisonnier. En tant que captif d'un pirate, il est enfin libre d'être lui-même. L'équipage attend la rançon promise par l'échange de Nathaniel. Pourtant, alors que le danger ne cesse de croître et que l'heure de le libérer approche, la plus grande bataille de Faucon pourrait être celle de son cœur.

Cette romance gay de Keira Andrews inclut des éléments classiques tels que : un pirate alpha et dur à cuire qui a trop peur d'aimer, un prisonnier vierge et courageux qui n'a que la moitié de son âge, des ennemis qui deviennent amants, une première fois et, bien sûr, une fin heureuse.

Lisez maintenant !

Les pères Noël des centres commerciaux ne sont pas censés être sexys !

Hunter est complètement à la dérive après l'université. Il demeure sans expérience sentimentale, n'arrive pas à trouver un vrai travail et ne sait pas quoi faire de sa vie. Désespéré, il reprend son ancien poste humiliant d'elfe au village du père Noël, dans le centre commercial en fin de vie, de sa ville natale.

Entre en scène le père Noël le plus sexy de tous les temps.

Ayant deux fois sa taille et son âge, le bûcheron Nick fait vibrer Hunter. Dommage qu'il soit super grincheux et intimidant. Des années après la mort tragique de son partenaire, Nick n'a que son beagle et de longues et dures journées dans sa ferme d'arbres de Noël. C'est déjà beaucoup. Mais il ne peut pas refuser l'appel à l'aide d'un ami fidèle et se retrouve à jouer le rôle du père Noël. Malgré la tentative de Nick de rester à l'écart, le beau jeune homme anxieux qui joue l'elfe fait ressortir ses instincts de daddy depuis longtemps endormis.

Puis un blizzard inattendu les emprisonne, seuls dans la maison forestière isolée de Nick. S'abandonneront-ils à l'étincelle qui brûle entre eux et trouveront-ils la libération et le réconfort dont ils ont besoin ?

Un Daddy pour Noël est une romance de fêtes gay, douce et passionnée, de Keira Andrews, avec un écart d'âge, des premières fois entre hommes, des jeux de rôle, une romance de Noël et, bien sûr, une fin heureuse.

Lisez maintenant !

La lettre d'information mensuelle de Keira vous tiendra informé de ses dernières sorties et des nouvelles sur le monde de la romance MM. Vous aurez également accès à des extraits exclusifs, des lectures gratuites et bien plus. Rejoignez sa liste aujourd'hui et vous serez automatiquement inscrit pour l'un de ses concours mensuels.
www.subscribepage.com/KAnewsletter

Vous pouvez me trouver en ligne ici :
Site web: keiraandrews.com
Facebook: facebook.com/keira.andrews.author
Groupe de lecture Facebook: http://bit.ly/2gpTQpc
Instagram: instagram.com/keiraandrewsauthor
Goodreads: http://bit.ly/2k7kMj0
Page Amazon: http://amzn.to/2jWUfCL
Twitter: @keiraandrews
BookBub: bookbub.com/authors/keira-andrews

Également Par Keira Andrews

En Français

Rivalité sur glace
Kidnappé par un pirate
Un Daddy pour Noël
Un faux petit ami pour Noël
Lune de miel en solitaire
Huit Nuits en Décembre
Quand l'amour brille de mille feux…
Transfert à Ottawa
Au Pied du Sapin
Par-delà l'océan
Si ce n'est qu'un rêve
Rumspringa Interdit
Un Nouveau Départ
Trouver son Chez-soi
Le Voeu de Noël
Passion en Arctique
Vaincre les Ténèbres
Combattre la Marée

En Allemand

Kalter Krieg
Im Notfall
Jenseits des Ozeans
Geisel des Piraten
Codename: Valor
Testphase Valor

En Italien

Fuoco nel ghiaccio
Luna Di Miele Per Single
Il Patto Di Natale
Rapito dal Pirata
Segni d'intesa
In Capo Al Mondo

Beyond the Sea (Italian Translation)
Sogno di Natale
The Next Competitor (Italian Translation)
Valor on the Move (Italian Translation)
Test of Valor (Italian Translation)
Contro La Tenebra
Contro La Marea
Rise: Una favola gay
Una Passione Proibita
Una Nuova Vita
La Strada Verso Casa
Semper Fi (Italian Translation)

En Anglais

Contemporary
Honeymoon for One
Beyond the Sea
Ends of the Earth
Arctic Fire
The Chimera Affair

Holiday
The Christmas Deal
The Christmas Leap
The Christmas Veto
Only One Bed
Merry Cherry Christmas
Santa Daddy
In Case of Emergency
Eight Nights in December
If Only in My Dreams
Where the Lovelight Gleams
Gay Romance Holiday Collection
Lumberjack Under the Tree (free read!)

Sports
Kiss and Cry

Reading the Signs
Cold War
The Next Competitor
Love Match
Synchronicity (free read!)

Gay Amish Romance Series
A Forbidden Rumspringa
A Clean Break
A Way Home
A Very English Christmas

Valor Duology
Valor on the Move
Test of Valor
Complete Valor Duology

Lifeguards of Barking Beach
Flash Rip
Swept Away (free read!)

Historical
Kidnapped by the Pirate
Semper Fi
The Station
Voyageurs (free read!)

Paranormal
Kick at the Darkness Trilogy
Kick at the Darkness
Fight the Tide

Taste of Midnight (free read!)

Fantasy
Barbarian Duet
Wed to the Barbarian
The Barbarian's Vow

À propos de l'auteur

Keira cherche le parfait mélange de personnages, d'intrigue et de fougue dans ses romances MM. Elle écrit de tout, des pirates flamboyants aux escapades bouillantes et émouvantes. Ses sujets préférés sont les ennemis qui deviennent amants, la différence d'âge, la proximité forcée, et les vierges passionnés. Bien qu'elle aime une angoisse délicieuse en cours de route, Keira garantit les fins heureuses !

Découvrez plus sur son site :

keiraandrews.com